복 수 의   협 주 곡

FUKUSHU NO CONCERTO

© Shichiri NAKAYAMA 2020
All rights reserved.
Original Japanese edition published by KODANSHA LTD.
Korean translation rights arranged with KODANSHA LTD.
through JM Contents Agency Co.

복 수 의 협 주 곡
復 讐 の 協 奏 曲

나카야마 시치리 장편소설

이연승 옮김

블롬 6

"미도리, 놀자!"

현관문을 향해 큰 소리로 외치자 복도를 탁탁탁 뛰어오는 소리가 들렸다. 보폭은 좁지만 힘차게 뛰는 소리만 들어도 미도리라는 걸 알 수 있다.

"어서 오세요."

문틈으로 얼굴을 내민 미도리는 늘 그렇듯 눈부신 미소로 반갑게 맞아 줬다.

"들어와."

미도리는 낯을 가리지 않고 누구에게나 친절하다. 그러니 당연히 주변의 호감을 사서 친구도 많다. 실제로 나에게는 미도리가 가장 친한 친구였다. 나이는 미도리가 한 살 많지만 날 동갑내기 친구처럼 대해 줬다.

미도리의 가족은 부모님과 언니 한 명. 하지만 지금 집 안에 다른 가족이 있는 것 같지는 않다.

"가족들은 어디 갔니?"

"엄마 아빠는 아직 일. 아키코 언니는 친구 집."

"와, 미도리. 혼자 집 지키는 거야? 대단해."

"응. 멋지지? 대단하지?"

집 안에서 하는 놀이는 대체로 정해져 있다. 미도리의 방에는 올해 막 출시된 실바니아 가족 인형이 있다. 유치원에 다니는 같은 반 아이 중에 모르는 아이가 없을 만큼 인기 장난감이지만, 가격이 비싸서 정작 가지고 있는 아이는 손꼽을 정도다. 미도리가 그 몇 안 되는 아이 중 하나였다.

나도 갖고 싶다며 부모님께 칭얼거렸지만 가격을 듣자마자 두 분 다 웃어넘기셨다. 그때 나는 물건의 가격이 비싼지 싼지 구분할 수 없었지만 분명 헛웃음이 나올 정도로 비쌌을 것이다.

유치원생이어도 각자의 가정환경이 다른 것 정도는 대략 이해하고 있다. 미도리네 집은 부모님이 맞벌이를 하셔서 돈이 많을 거라 예상했다. 무엇이든 살 수 있는 환경은 부럽지만 집 안에 엄마의 모습이 보이지 않는 건 싫었다.

갑자기 나도 모르게 심술궂은 마음이 들어 굳이 묻지 않아도 될 것을 물었다.

"엄마는 언제 돌아오시니?"

"저녁 먹기 전에는 오실 거야."

"외롭지는 않아?"

"응. 언니가 같이 놀아 줘서 하나도 안 외로워."

거짓말이다.

입으로는 이렇게 말해도 나는 미도리가 가끔 남는 시간을 주체 못 한다는 걸 알고 있었다. 아무리 언니 아키코가 동생을 아낀다 해도 아키코 역시 같은 반 친구들과 함께해야 할 때가 있다. 미도리를 위해 오롯이 자유 시간을 쓸 수는 없는 노릇이었다.

그렇게 언니가 시간을 내지 못할 때 공원에 혼자 있는 미도리를 몇 번인가 목격했다. 그럴 때마다 내 옆에 늘 엄마가 있어서 미도리에게 말을 걸기 어려웠지만 혼자 모래밭에 있는 미도리는 역시 외로워 보였다.

값비싼 실바니아 가족 장난감도 이렇게 여럿이 가지고 놀아야 재미있다. 우리가 없을 때 미도리는 혼자 인형과 뭘 하면서 놀지 궁금했다.

한창 놀고 있을 때 현관에서 초인종 소리가 들렸다.

"아, 엄마다."

소리를 듣자마자 미도리는 손에 든 밀크 토끼 인형을 내던지고 현관으로 달려갔다.

그것 봐. 역시 외로웠잖아.

"어머나, 너희."

미도리의 어머니는 집 안에 들어오자마자 불쾌감을 드러냈다.

나는 미도리의 어머니가 항상 조금 어려웠다. 퇴근하고 왔는데도 옷차림이나 몸짓에 빈틈이 없다. 자꾸 내 어머니와 비교하게 됐고 그럴 때마다 열등감에 휩싸였다.

어머니가 집에 돌아왔다는 건 친구들이 집에 갈 시간을 뜻했다. 나는 미도리에게 작별 인사를 하고 현관으로 향했다.

"그럼 또 보자."

미도리는 가슴 앞까지 손을 들어 흔들었다. 지금부터는 가족과 시간을 보낼 텐데 그래도 표정에서 아쉬움이 묻어났다.

그런 미도리를 보고 있으니 좋은 또래 친구를 둔 것 같은 기분에 내일도 함께 놀고 싶어졌다. 그래서 나도 이렇게 화답했다.

"그래. 내일 또 보자."

"응. 내일."

"안녕."

내일도 오늘과 그리 다르지 않은 하루일 것이고 이렇게 집에 갈 시간까지 미도리와 함께 놀 것이다.

다음 날, 그다음 날. 그리고 우리가 초등학교에 올라간 이후에도.

그러나 얼마 안 돼 그런 내 생각은 섣불렀다는 게 증명됐다.

다음 날 저녁, 어머니와 함께 장을 보러 갔다. 함께 마트에 가면 좋아하는 과자를 하나씩 사 주시는데 당시 어린 내게는 가장 우선순위가 높은 일과였다.

마트 과자 판매대에 가니 기대하던 딸기 초콜릿이 있었다. 패키지에 내가 좋아하는 애니메이션 캐릭터가 포즈를 취하고 있었다. 안에 든 초콜릿이 어떤 맛인지는 알 수 없지만 패키지 덕분에 이미 만족스러웠다.

"곧 저녁 먹어야 하니 다 먹으면 안 돼."

어머니의 말에 따라 부엌에서 초콜릿을 먹고 있을 때 초인종이 울렸다.

"네, 나가요. 누구지?"

어머니가 요리하던 손을 멈추고 현관으로 향했다. 그 뒤 귀에 익은 목소리가 들렸다.

"잠깐 이리 와 볼래?"

불러서 가 보니 아니나 다를까 현관문 앞에 서 있는 사람은 미도리의 어머니였다.

"미도리가 아직 집에 안 돌아왔대. 혹시 어디 갔는지 아니?"

미도리의 어머니는 얼굴이 파랗게 질려 있었다. 늘 깔끔하게 정돈돼 있던 머리 모양도 심하게 헝클어졌다. 꼭 잠에서 막 깨어난 사람 같았다.

그녀는 당황한 얼굴로 뭔가를 호소하듯 나를 보고 있었다.

오늘은 유치원에서 헤어지고 나서 미도리를 만나지 못했다. 내가 모르겠다고 하니 미도리의 어머니는 고개를 푹 숙였다.

"혹시 뭔가 떠오르면 바로 알려 주렴. 오늘은 계속 집에 있을 테니⋯⋯."

미도리의 어머니가 떠난 후 어머니가 걱정스러운 듯이 중얼거렸다.

"무슨 일일까? 그러지 않아도 요즘 동네 분위기가 뒤숭숭한데⋯⋯. 얼른 찾았으면 좋겠네."

엄마가 부엌으로 사라지자 뭔가가 내 등을 쓱 훑고 지나가는 기분이 들었다. 밖에서는 매미가 시끄럽게 우는데 셔츠 밑으로 드러난 팔이 유독 서늘하게 느껴졌다.

길을 잃었을까.

누군가가 데려간 걸까.

갖가지 생각이 머리를 맴돌았다. 생각할수록 무섭고 엄마 품이 그리워져 나도 서둘러 부엌으로 향했다.

미도리를 빨리 찾았으면 하는 건 나도 마찬가지였다. 의자에 앉자마자 나는 두 손을 모았다.

"조금만 더 기다리렴."

"아니. 미도리를 빨리 찾아 달라고 기도하고 있어."

그 기도는 결과적으로 금세 이루어졌다.

최악의 형태로.

이튿날 8월 19일, 잠에서 깨 보니 땀을 뻘뻘 흘리고 있었다. 무서운 꿈을 꾼 것 같지만 막상 일어나 보니 기억이 하나도 안 났다.

아니, 머릿속 한구석에 희미한 잔상 같은 건 남아 있었다. 거대한 몸집의 남자에게 쫓기던 꿈.

누우면 다시 잠들 수 있으니 깨는 즉시 침대를 벗어나야 한다. 어머니의 지시에 맞춰 나는 이불 밖으로 나갔다.

부엌에 가니 오늘은 내 어머니가 파랗게 질린 얼굴로 의자에 앉아 있었다.

"왜 그래? 엄마."

가까이 다가가자 어머니가 대뜸 날 꼭 안아 주었다. 평소와 같은 부드러운 포옹이 아니라 위험을 감지한 듯한 절박한 기운이 느껴졌다.

"엄마……."

"진정하고 들으렴."

진정 못 하는 건 오히려 엄마 같은데.

"미도리가 발견됐대. 옆 동네 마을 회관 앞에서."

옆 동네 마을 회관이라면 나도 전에 한 번 가본 적이 있다. 꽤나 먼 곳에서 찾았구나 싶었는데 어머니의 다음 말에 순간 가슴이 철렁했다.

"우체통 위에서 발견됐다고 해."

머릿속에 곧장 떠오른 건 우체통 위에 올라탄 미도리의 모습이었다. 미도리가 뭔가 이상한 게임이라도 한 걸까. 어머니가 대체 무슨 소리를 하는 건지 의아했다.

"미도리는 죽었단다."

그 말을 이해하기까지는 상당히 오랜 시간이 걸렸다.

지난해 죽은 반려견 '론'의 모습이 떠올랐다. 활달한 성격으로 늘 내 주변을 맴돌던 스피츠 종 강아지였다. 겨울 무렵에 병에 걸려 갖은 노력을 했지만 결국 눈 내리는 어느 날 아침 싸늘히 식어 있었다. 아무리 몸을 흔들어도 움직이지 않았고 입 밖에 보이는 잇몸은 하얗게 변해 있었다. 그때는 이틀 내내 울기만 했다.

미도리가 죽었다.

죽은 사람과는 두 번 다시 만날 수 없다.

그런 사실을 깨달은 순간 엄청난 슬픔과 두려움이 동시에 밀려왔다.

감정의 한계에 도달했는지, 아니면 뭔가를 느꼈는지는 알 수 없다. 그래도 비명과 함께 눈물이 터졌다.

"진정하렴. 응?"

그날 유치원은 임시 휴원했다. 그런데도 어른들이 속삭이는 소리를 듣고 우체통 위에 올려져 있던 것이 미도리의 머리뿐이었다는 걸 알게 됐다. 그때도 추상적인 잔상만 머릿속에 떠올랐지만 적어도 무서운 광경인 것만은 확실했다.

창밖을 보니 방송국 차량 여러 대가 집 앞을 지나쳐 갔다. 마이크와 카메라를 든 어른들이 동네를 어슬렁거렸고 경찰은 그보다 더 많이 보였다.

다음 날에는 유치원 등원이 재개됐지만 공원에 경찰관 몇 명이 경계 근무를 서고 있었다. 조금씩 세부적인 이야기도 전해졌다. 유치원 선생님과 학부모들은 아이들 앞에서 최대한 숨기려 했지만, 어디든 눈치 빠른 아이들은 있기 마련이라 친구들 사이에 그런 정보가 퍼지는 건 시간문제였다.

"또 발견됐대, 미도리의 시체. 이번에는 오른쪽 다리."

"다른 유치원 현관 앞에도 있었대."

"아빠한테 들었는데 앞으로는 초등학생도 학교 갈 때나 집에 갈 때 무조건 부모님과 함께 가야 한대."

"TV에서 뉴스가 나오면 바로 꺼 버리셔."

어느 집이나 사정은 마찬가지인 듯했다. 우리 집에서도 어른들은 미도리 관련 뉴스에서 나를 최대한 멀어지게 하려고 필사적으로 애쓰는 듯 보였다.

그러나 그런 어른들의 고뇌를 비웃는 것처럼 사건은 진행됐다. 사흘째 되는 날 이른 아침 이번에는 미도리의 왼쪽 다리가 신사 새전함 위에서 발견됐다.

아무리 숨기려고 해도 지나치게 충격적인 소식은 어른들의 손아귀를 벗어나기 마련이다. 나는 미도리를 죽인 범인이 '시체 배달부'라 불린다는 사실을 알게 됐다.

사흘째가 되자 경찰뿐 아니라 소방대원들의 모습도 눈에 띄기 시작했다. 더 이상 마을에서 아이 혼자 있는 광경은 찾아볼 수 없었다.

유치원에서도 선생님들의 표정이 굳어 있었다. 유치원 건물에 경찰관들이 대기했고 제복을 입은 이들의 얼굴은 늘 차

갑게 얼어붙어 있었다.

TV에서는 스물네 시간 미도리 사건을 다루는 듯했다. 후쿠오카의 시골 마을에서 일어난 사건 소식이 전국으로 퍼져 이제는 일본 국민이라면 누구나 '시체 배달부'라는 별명을 알 것 같았다.

세상을 떠들썩하게 한 이 사건은 결말 또한 화려했다.

미도리의 왼쪽 다리가 발견되고 얼마 지나지 않아 어머니가 심각한 얼굴로 알려 주었다.

"미도리를 죽인 범인이 붙잡혔다는구나."

어린 마음에 범인이 붙잡히면 모든 게 끝날 줄 알았으니 가슴을 쓸어내렸다. 그러나 엄마가 그다음 들려준 이야기는 내 불안감을 더욱 증폭시켰다.

"중학생이라고 해."

TV에서는 이름을 공개하지 않았지만 어머니들의 네트워크는 익명을 허락하지 않았다. 범인은 사하라구 레이조지에 사는 열네 살 소년. 이름은 소노베 신이치로라고 했다. 이틀이 지나자 소노베 아버지의 직업도 거론되기 시작했다.

시신 일부가 각기 다른 장소에 놓인 기이한 상황과 맞물려 범인이 14세 소년이라는 점이 사람들의 혼란을 더 부추겼다. 범인이 붙잡혔지만 아이들을 보호하는 경찰관 숫자만 반으로 줄었고 매주 일요일에는 어머니들이 긴급 모임 등의 명목으로 유치원에 가서 설명을 들었다.

창밖에서는 방송국 관계자들로 보이는 인파가 배로 늘어났다. 그들은 소노베 신이치로의 발자취를 좇는 듯했고, 인근 식당과 주유소가 그들의 보급 기지가 되어 붐빈다고 했다.

"'시체 배달부 호황'이라 부른다고 해. 어떻게 그런 말을 하는지 모르겠어."

어머니는 기분이 좋지 않아 보였지만 이웃들에게 정보를 수집하는 모습을 보면 정말로 기분이 좋지 않은 건지 알 수 없었다.

"너무 끔찍한 이야기야."

어머니는 분개했다. 들을수록 기분 나빠질 이야기를 왜 일부러 나서서 듣는 건지 의아할 따름이었다.

하지만 이제는 어머니의 마음을 이해할 수 있다. 끔찍한 이야기, 있어서는 안 될 일을 남의 일처럼 말하다 보면 왠지 자신과 무관하게 느껴지기 때문 아니었을까. 사실 나에게도 비슷한 기억이 있다. 실패를 겪거나 큰일을 당한 친구의 이야기를 들으면 왠지 모르게 안심이 됐다. 이런 마음은 아이나 어른이나 마찬가지일지 모른다.

물론 이야기 속 주인공이 미도리인 만큼 안심할 수는 없었다. 가슴에 구멍이 뚫린 듯한 상실감은 아무리 노력해도 채울 수 없었고, 어른들이 하는 이야기와 TV에서 나오는 뉴스를 들으며 나는 무릎을 끌어안고 덜덜 떨었다. 열네 살 소년이 다섯 살 여자아이의 목숨을 앗아 가는 세상. 그런 세상에 사는 게 불안하고 두려웠다.

"범인은 붙잡혔지만 처벌받지 않는다고 하더구나."

그때는 역시나 나도 이해가 안 돼서 이유를 물었다. 그러자 어머니는 분통을 터뜨렸다.

"16세 미만은 사람을 죽여도 죄가 되지 않는대. 법에 그렇게 정해져 있는 거야."

도무지 납득되지 않았다.

"죄를 묻지 않을뿐더러 감옥에도 가지 않고 병원 같은 곳에서 보호받는다고 해. 그뿐만 아니라 몇 년만 지나면 그곳에서 나올 수 있지. 아무렇지 않게. 이보다 더 부조리한 일이 있겠니?"

'부조리'의 정확한 뜻은 알지 못했지만 세상에는 옳지 않은 일이 많이 생긴다는 것만은 알 수 있었다. 열네 살 소년이 쉽게 살인마가 된 것까지 포함해 현실은 정말 말도 안 되는 일 투성이라 생각했다.

다음 날, 미도리의 고별식이 열렸다. 친구였던 나도 고별식에 참석하게 돼 단정하게 옷을 갖춰 입었다.

"향 같은 건 피우지 않아도 돼. 제단 앞에 서서 인사하고 손만 모으렴."

고별식은 마을 안 장례식장에서 열렸다. 유치원 관계자는 물론 방송국 기자들까지 몰려와 장례식장 주변을 겹겹이 에워쌌다. 셔터를 누르는 소리가 시끄러웠다. 쉴 새 없이 터지는 플래시 섬광이 눈부셨다.

장례식장에 들어가기 직전, 마이크를 든 어떤 여자와 눈이 마주쳤다.

그리고 그 일이 불행을 낳았다.

"너도 미도리의 친구니?"

반사적으로 고개를 끄덕였다. 그러자 여자는 은근슬쩍 마이크를 나에게 들이밀었다.

"평소 미도리랑 친하게 지냈어?"

"네."

"미도리가 죽어서 지금 어떤 기분이니?"

그러자 보다 못한 어머니가 중간에 끼어들었다.

"저기요. 그만하세요. 이렇게 어린 아이를 상대로 인터뷰라니……."

그러나 여자는 주눅 들지 않았다. 부모의 간섭 같은 건 이미 익숙한 듯 보였다.

"범인이 열네 살짜리 소년이라는 건 아니? 열네 살이면 죄가 성립되지 않는단다. 거기에 대해 어떻게 생각하니? 네 기분을 들려줬으면 해."

여자의 얼굴이 눈앞에 다가오자 갑자기 무서워졌다. 입안에 날카로운 송곳니와 길쭉한 혀가 숨어 있을 것 같았다.

"제발 그만해요!"

어머니는 여자를 밀치고 내 팔을 잡고 장례식장 안으로 들어갔다.

장례식장은 예상보다 훨씬 넓었다. 제단에 놓인 미도리의 영정 사진. 소풍 때 찍은 사진이다. 그 아래에는 미도리가 좋아하던 백합꽃이 한가득 장식돼 있었다.

행사장 여기저기서 흐느끼는 소리가 들렸지만, 정작 제단 근처에 앉은 사하라 씨 유족은 울지 않았다.

아니, 울 수 없었을 것이다.

미도리 어머니의 눈은 새빨갛게 충혈되어 부어 있었다. 너무 많이 울어서 몸 안에 더 이상 수분이 남아 있지 않은 듯했다.

미도리의 아버지는 조문객 한 명 한 명에게 인사하며 뭔가를 견디는 것처럼 표정이 굳어 있었다. 언니 아키코는 창백

한 얼굴로 고개를 푹 숙인 채 바닥만 응시했다.

먼저 유치원생들이 한곳에 모여 미도리에게 작별 인사를 했다.

미리 배운 대로 영정 앞에 서서 두 손을 모으고 고개를 깊숙이 숙였다.

순간 앞으로 두 번 다시 미도리를 볼 수 없다는 사실이 머릿속에 엄습했다.

뚝뚝 소리가 났다. 어느새 내 눈에서 커다란 눈물방울이 떨어지고 있었다.

목소리에도 오열이 섞였다. 언젠가 동물원에서 들은 하마가 우는 소리 같았다.

구체적으로 뭐가 어떻게 슬픈지는 알 수 없었다. 가슴에서 갖가지 감정이 소용돌이쳤고 눈물이 저절로 흐르는 것 같았다.

미도리의 가족 앞에 가자 지금껏 멍하니 제단만 바라보던 미도리의 어머니가 허리를 숙여 내게 눈높이를 맞췄다.

"와 줘서 고맙구나. 미도리도 분명 기뻐하겠지."

대답하고 싶지만 말문이 막혀 제대로 할 수 없었다.

그러자 미도리의 어머니가 나를 와락 껴안았다.

"착한 아이들……. 그래도 말이지. 그래도 이 세상은 정말 부조리하단다."

또 나왔다. 이해할 수 없는 단어.

그러나 그것이 납득하기 어렵고 어쩔 도리가 없는 괴로운 일을 의미한다는 것만은 대략 짐작할 수 있었다.

"미도리를 죽인 남자애는 아무 벌을 받지 않고 지금도 세상과 격리된 곳에서 평온하게 숨 쉬고 있어."

"우리 엄마가 언젠가 또다시 나올 거라고 했어요."

"그래. 그 괴물은 다시 이 세상에 돌아올 거야. 자신은 결백하고 아무 죄도 없다는 듯이. 아주 똑똑한 남자애 같으니 자신을 잘 꾸며서 빛이 내리쬐는 곳에 서겠지."

미도리의 어머니는 뭔가에 홀린 사람처럼 말을 이어 갔다. 자신을 향해 저주의 말을 중얼거리는 것 같기도 했다.

"억울해. 미도리의 원한을 꼭 갚아 주고 싶어."

나도 같은 마음이었다. 소노베 신이치로라는 중학생이 어떤 괴물인지 모르지만 상황이 허락하면 나도 꼭 복수에 동참하고 싶었다.

"그 괴물이 언제 나올지는 아직 알 수 없단다. 하지만 그 녀석이 어른이 되었을 때 아줌마는 이미 할머니가 되어 있겠지. 몸도 마음도 감당하지 못할 거야. 만약 그렇게 되면 너희가 아줌마를 도와줄래?"

나는 기세에 눌려 "네"라고 대답했다.

　"고맙구나. 정말 고마워……. 방금 그 말, 아줌마가 잘 기억하고 있을게. 잘 부탁한다, 요코."

1

위 선 자 들 의 연 회

1

"어떤 수를 쓰든 상관없어."

도쿄 구치소 안 접견실, 아크릴판 너머에서 남자가 호소했다. 일흔한 살 나이치고 이마에서는 기름기가 번들거리고 두툼한 입술은 그야말로 호색한처럼 보인다. 권력자 대부분이 색을 밝힌다는 게 의외로 진리일지 모른다고 미코시바 레이지는 생각했다.

"이제 곧 국민당 총재 선거가 시작돼. 내 한 표는 단순한 한 표가 아니지. 많은 파벌을 아우르는 중요한 한 표라고. 무슨 말인지 알겠나? 미코시바 군. 내가 한 표를 던지느냐 안 던지느냐에 따라 정계의 세력 구도, 그리고 이 나라의 미래가 완전히 뒤바뀌는 거야. 그것도 안 좋은 방향으로."

국민당 중의원 의원인 이노마타 고시로가 강제추행 혐의로 체포된 건 국회 회기가 끝난 직후였다. 헌법상 국회의원에게는 회기 중 원칙적으로 체포되지 않는 불체포 특권이 있다. 경찰은 피해자 진술과 물적 증거들을 확보한 후 먹잇감이 안전지대에서 걸어 나오기만을 기다리고 있었다.

"난 결백해. 지금 당장 여기서 날 꺼내 주게."

그러나 이노마타의 혐의는 국회의원들에게 흔한 뇌물수수나 선거법 위반이 아니다. 무려 강제추행죄다.

"이건 전형적인 꽃뱀 사건이야."

이노마타는 변호를 처음 의뢰할 때부터 줄곧 그렇게 주장했다. 여당 농림부회 부회장인 이노마타가 회의 직후 기자들에게 둘러싸여 취재에 응한 게 사건의 발단이었다. 당시 모인 기자 중에 이노마타 취향의 여기자가 있었다. 처음 보는 얼굴이라 신원을 물으니 대형 신문사 정치부에 갓 발령받은 신입이라 했다.

신문사의 이름이나 소속 같은 건 영향을 끼치지 못했다. 이노마타가 그녀에게 한눈에 홀린 건 바로 여기자의 몸매 때문이었다.

"회의에서 비공개로 진행된 내용을 알고 싶으면 나중에 따로 연락하게."

이노마타는 여기자에게 그렇게 속삭이고 명함을 건넸다. 사적인 용무를 위해 만든 명함에는 휴대폰 번호가 적혀 있었다.

두 사람만의 자리를 만드는 건 큰 노력 없이 가능했고 그녀를 침대에 끌어들이는 건 더 쉬웠다고 이노마타는 말했다. 그의 머릿속에서는 여기자가 특종을 잡으려면 육체를 상납하는 게 당연한 일이었다.

"애초에 성희롱이니 직장 내 갑질 같은 건 60대 이상 남자들에게 말해 봤자 통하지 않아. 그런 교육 자체를 받지 않았으니."

강제추행죄로 붙잡혀 온 마당에 성희롱이니 갑질이니를 따지는 것도 의미 없지만 미코시바는 굳이 입을 열지 않았다.

이노마타가 꽃뱀 사건이라 주장하는 이유에는 체포 이후 전개된 네거티브 캠페인도 있었다. 체포 직후부터 시작된 언론의 보도 공방은 그가 지금껏 쌓아 온 정치적 업적 등은 철저히 무시한 채 오로지 이노마타 개인의 인격 비난으로 일관했다.

―날마다 화려한 밤을 보내며 회기 중에는 꾸벅꾸벅 조는 의원

―연설은 못 해도 추파를 던질 때만은 청산유수?

—입은 무겁지만 허리는 가볍다.

권력을 악용한 성범죄인 만큼 절대 봐줄 수 없다는 듯이 모든 신문사와 방송사가 이노마타의 천박하고 파렴치한 평소 행실을 비판했다. 일반지와 스포츠 신문을 가리지 않고 누가 더 이노마타의 인격을 잘 비하하는지 경쟁하는 듯했다.

야당은 말할 것도 없고 친정인 국민당 여성 의원들에게서도 비판이 쏟아졌다. 여성 표를 의식하는 정당과 의원들의 반응은 합당한 것이었지만 이노마타는 자신을 정치적으로 깎아내리기 위해 반대 세력이 결집했다고 주장했다.

"이 모든 게 다음 총재 선거에서 마가키 총리의 3선을 막기 위한 음모야. 내 한 표가 사라지는 즉시 상대 후보인 구루마 간사장이 유리해지기 때문이지."

음모라는 말을 듣고 미코시바는 쓴웃음을 참을 수 없었다. 대체로 자기를 과대평가 하는 사람, 현재 자신의 상황이 자신에게 어울리지 않는다고 생각하는 사람일수록 음모론을 펼친다. 눈앞의 실체를 직시하지 않고도 행복할 수 있다는 걸 알기 때문일 것이다.

"하반신에 인격 같은 걸 따지는 게 무슨 의미 있나?"

이노마타는 변호인인 미코시바 앞에서도 그렇게 주장했다.

"작금의 시대 상황을 고려하면 여성들의 적으로 간주되는 건 뭐 어쩔 수 없다고 쳐. 하지만 정치인에게 필요한 건 교섭과 협상 능력 아닌가. 인격 같은 게 무슨 소용 있어? 오로지이 나라에 얼마나 많은 이익을 가져다주느냐가 관건이지. 그리고 그걸 떠나 애초에 여자 하나 못 꼬시는 남자가 상대국의 이해관계를 짊어진 대표들을 설득할 수나 있겠나?"

"귀담아들을 명언이지만 법정 안에서는 입에 담지 말아 주십시오."

"그래, 그 정도는 나도 아네. 그런데 말이야. 자네도 정치인에게 인성 운운하는 풍조가 이상하다고 생각하지 않나?"

이노마타는 화를 못 참겠다는 듯이 입에 게거품을 물며 떠들었다.

"면회 온 비서가 인터넷 글과 신문, 잡지 사설 같은 걸 들려줬어. 너무 우스꽝스러워서 일일이 반박할 생각도 없지만, 여하튼 요즘은 권력자나 유명인들의 발목을 잡는 데 다들 혈안이 된 것 같더군. 그들의 노력과 재능 덕에 먹고사는 주제에 그것도 모르고, 하찮은 사생활의 허물 하나로 철저하게 상대를 때려잡으려 드는 거야. 황금 알을 낳는 닭의 목을 제 손으로 무참히 조르고 있다는 걸 왜 그리들 모를까?"

미코시바는 대답하지 않았다. 애초에 미코시바에게 여론 따위 중요하지 않고 설령 여론이 판사와 배심원들의 심증을 좌우한다고 해도 변론으로 뒤집을 자신이 있었다.

그런 미코시바의 반응이 불만족스러운지 이노마타는 방식을 바꿨다.

"자네에 대한 소문은 들었네. 전직 '시체 배달부'. 변호사라는 사람이 나보다 훨씬 행실이 불량하지. 아니, 정계에 기생하는 닭대가리들의 악덕을 전부 긁어모아도 자네를 능가할 수 있을지는 의문이야."

"감사합니다."

"자네를 변호사로 고용했다는 이유만으로 의뢰인인 나는 더 큰 비난을 받겠지. 여론도 지금보다 들끓을 테고. 그런데도 내가 굳이 자네를 변호인으로 선임한 이유를 알겠나? 내 무죄 판결이 국민당, 더 나아가 이 나라의 이익이 된다고 믿기 때문이야. 난 이기기 위해 수단과 방법을 가리지 않겠네. 그러니 자네도 수단과 방법을 가리지 말게."

본인은 단호히 선언했다고 느끼겠지만 듣는 입장에서는 코웃음만 나올 뿐이다. 의뢰인이나 사안의 경중 같은 것과 상관없이 지금껏 미코시바가 수단과 방법을 가린 사건은 단 한 건도 없기 때문이다.

그러나 의뢰인에게 신념을 전한다고 해서 1엔 한 푼 떨어지는 것도 아니다. 과거 사례들처럼 이럴 때는 상투적인 멘트를 입에 담으면 된다.

"의뢰를 한번 맡은 이상 의뢰인의 이익을 최대한 보호하는 게 변호사의 역할입니다. 설령 의뢰인이 성범죄자나 사이코패스일지라도."

그러자 이노마타가 흥 하고 유쾌한 듯 코웃음을 쳤다.

"그래. 그렇게 나와야지. 난 이 세상을 살아가는 데 약간의 허세 정도는 필요하다고 믿는 사람이야. 그 기세로 앞으로도 열심히 해 주게."

의뢰인 앞에서 앞으로 펼칠 작전을 공개할 필요도 없다. 미코시바는 접견을 마치고 면회실을 나갔다.

법률 개정 움직임이 가속화되고 있다지만 2016년 현재 강제추행죄는 여전히 친고죄로 규정돼 있다. 용의자가 체포 및 구금된 상태여도 피해자와 합의만 하면 고소를 취하할 수 있다. 고소가 취하되면 검찰은 사건을 불기소해야 하고 불기소되면 당연히 전과도 남지 않는다.

이런 사건은 법정에서 어떤 전술을 쓰느냐 보다 재판에 가기 전 어떻게 피해자와 원만하게 합의하느냐가 변호사에게 요구되는 기량이다. 재판에서 압도적인 승률을 자랑하는 미코시바 역시 예외가 아니고, 합의 성립 시 법정에서 쓸데없는 사생활이 거론되는 상황을 막을 수 있어 의뢰인에게 더 큰 감사 인사를 듣기도 한다.

문제는 이노마타를 고소한 그 여기자를 어떻게 구슬리느냐. 애당초 이노마타의 범죄가 드러난 건 여기자가 몰래 가지고 있던 녹음기에 둘 사이의 대화를 비롯한 일거수일투족이 녹음돼 있었기 때문이다. 피해자 측은 취재원과 면담할 때 녹음기를 가져가는 게 관례라 주장했지만, 언론과 세상에 알려지는 건 이미 편집을 마친 결과물이다. 자료를 일일이 검토하다 보면 파고들 틈새가 생길 수도 있다.

미코시바는 상대의 자존심을 무너뜨리고 여성으로서의 권리를 짓밟는 데 아무런 죄책감을 느끼지 못했다. 의뢰인에게 유리한 조건을 끌어내기 위해서는 철저히 약점을 파고들어 투쟁심을 송두리째 뽑아내는 것이 변호사의 역할이다. 그로 인해 세상의 비판을 받든 여성들의 적이 되든 상관없다.

그 기자가 숨기고 싶어 하는 게 뭘까…….

미코시바는 속으로 이런저런 가능성을 검토하며 주차장에 세워 둔 차에 올라탔다. 사무실까지 걸어갈 수 있는 거리지만 오늘은 또 외출할 일이 있다. 전직 도쿄 변호사 협회 회장인 다니자키 간고의 호출을 받은 것이다.

다니자키의 사무소는 그의 외모만큼이나 고색창연한 건

물 안에 있다. 그러나 단순히 낡고 오래된 게 아닌 유서 깊은 위엄이 느껴진다. 이제 막 사무소를 개업한 젊은 변호사들은 결코 흉내 낼 수 없는 것이다.

구체적인 용건이 뭔지 알 수 없지만 어차피 별로 좋은 일은 아닐 것이다. 좋은 일이면 전화나 메일로 충분하다. 이렇게 직접 만나자고 하는 건 비밀 유지와 의견 교환이 필요한 일이기 때문이다.

"여어, 미코시바 선생. 바쁜데 불러서 미안하네."

사무소에 들어서자마자 곧장 다니자키의 집무실로 향했다. 주변에서 들은 이야기로는 동종 업계 사람도 좀처럼 들어오지 못하는 방이라고 한다. 미코시바에게 호감이 있는지 아니면 단순히 즐기는 것인지 알 수 없지만, 어쨌든 다니자키에 대한 미코시바의 평가는 '오지랖 넓은 노인'이었다.

판에 박힌 듯이 사람 좋은 영감님 같은 외모지만, 미코시바는 결코 속지 않았다. 회장직에서 물러나기는 했어도 여전히 변호사 협회 안에서 막강한 권력을 자랑한다. 분명 한때 '오니鬼자키'*라는 별명으로 불릴 정도로 뛰어난 정치력과 협박에 가까운 교섭술 덕분일 것이다. 정치력은 넘어간다 쳐도 교섭술만큼은 미코시바에게도 비슷한 자질이 있어 거기에

* '오니'는 일본어로 '귀신', '악귀'를 뜻한다.

서 친밀감을 느끼는 게 아닌가 싶지만 본인에게 직접 확인해
본 적은 없다.

"우연히 들었는데, 이노마타 의원의 변호를 맡았다더군."

"조금 전 접견을 마치고 돌아왔습니다."

"어떻던가?"

"수감된 처지인데도 아주 위풍당당하더군요. 이번 사건은
음모이며 자신을 구하는 게 국가 안녕을 위한 일이라고 했습
니다."

"후후. 그 사람이 입에 담을 법한 말이군."

"아는 사이신가요?"

"알기는 하지만 돈독한 건 아닐세. 그의 파벌에 도쿄 변호
사 협회 출신 의원이 있어 술자리를 몇 번 함께했을 뿐. 자네
는 그를 어떻게 보나?"

"어떻게 보고 말고가 있겠습니까."

의뢰인의 인격이나 정치적 배경 같은 건 신경 쓰지 않고
일을 맡으니 이렇게 대답할 수밖에 없다.

"그냥 제 의뢰인이죠."

"역시. 자네라면 그렇게 말할 줄 알았네. 이노마타는 구세
대 국회의원들의 부족한 성 감수성과 신세대 의원들의 낮은
인망을 다 갖춘 인물이야."

"장점은 없습니까?"

"인맥과 자금력 면에서는 그럭저럭 평가할 만하겠지. 차기 총재 선거에서 자기 한 표가 대세를 좌우할 거라고 생각할 테지만 그것도 말도 안 되는 소리. 이노마타가 감방 안에 있다고 해서 파벌의 세력 관계에 어떤 변화가 있겠나? 자신을 너무 과대평가하는 거야. 그러니 그런 시시한 여자한테도 걸려 밑천을 드러냈겠지."

미코시바도 그를 만나며 비슷하게 느꼈지만, 언급한다고 해서 득 될 것도 없으니 입을 다물었다.

"제가 이번 일을 맡아서 혹시 문제라도 있을까요?"

"아니. 자네가 변호를 맡았다는 건 아직 언론에 유출되지 않았어. 협회 안에서도 아직까지 드러내놓고 비판하는 목소리는 없고. 물론 입 다물고 있는 녀석들 중에는 인간쓰레기의 변호를 인간 말종이 맡았다며 뒤에서 비아냥거리는 사람도 있겠지만."

"절묘한 표현이군요."

"자네가 일을 맡았다는 게 알려지면 거기에 준하는 비방과 악담이 반드시 터져 나오겠지. 하지만 세간의 시선과 별개로 난 개인적으로는 자네가 이번 사건을 맡은 걸 흥미롭게 보고 있네."

"어떤 점이 흥미로우시죠?"

"자네의 변호로 파렴치한 국회의원을 매장하라고 큰소리 치는 멍청이들의 코가 납작해지는 꼴을 볼 수 있을 테니."

나이 많은 현자의 얼굴로 험한 이야기를 아무렇지 않게 내뱉는다. 이런 간극이 바로 다니자키의 진면목이었다.

"이노마타를 체포할 때도 검찰의 의욕보다 여론의 목소리가 컸지. 강제추행을 용납하자는 건 아니지만 아직 재판도 열리지 않은 상태에서 용의자의 인격을 무작정 깎아내리고 보는 건 상식 있는 사람의 절제된 태도가 아니지 않겠나."

관계자도 아닌 이들에게 절제를 요구하는 것 자체가 무리라고 생각했지만 역시 입을 다물었다.

"애초에 국회의원 같은 녀석들에게 인성을 요구하는 것부터가 잘못됐어. 국회의원은 자신의 정치적 신념을 정책에 반영할 능력만 있으면 그만이지. 인성이 바르다며 칭찬할 대상은 유치원생이나 어린이, 스포츠 경기 관중들 정도 아니겠나?"

"인성이 좋지 않은 건 한눈에 보이기 때문이겠죠."

"요즘은 익명이 아니면 지적 하나 못하는 녀석들이 분위기에 휩쓸려 경솔하게 입을 놀려 대니 거슬릴 따름이야."

"저더러 다니자키 선생님의 즐거움에 기여하라는 뜻일까

요?"

"그게 무슨 소린가. 난 그저 방관자일 뿐인데."

미코시바는 새삼 집무실 안을 다시 둘러봤다. 다니자키가 부르지 않는 한 이곳에는 직원도 들어올 수 없다.

"특이하게도 응접실이 아닌 집무실로 부르셨는데 무슨 이유라도 있을까요?"

"변호사 협회에 자네의 징계 요구서가 도착했네."

"그렇습니까?"

왠지 어깨가 올라가는 기분이었다. 전직 '시체 배달부'라는 사실이 업계에 알려지며 미코시바를 징계하라는 청구는 지금껏 여러 번 올라왔다. 그때마다 다니자키가 나서서 막아 줬지만 미코시바도 진퇴를 고민할 정도의 위기감은 없었다. 변호사 업무상 배임 행위라도 했으면 모를까, 변호사 자격을 취득하기 전의 일로 징계를 청구해 봐야 이의를 제기하면 끝이기 때문이다.

"그런데 말이지. 이번 징계 청구 당사자는 변호사가 아닌 일반 시민이야."

그렇게 말하고 다니자키가 눈앞에 내민 것은 징계 청구서 사본과 인터넷 화면을 캡처한 스크린샷 사진이었다.

이미 여러 번 봐서 익숙한 징계 청구서. 대상 변호사란에는 당연히 미코시바의 이름이 적혀 있다. 반면 정작 중요한 징계 청구인은 지금껏 한 번도 들어본 적 없는 인물이었다.

"이 징계 청구서는 전체 중 한 장일세. 청구인은 다양해. 주소와 성별도 제각각이고."

· 신청 취지 – 도쿄 변호사 협회 소속 미코시바 레이지 변호사를 징계
　　　　　할 것을 요구한다.
· 징계 사유 – 해당 변호사는 과거 '시체 배달부'라는 이름으로 세간을
　　　　　떠들썩하게 한 범죄자이며 이는 징계 사유에 해당한다
　　　　　고 판단한다.

"다른 징계 청구서들도 신청 취지나 징계 사유는 한 글자도 다르지 않아. 모두 글 하나를 그대로 베껴 썼지. 징계 청구서 쓰는 것도 이렇게 쉬워진 세상이야."

뒤이어 인터넷 화면을 캡처한 스크린샷 사진도 확인했다. 블로그에 올라온 글 일부를 찍은 듯했다.

항상 제 블로그를 찾아 주셔서 감사합니다.

여러분은 30년 전에 일어난 끔찍한 '시체 배달부' 사건을 기억하십니까? 전국의 양심적인 모든 사람을 공포의 도가니로 빠뜨린 그 사건

말입니다. 당시 다섯 살이던 사하라 미도리 양이 잔인하게 살해되고 시신 일부가 우체통과 유치원 정문 앞, 신사 새전함 위에 놓인 참으로 잔인하고도 끔찍한 사건이었습니다. 체포된 자가 당시 열네 살 소년이었다는 점도 우리에게 충격을 안겼습니다.

그 범죄 소년은 지금 어디서 뭘 하고 있을까요?

정보 수집력이 뛰어난 분들은 그 범죄 소년이 지금은 이름을 미코시바 레이지로 바꾸고 무려 변호사가 되었다는 경악스러운 사실을 알고 계실 겁니다. 그렇습니다. 한때 괴물이라 불리며 두려움의 대상이었던 이종 생명체가 지금은 인권을 외치는 성직자의 옷을 입고 있는 것입니다.

이 같은 사실은 어느 양심 있는 언론인의 기사로 밝혀졌지만, 지금도 미코시바 레이지는 변호사로서 법정에 서서 악행을 일삼고 있습니다. 비유하자면 방화범이 소방관 노릇을 하는 것이나 마찬가지입니다.

미코시바 레이지는 유죄가 확실시되는 사건에서도 집행유예, 심한 경우 무죄까지 받아내는 극히 유능한 변호사입니다. 그러나 그는 절대 약자의 편이 아닙니다. 그는 고액의 보수를 약속하는 의뢰인에게만 봉사합니다. 아니, 그가 섬기는 것은 돈 그 자체입니다.

지금 이 나라의 사법부는 위기에 처해 있습니다. 미코시바 레이지라는 전직 살인범의 암약으로 말입니다. 돈을 위해서 일하는 변호사는 입만 산 사기꾼에 불과합니다. 그들은 고액의 보수만 가져다준다면 어떤 범죄자도 가리지 않으며, 미코시바 레이지가 세상에 존재하는 한 사법 정의는 기대할 수 없습니다. 야만인, 매국노, 차별주의자, 반국가주의자, 인류의 적 같은 악마들을 변호하고도 한 치도 부끄러워하지 않는 사람이 바로 미코시바 레이지인 것입니다.

양심적인 시민 여러분. 지금이 바로 여러분께서 일어서야 할 때입니다. 여러분 한 사람 한 사람의 행동이 이 나라의 정의를 지킬 수 있습니다. 여러분 한 사람 한 사람의 정의가 이 나라의 사법을 정상화할 수 있습니다.

방법은 매우 간단합니다. 아래에 징계 청구서 서식과 예시가 있습니다. 필요한 항목은 전부 기재돼 있으니 징계 청구인란에 여러분의 주소, 성명, 전화번호를 기입한 후 도쿄 변호사 협회(도쿄도 지요다구 가스미가세키 1-1-3 변호사 회관 6층, 우편번호: 100-0013) 앞으로 보내시면 됩니다. 징계 청구서는 A4 용지, 왼쪽 정렬에 가로쓰기로 편집된 것을 각각 다섯 부씩 동봉해 주십시오.

변호사 협회에서 징계 청구가 받아들여지면 미코시바 레이지는 도쿄 변호사 협회를 탈회해야 합니다. 또 징계 청구를 이유로 탈회한 변호사를 다시 받아 줄 변호사 협회도 존재하지 않으니 사실상 미코시바 레이지는 변호사 자격을 잃게 됩니다. 그것은 희대의 악마에게서 능력을 빼앗는 거나 마찬가지입니다. 지금 우리는 그의 목숨을 앗아가려는 것이 아닙니다. 그의 악행을 사전에 막으려는 것입니다. 그리고 그 방식은 30년 전에 그가 저지른 극악무도한 행위에 비하면 압도적으로 평화롭고 온건한 방식입니다.

이번 일에 참여하면 미코시바 레이지에게 보복당할까 봐 두려운 분도 계실 것입니다. 하지만 안심하셔도 좋습니다. 징계 청구서는 협회와 해당 변호사에게 전달되지만, 징계 청구자의 이름은 개인 정보 보호법에 의해 완벽하게 비밀로 유지됩니다. 미코시바 레이지가 여러분의 주소와 이름을 알아낼 가능성은 없습니다.

악마를 몰아낼 수 있는 건 오직 정의입니다.

악의를 파괴할 수 있는 건 오직 선의입니다.

양심 있는 사람들이 모두 모여서 들고 일어서야 합니다.

당신의 간절한 마음을 댓글로 남겨 주세요.

이 나라를 위해.

당신을 위해.

당신의 가족을 위해.

– 이 나라의 정의로부터

블로그 글을 다 읽은 미코시바는 냉소를 감추지 못했다.

그야말로 엉성하고 조잡한 글이다. 독선적이고 자아도취에 빠진 선언문은 꼭 망상 버릇이 있는 중학생의 글을 연상

케 했다.

"어처구니가 없나 보군."

"그렇다기보다 이런 사안도 접수해야 하는 협회 사무국에 동정심이 드는군요."

"나도 같은 생각일세. 이것과 똑같은 징계 청구서가 지금 껏 5백 통 이상 도착했어. 봉투를 뜯는 데만도 골머리를 앓고 있다고 해."

엄청난 숫자에 또다시 웃음이 터질 뻔했다.

"오늘만 5백 통이니 앞으로 더 늘겠지. 최종적으로 몇 통 이 올지 알 수 없고, 또 징계 청구서가 몇천 통이 오든 어차피 전부 하나로 통일된다는 것 또한 사무국 직원들을 좌절케 하는 이유 중 하나야. 아무리 무의미한 문서여도 일단 도착하면 전부 기록으로 남겨야 하니까. 게다가 심의를 하든 안 하든 결과 통지서를 청구인에게 보내야 하지. 송달 증명은 한 통에 822엔, 간이 등기여도 최소 392엔. 하물며 해당 변호사 와 일본 변호사 연맹에도 같은 것을 보내야 하니 거기에 세 배. 지금으로서는 이미 60만 엔 정도 되는 지출이 예상되고 있네."

다니자키의 말투가 점점 거칠어지기 시작했다.

"그런데 무엇보다 악질적인 건 바로 이 '이 나라의 정의'라는 자가 터무니없는 정보를 퍼뜨리고 있다는 점 아니겠나."

징계 청구서는 당연히 해당 변호사에게 전달된다. 그때 문서에서 뭔가를 빼거나 없애지는 않으니 징계 청구인의 신원 역시 해당 변호사에게 고스란히 알려진다. 또 변호사 자격을 취득하기 전에 한 행위는 징계 사유가 될 수 없다는 건 이미 입증됐다. 즉, '이 나라의 정의'는 치명적인 실수를 두 가지나 저지른 셈이다.

"오늘 안에 자네 사무실에도 같은 문서가 도착할 거야. 청구서 자체에는 아무 효력도 없으니 구워 먹든 태워 먹든 마음대로 해도 되네. 물론 소일거리 삼아 살짝 상대해 주는 것도 나쁘지는 않을 테고."

다니자키의 목소리가 뒤로 갈수록 열기를 머금었다.

"물론 일반 시민들의 징계 청구를 업신여겨서는 안 될 거야. 열린 사법, 친숙한 변호사 협회를 목표로 한다면 투명성이 필수고 시민들의 의견을 존중하는 자세도 필요하지. 하지만 한편으로 징계 청구가 남발되는 상황은 절대 칭찬할 일이 아닐세. 요즘은 변호사가 언론에 등장하는 기회가 많아지면서 일반인들의 안이한 징계 청구도 덩달아 늘어나고 있어."

다니자키의 지적대로 시민들의 징계 청구는 오래전부터 있어 왔다. 어느 시대, 어떤 변호사 협회에도 '악덕'으로 지목

당하는 변호사는 있기 때문이다. 그러나 최근 들어서는 그 빈도수가 이상하리만큼 급증하고 있다. 근거 없는 징계 청구는 해당 변호사에게 해명 부담을 주고 정신적 고통을 안기는 것은 물론 업무에도 지장을 준다. 또 정당성 없는 징계 청구는 불법이라 모르는 사이 청구인들을 불법을 저지른 자로 만들 수도 있다.

"일벌백계까지는 아니어도 이쯤에서 징계 청구가 어떤 건지 확실히 보여 줘야 한다는 의견도 있어. 사법 시스템 숙달은 사법 관계자들만 짊어질 숙제가 아니라 시민을 포함한 전 국민이 공유해야 한다는 생각이지."

미코시바는 그제야 고개를 끄덕였다.

익명성과 분위기에 휩쓸려 동조하는 사람들을 향한 쓴소리는 이번 일을 규탄하기 위한 포석이었을까. 이노마타를 향한 익명의 비난과 병적인 결벽성 집착을 논한 것도 이 대량 징계 청구 건에 넌지시 대처하라는 뜻이었던 것이다.

"아쉽지만 사법 시스템 숙달에는 관심이 없어서."

"나와 같군. 나도 그런 데는 관심 없어."

다니자키는 징계 청구서 사본을 휙 던졌다. 그 몸짓만으로도 그가 이번 일을 상당히 불쾌해한다는 게 느껴졌다.

"어차피 사법 시스템의 숙달과 이런 식의 행동은 전혀 다른 문제이기 때문이지. 어떤 사회 제도를 구축하든 불만을 품는 자들은 반드시 일정 부분 나오게 돼 있으니."

"그 일정 부분을 없애기 위해 절 활용하실 계획입니까?"

"독으로 독을 제압한다는 옛말도 있잖나. 아니, 이건 농담일세."

미코시바는 무슨 농담이냐며 속으로 비웃었다. 자신을 독으로 여기지 않았다면 굳이 이렇게 부를 일도 없지 않았을까.

다니자키는 변호사 협회 회장 등을 역임한 점 때문에 온화한 성격으로 인식되는 경향이 있지만, '오니자키'라는 별명처럼 한번 해롭다고 판단한 대상은 철저히 짓밟는다. 반대로 그런 확고한 입장을 지켜 왔으니 온갖 인간군상이 득실거리는 협회 안에서 권력을 쥘 수 있었다.

해마다 증가 추세인 징계 청구를 이대로 방치하다가는 변호 업무에 지장을 준다. 그렇다면 지금이라도 무의미한 징계 청구나 본질을 벗어난 주장에는 철퇴를 놓겠다는 의지가 엿보였다. 세간에는 시민들의 권리를 제한하는 움직임으로 비춰질 수도 있지만, 악명 높은 미코시바가 나서면 모든 시선이 그에게 쏠려서 나머지는 뒤로 밀릴 수 있다는 계산이 밑바닥에 깔린 듯했다.

대체 뭐가 사람 좋은 영감님인가. 음흉하고 노회한 너구리 아닌가.

"아무튼 사전에 연락 주셔서 감사합니다."

미코시바가 인사하고 집무실을 나가려 하자 뒤에서 다니자키가 다시 불러 세웠다.

"자네 사무실에는 여전히 직원 한 명뿐인가?"

"업무량이 적어서 한 명으로 충분합니다."

"이번에는 사정이 다를걸. 5백 통, 천 통이 오면 봉투를 뜯는 데만도 사나흘은 걸릴 걸세."

"어차피 한때입니다. 직원을 더 늘릴 계획은 없습니다."

"그래. 혹시 일손이 부족해지면 연락하게. 지원군을 보낼 테니."

"감사합니다."

"이건 딱히 대답하지 않아도 되지만."

다니자키가 이런 말을 꺼낼 때는 꼭 명확한 대답을 원할 때다.

"자네는 애초에 왜 자기 입으로 직접 과거를 밝혔나? 예전 사건에서 변론 도중에 스스로 과거 사건을 언급했다더군. 아무리 생각해도 자네답지 않은 행동이야. 경거망동이라고 하면 지나칠 수도 있겠지만, 그런 행동만 하지 않았다면 이번처럼 지혜롭지 못한 자들을 부추길 일도 없었을 텐데."

"자업자득이라는 뜻일까요?"

"제 입으로 털어놓았으니 그렇게 볼 수도 있겠지. 이건 불 속에 있는 밤을 주우러 가는 수준이 아니라 제 발로 불 속에 뛰어든 거나 마찬가지 아닌가."

미코시바는 잠시 생각에 잠겼다. 법정에서 자포자기하는 심정으로 자신의 옛 별명과 구악을 폭로한 건 아니었다. 자신에게 자해 성향 같은 건 없다는 것도 알고 있다. 실제로 방청객들 앞에서 폭로할 때도 쓸데없이 흥분하거나 두려워하지 않고 담담히 변론에 집중했다고 자각하고 있다.

그렇다면 결론은 하나다.

"별다른 이유는 없습니다. 변론을 유리하게 끌고 가려면 그것이 최선이었기 때문입니다."

미코시바의 대답을 들은 다니자키는 우울한 표정으로 고개를 흔들었다.

2

고스게에 있는 사무실로 돌아가자 예상대로 우편물이 대량 도착해 있었다.

"수고하셨습니다, 선생님."

사무직원 구사카베 요코가 피곤한 얼굴로 미코시바를 맞았다.

사무실에 배달된 우편물은 일단 요코가 자기 책상으로 가져가서 처리한다. 그 책상 위에 지금 고무줄에 묶인 우편물이 산더미처럼 쌓여 있다. 높이가 30센티미터쯤 되는 우편물 더미가 온 책상을 뒤덮고 있어 조금만 흔들려도 바닥으로 우르르 쏟아질 것 같다.

"대체 이게 뭐죠? 배달원 아저씨께서 카트에 실어서 가져오셨어요."

징계 청구서는 변호사 협회와 해당 변호사에게 동시에 전달되니 역시 5백 통은 될 것이다. 송달 증명으로 배송되는 탓에 하나하나 수령 처리만 해도 상당한 시간이 소요된다. 보아하니 봉투는 아직 한 통도 뜯지 않은 상태였다.

"오후 내내 뜯어도 다 못 뜯을 것 같아요."

"상관없어. 어차피 청구인 이름만 다르고 내용은 다 똑같은 문서야."

"뜯지도 않았는데 어떻게 아세요?"

조금 전 다니자키에게 사정을 전해 들었다고 하자 요코는 노골적으로 얼굴을 찌푸렸다.

"그럼 내일도 모레도 이런 우편물들이 온다는 말인가요?"

"내일모레로 끝난다는 보장은 없지. 다음 주, 다음 달까지 계속될지도."

요코는 오만상을 지은 채로 우편물 더미 속에서 한 통을 꺼내 뜯었다. 그리고 그 안에 적힌 글자를 읽는 동안 표정이 점점 더 험악해지는 게 보였다.

생각해 보니 요코 앞에서 자신이 소년 시절 저지른 범죄를 자세히 이야기한 적은 없다. 사람을 죽이고 의료 소년원에 들어갔다는 사실과 그 사건으로 가족들과 연이 끊긴 것 정도만 설명했다.

그러나 징계 청구서의 사유 설명란에는 '시체 배달부'의 정체가 명시돼 있다. 요코는 30대 중반이니 사건을 기억해도 이상하지 않다. 자랑은 아니지만 30년이 지난 현재도 이렇게 떠들썩한 사건이니 요코가 아예 모를 리는 만무하다.

"······정말 청구인 이름만 다르고 나머지는 다 같은 내용인가요?"

"그래. '이 나라의 정의'를 자처하는 블로그 주인장께서 친절하게 양식을 만들어 놓았더군. 동의하는 사람은 징계 청구인란에 자기 주소와 이름, 전화번호만 적으면 돼."

"당연히 그 블로그 주인도 징계 청구인 중 한 명이겠죠?"

예상치 못한 방향의 질문에 미코시바도 조금 당황했다.

새삼 다시 생각하니 그는 징계 청구서 양식을 소개하면서 청구인의 신원이 해당 변호사에게 전달되지 않는다고 잘못 설명했다. 양식 자체는 변호사 협회 홈페이지를 참고하면 충분하다.

블로그 주인은 사법 절차에 대한 지식이 아마추어 수준일 가능성이 크다. 아니면 청구인 이름이 익명 처리되지 않는 걸 알면서도 일부러 동조자들을 끌어들여 재미를 본 것일 수도 있다.

"꼭 그럴 리는 없겠지. 다른 사람들을 선동하고 자신은 안전지대에서 구경만 하고 있을 수도."

"왜 그런 짓을 하죠?"

"재미있으니까. 타인의 불행은 꿀맛이라는 말도 있지 않나?"

"그런 사람에게 5백 명이 넘는 사람들이 선동당한다고요?"

"이번 일은 익명으로 변호사를 징계할 수 있다는 점이 핵심이야. 아무리 평판이 좋지 않은 변호사가 있어도 보통은 직접 나서서 그 변호사를 징계할 생각은 하지 않지. 상대는 법조인이라 자칫하면 보복당할 위험성도 고려해야 하니. 하지만 익명이라면 안심하고 안전지대에서 마음껏 적을 때릴 수 있잖나. 거기에 다른 아군까지 많으면 거리낄 게 더욱 없겠지."

이야기하는 동안 미코시바는 희미한 흥분과 경멸을 동시에 느꼈다. 이런 인간들은 얼굴을 드러내고 있을 때는 싹싹하게 미소 지으며 예의 바르게 행동하지만 익명이 되는 순간 무례해진다. 신중함 같은 걸 신경 쓰지 않아도 되니 허술해지고 뒷일을 생각하지도 않는다.

정말 바보 같은 이야기라고 생각했다. 애초에 익명이 안전하다고 어떻게 단정 지을 수 있을까. 익명이기 때문에 상대가 내 모습을 볼 수 없다는 건 크나큰 착각이며, 모두가 애지중지하는 필터만 없애면 그 즉시 맨얼굴이 드러난다.

자기 모습과 이름을 숨겼다고 믿지만 실상은 상대의 모습과 위치를 가늠할 수 없게 된다. 그래서 정체가 드러나는 상황에 더 취약하고 위태롭다.

이 블로그의 주인도 그런 부류가 아닐까 의심했다. '이 나라의 정의'. 아무리 익명이라 해도 유치하기 짝이 없는 이름이다. '정의'라는 단어를 닉네임에 붙이는 순간 얄팍한 느낌만 남는다. 알면서도 붙였다면 어쩔 수 없지만 자각 없이 붙였다면 중학생 정도 되는 지능의 소유자 아닐까. 냉정하게 생각하면 중학생 수준의 지성을 가진 블로그 주인에게 5백 명이 넘는 사람들이 손쉽게 선동된 셈이다. 참으로 우스꽝스러운 이야기가 아닐 수 없었다.

미코시바는 이따금 상상했다. 자신이 아직 소노베 신이치로였을 때 만약 지금처럼 인터넷이라는 게 있었다면 '시체 배달부'는 어떤 취급을 받았을까.

사건과 직접 관련 없는 가족들에게도 세상은 가차 없이 비난을 퍼부었다. 열네 살의 살인자, 괴물을 키운 가족이라며 핍박하고 배척했다. 그래도 그 당시 욕하고 비방하던 이들은 실제 이웃에 살던 사람들이다. 핍박할 대상과 눈이 마주치면 약간이라도 망설이게 될 것이다.

그러나 그 대상이 '시체 배달부' 본인이라면 어떨까. 거기에 상대와 눈을 마주치지 않아도 되고 어떤 말을 해도 자신은 익명으로 보호받는다면 얼마나 악랄하고 비열한 행태를 일삼았을까.

"어차피 윤리 위원회에서도 이런 건을 시간을 들여 심사하고 싶지는 않겠지. 군이 징계 위원회가 나설 필요 없이 이 징계 청구는 무효가 될 거야."

설명을 듣는 동안 요코는 두 번째, 세 번째 봉투를 뜯었다. 각각의 서류를 비교하는 듯했다.

"선생님. 블로그 주인에게 선동당한 이들은 대체 어떤 사람들일까요?"

"얼굴도 목소리도 모르는 자의 말에 쉽게 속아 넘어간 자들이야. 징계 청구를 익명으로 할 수 있다는 건 변호사 협회 홈페이지 등을 조금만 검색해 봐도 잘못된 정보라는 걸 알 수 있지. 그런데도 제대로 알아보지도 않고 편승한 걸 보면 경박하고 판단력이 부족한 인간들 아닐까."

"처음에는 저도 비슷하게 생각했어요. 나이는 기껏해야 2, 30대에 사회 경험이 별로 없고 인터넷 정보만 믿으며 움직이는 단세포 같은 이들이겠거니 싶었죠. 하지만 징계 청구서에 적힌 글씨들을 보고 있자니 꼭 그렇지도 않겠다는 생각이 들어요."

그 말에 미코시바도 문득 궁금해져서 개봉된 징계 청구서를 확인했다. 요코가 무슨 말을 하는지 단박에 이해할 수 있었다.

청구서에 적힌 글씨는 하나같이 정갈했다. 심지어 어떤 건 명필이라고 할 만큼 빼어나기까지 했다.

지금껏 수많은 의뢰인들의 손 글씨를 봐 온 미코시바는 작지 않은 확률로 글씨체와 지능, 나이에 상관관계가 있다는 걸 알고 있었다.

절대 젊은 사람들만 있는 건 아니다. 청구인 중에는 나이가 많고 인생 경험이 풍부한 사람들도 섞여 있다.

징계 청구서를 읽기 전까지만 해도 모호하던 상대의 민낯이 어렴풋이 보이는 순간이었다. 상대가 보이면 자연스레 다른 발상이 떠오르고, 다른 발상이 떠오르면 돈 냄새를 맡을 수 있다.

"다른 징계 청구서도 보고 싶군."

미코시바의 요구에 요코는 다시 봉투를 뜯기 시작했다. 청구인을 향한 분노가 엿보이는 옆얼굴을 보고 있으니 조금 전 했던 생각이 다시 떠올랐다.

대체 이 여자는 뭘 알고 있고, 어떤 이유로 내 옆을 떠나지 않는 걸까.

"이건 딱히 대답하지 않아도 되는데."

입 밖에 내뱉고서 기시감을 느꼈다. 조금 전 만나고 온 다니자키가 했던 말이다.

"자네는 왜 여기 있지?"

"질문이 무슨 뜻인지 모르겠어요."

"전에도 한번 말하지 않았나. 자네 정도 능력이면 여기 말고도 일할 곳이 얼마든 있을 거라고. 실제로 다니자키 선생님의 사무소는 언제든 자네를 받아들일 준비가 돼 있어."

"전에도 말씀드린 적 있어요. 이 사무소에서 제가 필요 없다고 선언하지 않는 이상 여기서 일하는 게 제게는 메리트가 있다고요."

"자네는 내가 무섭지도 않다고 했지. 과거에 살인을 저지른 의뢰인들을 많이 봐 와서 별거 아니라고."

"네."

"30년 전 '시체 배달부' 사건을 아나?"

"알죠. 아주 유명한 사건이었으니까요."

"유명한 이유는 그 사건이 전례 없을 정도로 엽기적이었기 때문이야."

"……선생님은 어떻게든 절 겁주려고 하시는 것 같은데, 그래서 어떤 이득이 있나요?"

요코는 약간 짜증이 난 것처럼 말했다. 미코시바는 말을 이을 타이밍을 놓치고 말았다.

"선생님 자신이 언젠가 또 그런 사건을 일으킬 거라고 생각하세요?"

무심코 엉거주춤 허리를 일으킬 뻔했다.

"바보 같은 소리 하지 마."

"그럼 선생님도 그런 말씀 하지 마세요."

요코는 다시 봉투를 뜯기 시작했다.

맥이 풀린 미코시바는 한동안 요코를 빤히 쳐다보다가 시선을 징계 청구서로 되돌렸다.

점점 더 이 요코라는 여자를 이해할 수 없다. 그러나 지금 당장 변호사 업무를 방해하는 존재가 아닌 건 분명하니 굳이 내보낼 이유도 없다.

뭐, 됐어. 어차피 항상 사무실 안에 함께 있으니 이상한 낌새를 보이면 금세 알아차릴 수 있다. 대응은 그때 가서 떠올리면 된다.

잡념을 머릿속 한구석으로 밀어내고 청구서들을 하나하나 다시 살폈다. 주목할 건 청구인들이 직접 자필로 쓴 부분들이다.

글씨체에서 느껴지는 인상은 역시 변함없다. 일부 악필이 있기는 해도 대체로 정갈하고 깔끔한 글씨체가 많다. 확인을 거듭할수록 확신이 생겼다.

이건 어린애들 짓이 아니다. 나이가 지긋한 멀쩡한 어른들까지 나서서 자칭 '이 나라의 정의'에게 선동당한 것이다.

변호사의 징계 청구는 변호사법에 근거한 행위다.

변호사법 제58조 - 누구든 변호사 또는 변호 법인에 징계 사유가 있다고 판단될 때는 그 사유에 대한 설명을 첨부해 해당 변호사 또는 변호 법인 소속 변호사 협회에 징계를 요구할 수 있다.

이 조항은 일반인에게도 징계 청구권을 폭넓게 인정함으로써 자치 단체인 변호사 협회에 부여된 징계 권한이 적절하게 행사될 수 있게 하는 것이 목적이다. 그러나 달리 생각하면 협회에 대한 징계 청구권은 헌법이 아닌 변호사법에 규정된 권리에 불과하다. 따라서 징계 청구의 근거가 징계 제도의 취지에 비춰 상당성을 결여한 경우에는 불법 행위를 구성한다고 해석할 수 있다.

실제로 정당한 근거 없이 징계가 청구된 변호사는 명예와 신뢰를 잃을 우려가 있고 징계 청구에 대한 변론과 절차 때문에 유, 무형의 부담을 떠안게 된다. 유형의 부담을 꼽자면 명예훼손과 업무 방해 피해다.

이쯤에서 미코시바는 다시 한번 징계 사유를 검토해 봤다.

변호사법 제56조 - 변호사 및 변호 법인은 이 법 또는 소속 변호사 협회 또는 일본 변호사 연맹의 회칙을 위반해 소속 변호사 협회의 질서 또는 신용을 해치거나 기타 직무 범위를 불문해 품위를 잃을 만한 비위가 있을 경우 징계를 받는다.

적어도 변호사 협회에 소속된 이후 협회의 질서를 어지럽히거나 신용에 해를 가한 적은 없다. 품위는 그다지 칭찬할 수준은 못 되지만 그렇다고 비행이나 악행이라 부를 정도는 아니다. 소년 시절의 범죄 경력이 변호사 협회와 일본 변호사 연맹 회칙에 위배되지 않는다는 건 이미 입증됐다. 즉, 미코시바가 과거 '시체 배달부'였다는 사실은 징계 청구의 근거로는 상당성이 결여된 것이다.

　돈 냄새가 더욱 짙어졌다. 이어서 또 다른 냄새도 풍기기 시작했다.

　"지금 사무소 명의 통장에 얼마가 들어 있지? 대략."

　"어제 장부상으로는 1천 2백만 엔 정도요."

　1천 2백만 엔. 당분간은 버틸 수 있다.

　"미안하지만 앞으로 바빠질 것 같아."

　"또 무슨 일이죠?"

　"징계 청구인 전원에게 명예 훼손과 업무 방해로 손해 배상을 청구한다."

　그러자 역시나 요코도 눈을 휘둥그레 떴다.

　"일단 오늘 송달된 5백 건에 소송할 거라는 내용 증명을 보내."

　"하지만 선생님."

"합의금 제시도 같이 넣어서. 합의금은 일률로 150만 엔. 서식은 통일하고 상대 주소와 이름만 바꾸면 돼. 이렇게 된 이상 징계 청구인들과 같은 수법을 쓰는 거야."

150만 엔이라는 액수에도 합당한 근거가 있다. 2012년 9월, 어느 변호사가 자신과 일면식과 이해관계가 없는 피고의 징계 청구가 불법 행위에 해당한다며 소송을 제기했고 도쿄 지방 법원은 피고에게 150만 엔 지급을 명령했다. 이번 일과 비슷한 사안이니 액수로서 적절하다고 할 수 있다.

변호사에게 내용 증명을 받고 태연할 수 있는 일반인은 그리 많지 않다. 아마 청구인 대부분이 합의를 원하거나 그러지 못하는 사람들은 잠 못 이루는 밤을 보내게 될 것이다.

"하지만 그중에 법정에 나올 청구인이 없을 거라고 단언할 수는 없어요. 민사 소송이 생기면 관할 법원은 원칙상 피고 주소지의 관할 법원이 되죠. 몇 통의 발신인 주소를 보니 수도권뿐만 아니라 전국 단위였어요. 법정 다툼이 여러 건 생기면 사무소 업무가 순식간에 마비될 거예요."

"출두할 변호사들을 고용하면 돼."

요코가 또다시 눈을 휘둥그레 떴다.

"자네도 법조계에서 일하는 만큼 요즘 젊은 변호사들이 좀처럼 일감을 못 구한다는 걸 알겠지. 내일 당장에라도 고용

복지 센터에 가서 도움을 받겠다는 변호사가 넘쳐나는 상황이야. 그런 변호사들을 아르바이트로 고용하면 되지. 일당으로 하면 교통비를 포함해도 그리 큰돈은 들지 않아."

1999년부터 시작된 사법 개혁의 제도 개혁 중 하나로 법조인 증원을 꼽을 수 있다. 정부는 기존에 5백 명 정도였던 사법 시험 합격자 수를 단숨에 2천 명 이상으로 늘렸다. 2006년 벌어진 일이다. 2006년은 미니 버블기와 사금융업자에 대한 과납금 반환 청구가 정점을 찍던 시기였고, 호황과 인력난이 겹치며 사법 시험 합격자 중 상당수가 변호사의 길을 택했다.

그러다 2008년에 리먼 쇼크가 터졌다. 거품은 순식간에 사그라들었다. 기업들은 비용 절감 명목으로 자문 계약을 줄줄이 해지했을 뿐 아니라 대부업법 개정의 영향으로 과납금 반환 수입 건도 끊기며 변호사 업계는 단숨에 겨울을 맞았다. 수급 불균형 문제는 해소되기까지 시간이 오래 걸린다. 지금도 변호사 공급 과잉 문제는 해결되지 않았으며 개중에는 협회 회비조차 못 내는 변호사도 있다.

"어차피 사무가 제 일이라 불만은 없지만 하나만 알려 주세요. 목적이 뭔가요?"

"이미 말하지 않았나? 손해 배상금과 합의금을 뜯는 거라고. 무엇보다 소송 상대가 5백 명이 넘는 상황이야. 머리 하나당 10만 엔으로 합의한다 해도 비용을 뺀 순이익은 짭짤한 액수가 되겠지."

"그게 다인가요?"

"민사 소송의 목적은 명예 회복 아니면 돈. 여기에는 둘 다 포함되지 않나?"

요코는 더 이상의 질문을 포기한 것처럼 등을 돌렸다.

미코시바도 설명을 이어 갈 마음이 없었지만, 일부러 요코에게 말하지 않은 부분도 있었다.

다음 날 미코시바는 다니자키의 사무소를 다시 찾았다.

"오, 청구인 전원을 적으로 돌리겠다?"

미코시바의 방침을 전해 들은 다니자키는 오늘도 사람 좋은 영감님 같은 얼굴로 미소 지었다.

"법원에 가야 할 때는 다른 가난한 변호사들을 고용할 생각인가? 궁핍한 자들의 약점을 쥐는 방식이군. 소송에 익숙하지 않은 일반인들에게 내용 증명을 보내는 것도 자네다워."

"칭찬으로 듣겠습니다."

"아니, 정말 칭찬하는 걸세. 경기 동향만 보고 변호사 일을 선택한 인간이나, 린치나 마찬가지인 징계 청구에 가담해 일상의 울분을 풀려는 멍청한 자들을 동정할 마음은 털끝만큼도 없으니."

여느 때보다 활력 넘치는 목소리를 듣고 있으니 다니자키의 기분이 좋다는 게 느껴졌다. 미코시바가 청구인들에게 손해 배상을 청구할 것을 이미 예상하고 있었다는 생각이 들었고 그런 다니자키는 역시나 노회한 너구리인 것을 새삼 실감했다.

"일거리가 없는 변호사라면 협회에서 얼마든 알선해 주겠네. 그들의 주머니도 채울 수 있으니 일거양득 아니겠나."

과연. 그런 이해관계도 미리 고려해서 속을 떠본 것이었을까.

일감을 주는 상대 앞에서는 보통 고개를 조아리기 마련이다. 직함이나 협회 안에서의 지위를 떠나 이런 배려들을 차곡차곡 쌓으며 다니자키는 민심을 장악하는 듯 보인다. 그런 그의 말에 현혹돼 순순히 손해 배상 청구에 나선 자신도 블로그 주인에게 선동당한 징계 청구인들과 오십보백보 아닐까.

"처음부터 끝까지 선생님의 손바닥 위에서 놀아나는 기분입니다."

"썩 듣기 좋은 말은 아니군. 관련된 모든 이들에게 최대한

의 이익을 가져다주는 게 바로 지휘관의 존재 이유 아니겠나. 또 그걸 떠나 애초에 자네도 승산이 있으니 역습에 나섰겠지."

"저도 무턱대고 지르는 성격은 아니라."

"그래. 당연히 그러겠지. 소송당한 징계 청구인들이 다른 변호사들을 찾아가 울며 매달릴 것까지 자네는 이미 다 계산했을 터. 그럼에도 불구하고 손해 배상에 나선 건 협회에 소속된 자라면 누구나 이 일의 변호를 맡는 걸 주저할 것이기 때문이겠지."

다니자키에게 속마음을 들킨 건 별로 유쾌하지 않지만 그의 지적은 틀림없는 사실이었다.

쇼 버라이어티 프로그램 출연 및 광고 홍보의 자유화로 최근 변호사들의 인지도가 비약적으로 높아졌다. 그러나 인지도가 높아지면 동시에 공개적으로 비난받는 사례도 늘어난다. 최근 협회를 괴롭히는 대량 징계 청구도 그 부작용 중 하나다. 회칙에 의거한 정당한 징계 요구면 모를까, 대부분은 누군가에게 휘둘려 감정적으로 몰아붙인 사례들이다. 정당성이 인정되지 않는 징계 청구는 일본 변호사 연맹에서 이미 각 변협 회장들에게 징계 청구로 처리하지 말라는 지침을 내렸다. 즉, 이번 미코시바의 손해 배상 청구는 그런 어리석은 자들을 향한 반격이고, 변호사 협회 소속 변호사가 그들을 변호하는 데 불편함을 느끼는 것도 당연한 귀결이었다.

"자네를 혐오하는 변호사는 많겠지만 협회를 적으로 돌리고 싶어 하는 자는 드물지. 물론 그런 변호사가 나선다고 해도 자네는 눈 하나 깜짝하지 않겠지만."

이 역시 정확한 지적이지만 굳이 반응하지 않았다.

"또 손해 배상 청구의 목적이 꼭 돈이나 명예 회복만은 아니잖나."

다니자키는 반응을 즐기는 것처럼 미코시바의 얼굴을 쳐다봤다. 역시 노련함에는 통찰력이 필수적이다.

"이쪽이 행동에 나서면 당사자도 반응할 테니까요."

"'이 나라의 정의'니 뭐니 하는 그 녀석을 혼쭐 내 주려는 속셈인가."

"지금으로서는 블로그 주인이 징계 청구인 명단에 이름을 올렸는지 알 수 없습니다. 하지만 청구인 모두에게 칼날을 들이밀면 조만간 어떤 움직임을 보이겠죠."

"본진을 노리며 외곽을 채우는 전략이로군. 그런데 자네가 블로그 주인에게 관심을 가지는 건 조금 뜻밖이기는 하네. 까마귀 떼를 다스릴 줄 아는 인간은 결국 까마귀 떼의 우두머리에 지나지 않는데."

"그런 인간이어도 코를 납작하게 해 주면 앞으로 비슷한 사례를 피할 수 있겠죠."

거짓말이었다.

판단력이 떨어지는 자칭 '선량한 자'들을 선동하며 즐거워하는 인간은 언제 어디에나 존재한다. 또 익명성을 갖춘 인터넷 사회가 그런 자들을 키우는 배양액이 되고 있다. 설령 '이 나라의 정의'가 인터넷상에서 자취를 감춘다고 해도 곧 또 다른 제2, 제3의 '이 나라의 정의'가 등장해 어리석은 인간들을 선동할 것이다.

블로그 주인에게 관심을 가진 건 그의 글에서 풍기는 묘한 기운 때문이었다. 문장 자체는 위풍당당하고 독자들의 정의감을 적당히 자극하는 전형적인 선동문이지만, 그 안에서는 의외로 집착의 냄새가 풍긴다. 정말로 사회 정의를 실현하고야 말겠다는 과대망상은 아니고, 안전지대에서 타오르는 불길을 보며 즐거워하는 경조증도 아니다. 조금 더 가슴 깊숙한 곳에 자리 잡은 침전물을 타고 올라오는 듯한 악의가 느껴졌다.

그 악의의 정체를 다른 사람에게 명확히 설명하기는 어렵다. 굳이 말하자면 인간성의 일부가 결여된 인간만이 느끼는 동물 같은 감각이라고 할까. 감각이니 설명하기 어렵고 다니자키 같은 사람에게 이해시킬 명분도 없을뿐더러 그가 이해해 줄 것 같지도 않았다.

어쨌든 블로그 주인의 정체를 확인하고 싶다. 상대가 인터넷이라는 동굴 안에 숨었다면 굴 앞에서 연기를 피우는 것이 최선의 방법이다.

"이건 내 제안인데."

미코시바의 그런 생각을 아는지 모르는지 다니자키가 불쑥 입을 열었다.

"무작정 징계 청구를 선동하는 자들을 때려잡고 싶다면 협회와도 이해관계가 맞아떨어지지. 굴 앞에서 피우는 연기는 짙으면 짙을수록 좋은 법."

다니자키의 의도가 뭔지 금세 짐작할 수 있었다.

"미코시바 레이지 변호사의 징계를 청구한 모든 사람에게 해당 변호사가 손해 배상 청구를 계획하고 있다는 사실을 공개하는 게 어떨까?"

현자의 얼굴을 한 사람이 입에 담는 음모는 그 자체로도 표현하기 어려운 위압감이 느껴졌다.

"도쿄 지방 변호사 협회 및 일본 변호사 연맹 홈페이지에 해당 내용을 기재하고 주요 3개 신문사의 사법 전문 기자들을 불러서 보도를 요청하는 거지. 그럼 그 즉시 당일 안에 인터넷에 소식이 쫙 퍼질 테니 '이 나라의 정의'와 그 지지자들도 즉각 반응할 거야. 또 지금 같은 타이밍이면 최종 청구인 숫자도 더 늘지 않고 현재의 5백 명 플러스알파 수준에 머무르지 않을까?"

언론을 활용한 정보 공개는 생각도 못 한 방법이라 허를 찔린 기분이었다. 늘 언론을 적으로 돌리고 있는 미코시바가 아닌 협회의 간판으로서 언론 대응에 쫓기는 다니자키이니 비로소 떠올릴 수 있는 방식이다. 미코시바는 거부할 이유를 찾지 못했다.

"그럼 그렇게 해 주십시오."

가볍게 고개를 숙인 순간 온몸이 경직되는 것 같았다.

언론을 활용한 선동가와 동조자들 협박. 이 역시 다니자키가 미리 그려 놓은 청사진 아닐까. 그리고 자신은 그 청사진을 실현하기 위해 배치된 말 아닐까.

고개를 드니 다니자키는 자신이 원하는 바둑판을 만든 기사 같은 표정을 짓고 있었다.

3

아아, 똑같아.

이것도, 이것도.

요코는 징계 청구서에 적힌 글씨를 확인하며 속으로 중얼거렸다. 다른 봉투에 담긴 다른 명의의 청구서지만 이름만 다를 뿐이다. 주소와 전화번호, 필체는 아무리 봐도 동일인이다. 성씨까지 똑같은 건 누군가 한 사람이 가족 모두의 이름을 빌려 청구서를 작성했기 때문이 틀림없다. 물론 가족들과 상의하고 모두의 동의를 얻은 후 대필했다면 상관없지만 본인의 의사를 무시했다면 또 다른 문제가 발생한다.

떠올리기 싫은 상상이지만 아마 크게 엇나가지는 않을 것이다. 블로그 주인에게 선동당한 이 사람은 정의감에 불타올라 가족들까지 징계 청구에 말려들게 했다. 내용 증명은 청구인 개인에게 송달된다. 기억나지도 않는 일에 대한 내용 증명과 그 안에 적힌 손해 배상 청구액을 접했을 때 가족들이 어떤 반응을 보일지 상상하기 어렵지 않다. 좋게는 가족회의, 최악의 경우에는 가족 내 절연까지 생기지 않을까.

그렇게 생각하자 작업 속도가 자연스럽게 느려졌지만 어쨌든 미코시바의 지시는 따라야 한다. 요코는 상상을 머릿속 한구석으로 밀어내고 청구서에 적힌 주소, 이름, 전화번호를 컴퓨터에 입력했다. 데이터는 그대로 내용 증명 상대에게도 보내지니 목록과 문서 작성을 동시에 할 수 있었다.

이미 이틀 전부터 봉투 개봉과 데이터 입력 작업을 계속하고 있다. 다른 안건들의 문서도 작성해야 하는 상황에서 이 작업만으로 며칠을 허비하고 말았다.

징계 청구서는 첫날 521통, 둘째 날 225통, 그리고 셋째 날인 오늘 84통이 송달되었다. 다행히 어제 일본 변호사 연맹과 도쿄 지방 변호사 협회 홈페이지에 미코시바가 명예 훼손과 업무 방해로 손해 배상 청구를 준비 중이라는 내용이 공개돼 오늘 이후부터는 징계 청구 움직임이 잦아들 거라는 관측이 많다. 그런데도 지금까지 도착한 830통의 청구서를 일일이 개봉하고 청구인 데이터를 입력하는 단순 작업은 고행에 가까웠다. 사무직원이 요코 한 명뿐이니 미코시바가 외출한 낮에도 이렇게 혼자 작업을 계속해야 했다.

요코는 속으로 '하지만' 하고 생각했다.

미코시바의 보복이 공개된 직후부터 지금까지 '이 나라의 정의'의 취지에 동조하던 이들의 돌변은 비극을 넘어 희극으로 보이기까지 했다. 아니, 원래 다른 사람의 비극은 희극으로만 보이는 걸까.

처음 문제의 발단은 블로그였고, 지지자들은 살롱 대신 그 블로그에 모여 징계 청구 진행 상황과 서로의 근황 등을 화기애애하게 주고받고 있었다. 글을 거슬러 가니 어제, 즉 5

월 31일 오후 2시 변호사 협회 발표가 있기 전까지 살롱 안은 묘한 열기에 휩싸여 있었다.

열기의 정체는 끔찍할 정도로 알기 쉬운 정의감이었다. 한때 다섯 살짜리 소녀를 잔인하게 살해해 세간을 떠들썩하게 했지만 소년법의 벽에 가로막혀 의료 소년원의 울타리 안으로 숨어든 가해 소년이 이제는 변호사가 되어 법조계에 몸담고 있다. 관계자들의 입소문을 들으니 심지어 터무니없는 변호사 수임료로 사리사욕을 채우며 부유층 대열에 합류하려 하고 있다. 용서할 수 없다. 어떻게 살인범이 자신들보다 더 나은 환경을 보장받는다는 말인가.

그에게 천벌을 내려야 한다. 과거 범죄를 저지른 가해 소년에게 합당한 벌을 내리지 않으면 이곳이 법치국가라 할 수 없다. 소년법 때문에 죄를 물을 수 없었다면 지금이라도 그를 사회적으로 매장해야 사회 정의가 실현된다.

다행히 우리에게는 징계 청구권이라는 카드가 있다. 이 멋진 권리를 알려 준 '이 나라의 정의'에게 감사를 표한다. 심지어 그는 징계 청구에 필요한 절차 및 예시까지 알려 주었다.

정의의 깃발 아래에 모인 동지들이 천 명이 넘는다. 모두 이 세상의 부조리를 걱정하고 평화와 정의를 사랑하는 마음씨 착한 용사들이다. 악랄한 변호사를 규탄할 무기 또한 준비됐다. 우리의 이름이 적힌 징계 청구서가 바로 그 무기다. 징계 청구서는 한 통 한 통이 화살이 되어 미코시바 레이지를 향해 발사되었다.

자, 이제 우리의 정의의 공격으로 법조계에서 추방당할 준비를 해라.

지지자들의 글은 자화자찬과 정의의 외침으로 넘쳐났고, 일부는 이 운동을 지속해 시민 단체 같은 조직으로 키워야 한다고 제안하는 사람도 나타났다. 폐쇄된 공간 안에서는 연일 축제가 벌어졌고 연주되는 흥겨운 음악과 용감한 외침이 참가자들을 더 고양시켰다.

그러나 변호사 협회와 일본 변호사 연맹에서 발표한 소식은 그런 이들에게 찬물을 끼얹었다.

어떻게 이런 말도 안 되는 일이. 우리가 한 건 정의로운 일인데 왜 우리가 손해 배상 소송을 당해야 하나.

원래는 이쯤하여 그들 안에서 이성적인 의견이 나와 사태를 수습하는 방향으로 움직여야 했다. 그러나 그들의 가마에 올라탄 블로그 주인은 징계 대상자의 법적 절차는 무효고, 애초에 징계 청구는 익명으로 이뤄지니 고소장이 징계 동의자에게 전달될 리 없으며, 고소장이 전달되지 않으면 법정 다툼 또한 성립되지 않는다고 설명했다.

불안을 느낀 어떤 사람이 변호사 사무소에 문의했을 때는 이미 늦었다. 공개된 내용은 곧장 인터넷 뉴스가 돼 퍼져 나갔고, 저명한 변호사와 전문가들이 내놓는 의견은 징계 동조자들의 희망적인 관측을 산산조각 냈다.

—과거 판례에 비춰 보더라도 미코시바 변호사의 손해 배상 청구는 정당한 것으로 인정된다. 이 경우 1인당 지불해야 할 금액은 150만 엔 전후가 될 것이다.

—애초에 '징계 청구권은 시민의 권리'라거나 '징계 청구는 익명으로 가능하다' 같은 명백히 잘못된 정보를 왜 스스로 확인하지 않았나.

지지자들의 환희는 절망으로 바뀌었고, 외침은 비명으로 바뀌었다.

—그럴 의도가 아니었어.

—정의를 위해 옳은 일을 한다고 생각했어.

—우리의 목소리로 세상을 바꿀 수 있다고 믿었는데.

—악인에게 철퇴를 내리는 게 뭐가 나빠!

—우리는 몰랐을 뿐이야. 이 나라의 법은 무지한 자들을 처벌하는 거야?

—150만 엔이라는 거금은 도저히 낼 수 없어요.

—누가 책임 좀 져 줘!

지식인들이 댓글을 달아도 블로그 운영자는 침묵으로 일관했다. 수많은 지지자가 앞으로의 대응과 방법을 물어도 아무 반응을 보이지 않았다.

그들만의 살롱은 순식간에 아비규환의 도가니로 변했고 책임 전가와 내홍, 구걸과 한탄, 현실도피의 소용돌이가 몰아쳤다. 이 와중에도 법에 대해 잘 알지도 못하면서 아는 척하는 사람들이 어설픈 대응책을 제시하며 사태는 더욱 혼란스러워졌다. 궁지에 몰린 사람들은 다른 변호사들의 홈페이지를 찾아가 미코시바를 맞상대하며 선량한 자신들을 구해달라고 애원하는 지경에 이르렀고, 그렇게 의지할 변호사들마저 무시로 일관하는 풍경은 그야말로 우스꽝스러운 촌극이라 할 수밖에 없었다.

블로그에서 벌어지는 광란을 지켜본 요코는 사람들이 참어리석다는 것을 새삼 깨달았다. 정당한 법적 행위에 익명이란 있을 수 없고, 애초에 익명으로 하는 타해 행위는 린치에 불과하다는 걸 왜 몰랐을까. 사적으로 타인을 벌하려고 할때 그 발밑에서도 자신을 집어삼킬 입이 커다랗게 벌어질 것을 왜 상상하지 못했을까.

어제 오후 2시부터 사무소에 합의 관련 문의 전화가 걸려오기 시작했다. 전화를 받는 직원은 요코뿐인데 수화기 너머

목소리를 듣는 순간 요코는 자신의 직감이 옳았음을 확신했다. 목소리를 들으니 하나같이 어엿한 성인들의 목소리였기 때문이다.

요코에게 합의 협상 권한은 없지만 미코시바가 정한 150만 엔을 지불할 수 없다면 상대의 재정 사정을 어느 정도 들어볼 필요는 있었다. 그 과정에서 드러난 징계 찬성자들의 프로필은 정의의 사도를 흉내 내기에는 어울리지 않는 한심한 수준이 대부분이었다.

전화로 연락된 이들만 한정하면 대다수는 40대였다. 10대와 20대는 한 명도 없고 개중에는 70대 노인도 있다. 대부분 주부, 중소기업 경영인, 공무원 등 소위 중산층에 속하는 사람들인데 모두 사회 경험이 있고 회사나 이웃과 트러블을 일으키지 않는 지극히 평범한 일반 시민들이었다. 그런 평범한 일반 시민들이 인터넷 세상에서는 '이 나라의 정의'를 자처하는 블로그 주인장의 헛소리를 감쪽같이 믿어 버렸다.

사회 경험과 지성 사이에는 아무 상관관계도 없는 것 같다며 요코는 내심 한탄했다. 이들은 연륜이라는 걸 대체 어디에다 버려두고 온 걸까.

어차피 소송 상대들의 사정인데도 안타까운 마음이 들 때쯤 사무실 전화기가 울렸다. 이번에도 합의 타진 전화이리라 예상했다.

"네. 미코시바 법률 사무소입니다."

―저…… 징계 청구 건 때문에.

역시나다. 그러나 음성 변환기를 거쳤는지 성별과 나이가 분간이 안 되는 목소리였다.

"변호사 협회에 징계 청구서를 제출하셨나요?"

―네, 그렇습니다. 저와 가족 두 명까지 총 세 명 몫을 제출했습니다.

"가족분들께서도 징계에 동의하셨군요."

―아, 그게…… 배우자와 아이는 명의를 빌려주기만 했고 청구서에 주소와 이름을 쓴 사람은 접니다.

참 잘하셨네요. 그렇게 비아냥거리고 싶었지만 일개 직원에게는 월권행위다.

"징계를 청구하신 분들께는 저희 변호사의 명의로 내용 증명 우편이 송달될 예정으로."

―저도 압니다. 복수 삼아 저희에게 손해 배상을 청구할 거라더군요. 인터넷 뉴스에서 봤습니다.

"어떻게 하실 생각인가요?"

―한 사람당 150만 엔이라면 우리 집은 총 세 명이니 450만 엔입니다. 그런 돈은 없습니다.

"합의하시는 방법도 있습니다만."

—네, 저도 그게 제일 좋은 방법 같습니다. 그럼…….

"죄송합니다만 전 일개 직원이라 액수를 협상할 권한이 없습니다. 변호사 선생님께서 직접 처리하시기로 돼 있어서 우선 전화 주신 선생님의 대략적인 수입과 지출 수준을 알려 주셨으면 합니다."

—그러니 더 그쪽과 이야기하려는 겁니다.

순간 상대의 목소리가 가라앉은 것처럼 들렸다.

—그 변호사에 대한 소문은 들었습니다. 돈에 더럽게 군다더군요.

요코는 상대의 상식을 의심했다. 설령 그게 사실이라 해도 합의 상대 앞에서 입에 담아서는 안 될 말이다. 그러나 곧 다시 생각이 바뀌었다. 최소한의 상식조차 결여된 사람이니 그런 블로그 주인에게도 쉽게 넘어간 셈이다.

—소송을 하든 합의를 하든 어차피 가난한 사람들에게서 최대한 뜯어 갈 목적이겠죠.

"합의를 원하시지 않는 건가요?"

—제가 제시할 금액은 0엔입니다. 전 당장에라도 미코시바 변호사님의 징계 청구를 취소할 수 있습니다. 과거 사건에 대한 비방도 하지 않을 거고요. 대신 그쪽에서도 손해 배

상 청구를 취하해 주셨으면 합니다. 어때요? 서로 더 이상 노력을 들이지 않고 양측이 원만하게 합의에 이르는 윈윈 전략 아닐까요?

요코는 기가 막혔지만 굳이 입을 열지 않았다.

"선생님께서 납득하실지 의문입니다."

—말이 안 통하시네. 그러니까 그 변호사 선생이 아닌 그쪽한테 제안하는 거라고요. 그쪽이 잘 구슬려서 선생님을 설득해 달라고.

"불가능할 것 같습니다. 청구액 150만 엔을 0엔으로 만들려면 그에 상응한 대가가 필요하겠죠. 다시는 비방하지 않는다는 것을 조건으로 내거셨는데 그게 교환 조건이 될 수 있을지 의문입니다."

—정말 하나도 모르시네. 그쪽들은 법의 전문가잖아요. 이쪽은 완전히 아마추어고.

그런 아마추어가 변호사법 절차에 의거해 한 변호사를 말살하려고 나서지 않았나.

—이런 아마추어들을 상대로 프로가 같은 링에 서는 것부터가 약자 괴롭히기 아닌가요? 하물며 변호사라는 사람들은 원래 약자를 도와 강자를 무찌르는 일을 하는 분들이잖아요.

대화하다 보니 슬슬 짜증이 치솟기 시작했다. 요코는 스스로 자제력이 있는 편이라고 자부하지만 이렇게까지 엉뚱한 변명을 듣고 있자니 무심코 한마디 내뱉을 것 같았다.

　—솔직히 이건 방귀 낀 사람이 성낸다고 할까. 적반하장이에요. 그쪽도 생각해 보세요. 다섯 살도 안 된 여자아이를 토막 내서 죽였는데도 범인이 열네 살이라는 이유만으로 죄를 묻지 않았어요. 그것도 모자라 출소할 때까지 전부 우리 세금으로 먹고살았죠. 그런 부조리한 일이 다시 있어서는 안 되잖아요. 그런 사람이 변호사가 되다니요. 사법 시험에 그런 사람을 합격시킨 작자들도 제정신이 아니죠. 범죄자를 그냥 내버려 두는 것만으로도 문제가 많은데 심지어 변호사 선생님을 만들어 주다니, 이건 정말 말도 안 되는 일이라고요.

　"어쨌든 금액 협상은 선생님과 직접……."

　—아, 자꾸 똑같은 말 두 번 하게 할 거예요? 그쪽도 양심과 자비라는 게 있으면 이쪽을 동정하는 게 도리 아니에요?

　이처럼 동정을 강요하는 상대를 만나는 것도 드문 일이다. 아니, 학창 시절에 한 명 있었나. 자기애와 의존심으로 똘똘 뭉친 아이였는데, 자신에게 닥친 재앙은 전부 남의 음모라며 입버릇처럼 말하곤 했다. 그런 캐릭터는 희귀한 줄 알았는데 의외로 동료가 있는 모양이었다.

　—전 심성이 착해서 다른 사람을 쉽게 믿어 버려요. 그곳

에 있는 선생님과는 정반대로.

드디어 의견이 일치했다. 분명 미코시바만큼 남을 믿지 않는 사람도 없다. 그리고 그런 불신이 법정에서의 승리에 기여하고 있다.

—이번 일에는 저를 포함한 수많은 선량한 시민들이 한마음이 되어 참여한 거예요. 누군가의 부모이니 '시체 배달부'를 벌하고 싶은 것도 당연하지 않겠어요?

도망치고 있다고 생각했다. '시체 배달부'가 싫다는 말은 본심일 수 있지만 이 사람을 포함한 많은 이들이 기세등등하게 징계를 청구한 건 익명성이 보장됐기 때문이다. 만약 자신의 실명 및 주소가 미코시바에게 통째로 노출된다는 걸 사전에 알았다면 징계 청구에 난색을 표했을 것이다. 미코시바의 대응 방침 발표 이후 이토록 허둥대는 모습만 봐도 알 수 있다.

—어쨌든 저희는 옳은 일을 했을 뿐인데 마치 저희가 악당인 것처럼……. 이번 일에 찬성한 사람들이 세상에서 바보 취급을 당하고, 저처럼 가족 이름을 빌린 사람들은 집 안에서 설 자리가 없어지는 것으로 모자라 돈까지 내놓으라며 협박을 당하는 상황을 어떻게 정상이라고 할 수 있겠어요?

자업자득. 지금 같은 상황에 딱 맞는 사자성어가 떠올랐

다. 이대로 불평불만을 계속 듣다 보면 이쪽의 정신 건강에
도 해가 될 것 같았다.

"어쨌든 선생님과 직접 협상하지 않으면 합의는 진행되지
않습니다."

―아니, 이분은 정말 머리가 나쁜 건지 아니면 가는귀가
먹은 건지 모르겠네. 이쪽은 애들까지 키우느라 여유가 없다
니까요. 그쪽에 만 엔 한 장 줄 돈도 없어요. 알겠어요? 이건
안 내는 게 아니라 못 내는 거예요. 벼룩의 간을 빼먹으려고
하지 마요. 조금 전에 말한 대로 이번 일은 서로 없었던 것으
로……

"더 이상 말씀드려도 소용없을 것 같으니……."

그렇게 말하고 전화를 끊으려는 순간 귀에서 뗀 수화기에
서 요란한 고함 소리가 들렸다.

―고분고분하게 나가니 정말 거만하기 그지없네! 이토록
절박하게 합의하려고 하는데. 자꾸 이러면 당신, 크게 후회
하게 될 거야.

"지금 협박하시는 건가요? 혹시나 싶어 말씀드리면 사무
실에 걸려 오는 전화들은 모두 녹음됩니다."

―그게 뭐 어쨌다고?

조금 전까지의 목소리와는 사뭇 다른 톤이었다.

―당신 말인데, 내가 당신 얼굴과 이름을 모르니 상대에게 무슨 말을 해도 안전하다고 생각하지? 흥. 그쪽 세계는 좁다고 '이 세상의 정의' 님께 들었어. 사무소가 어디 있는지도 다 안다고. 알겠어? 어이, 직원 양반. 우리가 사무실로 찾아가면 당신 얼굴과 이름이 다 노출될 거야. 바로 지금 우리들처럼.

요코는 수화기를 손에 든 채 얼어붙었다.

―쥐도 궁지에 몰리면 고양이를 문다는 말 알지? 정확히 지금 우리가 그래. 아까 그 조건으로 합의해 주지 않으면 이쪽도 어떻게 나갈지 몰라. 사무소에서 일하는 직원도 한패이니 당신이 어떻게 되든 책임 못 져.

"경찰 부르겠습니다."

―경찰이 도착할 때까지 우리가 기다려 줄 것 같아?

그렇게 전화가 끊겼다.

어느새 수화기를 쥔 손이 땀으로 흠뻑 젖어 있었다. 지금까지도 협박 전화는 여러 번 걸려 왔다. 그러나 자신까지 대상에 포함시키겠다고 선언한 전화는 이번이 처음이었다.

미코시바가 돌아왔을 때 어떻게 보고해야 할까. 그렇게 고민하다가 순간 엄청난 실수를 저질렀다는 걸 깨달았다.

협박한 사람의 이름과 연락처를 묻지 않았다.

사무실을 나설 때 다른 사무소 직원들이 나타나기를 기다렸다가 함께 아래층에 내려갔다. 별일 없을 거라고 믿었지만 만약을 대비해 자신이 미코시바 법률 사무소 직원인 것을 최대한 숨기는 편이 좋다.

고스게역에 도착해 인파 속으로 뛰어들자 그제야 조금 안심이 됐다.

고스게에서 이세사키선을 타고 스카이트리로 향했다. 약속 장소는 도쿄 소라마치 안에 있는 프렌치 레스토랑. 가본 적 없는 곳이지만 위치를 고려하면 데이트 장소로 손색없을 듯하다. 일기예보에 따르면 비 올 확률은 50퍼센트. 확신할 수 없어서 코트 같은 건 따로 준비하지 않았다. 지금 입은 옷은 연보라색 카디건. 이 정도면 조금 젖어도 괜찮을 거라고 생각했다.

하필 협박 전화가 걸려 온 날 데이트를 하는 게 괜찮을까 싶지만 일주일 전에 한 약속이라 취소하기도 부담스러웠다.

고스게역 일대와 달리 도쿄 소라마치는 역시나 반짝반짝 빛이 났다. 안에 들어선 식당들도 하나같이 고급스러워 세상에 만연한 불황 이야기가 꼭 다른 세상 일처럼 느껴졌다.

안내를 받아 레스토랑 안쪽에 들어가니 이미 도모하라 데쓰야가 예약한 자리에 앉아 있었다.

"오래 기다렸지?"

"아니, 나도 방금 왔어."

상투적인 말이지만 불쾌감 같은 건 느껴지지 않았다. 몸에 걸친 아르마니는 다소 튀는 느낌이다. 고급스러운 옷도 때와 장소에 따라 거슬릴 수 있다는 걸 모르는 듯했다.

도모하라와는 공통 지인을 통해서 알게 되었다. 나이는 올해 서른아홉, 직업은 외국계 컨설턴트. 미남은 아니지만 옆에 앉기 꺼려질 만큼 못생긴 얼굴도 아니다.

"자, 오늘도 고생했어."

도모하라가 고른 와인은 검은색 병이었다. 라벨에는 '샤토 뒤 테르트르'라고 적혀 있다. 가격표를 보지 않아도 비교적 값나가는 술임을 알 수 있다. 손에 든 잔도 얇고 가볍다. 얇은 잔일수록 만들기 어렵다고 하니 잔과 잔 속에 들어갈 내용물 모두 비쌀 것이다.

도모하라가 자신에게 호감을 느끼는 건 분명하다. 이렇게 저녁 식사 자리에 초대한 것도 그다음을 기대하기 때문이다.

30대 중반이 되면 어쩔 수 없이 결혼이라는 두 글자가 머릿속을 자꾸만 맴돈다. 비혼주의를 고수할 생각은 없고 이성에 관심이 없는 것도 아니다. 집안일을 싫어하지도 않아 요코는 만약 가정을 꾸리면 자신은 잘 해낼 수 있을 거라 생각했다.

"건배."

잔과 잔을 맞부딪힌 후 와인을 한 모금 마시고 입안에서 굴렸다. 맛있는 술은 첫 모금부터 알 수 있다. 텁텁함 없이 뺨 안쪽과 혀를 기분 좋게 자극한 후 힘 있는 맛이 오래 지속된다. 역시 고급술이다.

꼭 요코가 오기를 기다린 것처럼 음식이 차례차례 나왔다. 가게 분위기가 좋은 향신료가 되어 음식의 맛을 돋운다. 불쾌한 일을 겪은 이후라 그런지 더 그렇게 느껴졌다.

"왠지 피곤해 보이는데."

도모하라가 전채 요리를 입에 넣으며 눈빛으로 물었다. 상대의 낯빛을 보고 이상 징후를 알아차릴 정도의 관찰력은 있는 듯했다.

"딱히 오늘만 그런 건 아니야. 일이라는 게 대부분 피곤하지 않아?"

"아니, 아니. 요코는 변호사 사무소에서 일하니까. 그런 데는 기밀 유지 의무에 까다롭게 구는 의뢰인도 있을 테니 우리와는 사정이 많이 다를걸."

"컨설팅도 회사 내부 사정을 잘 알아야 하는 일이니 기밀 유지가 중요하잖아."

"그렇기는 해도 사람의 생사를 좌우할 정도는 아니지."

말에서 가시가 느껴진다는 게 바로 이럴 때다. 조심스럽게 요코가 하는 일을 파악하려는 도모하라의 의도가 느껴진다. 그리고 고작 서른다섯 살 여자에게 그런 걸 들킨 단계에서 도모하라라는 사람의 밑바닥이 훤히 보였다.

"뉴스에서 봤어. 거기는 특히 더 힘들어 보이던데."

요코의 근무지가 어딘지 알고 있다. 어차피 포털 사이트에서 '미코시바'로 검색하면 대량 징계 청구 건과 그에 맞선 손해 배상 청구 뉴스가 곧장 나올 터였다.

"청구가 거의 천 건이나 된다며. 송달된 청구서 처리는 여전히 사람 손으로 하잖아. 그런데 직원은 요코 한 명뿐이니."

"사무 처리가 사무직원의 일이니 어쩔 수 없지."

"하지만."

도모하라가 포크를 잡은 손을 멈추고 상반신을 기울였다.

"사무실에 함께 있는 변호사 선생이 그…… '시체 배달부' 잖아. 좀 어때?"

역시 물어보는구나.

도모하라는 생각이 얼굴에 그대로 드러나는 타입이라 호기심의 빛이 보인 순간부터 질문을 예상할 수 있었다.

"어떠냐니? 뭐가?"

"'시체 배달부'와 사무실에 둘만 있는 건데, 혹시 무섭거나 기분 나쁜 경험을 한 적은 없어?"

"없어."

요코는 딱 잘라 말했다. 괜히 어설프게 대답했다가 쓸데없는 이야기가 계속 이어질 것 같았다.

"대단하네. 나 같으면 호신용 무기 같은 것 없이는 출근도 못 할 것 같은데."

상대를 배려하는 마음에 한 말 같지만 무신경한 발언이라는 걸 자각 못 하고 있다. 이런 경박한 면이 도모하라의 단점이었다.

겉모습만 보면 결혼 상대로는 흠잡을 데 없지만 평생의 동반자로 생각하면 아무래도 신경 쓰인다. 남들이 보기에는 사치를 부린다고 느낄 수도 있지만 경제력을 중시한 결혼이 향후 이혼 분쟁으로 변질되는 사례를 여러 번 목격한 터라 조심스러울 수밖에 없었다.

변호사 사무소에서 근무하며 가장 힘든 건 기밀 유지 의무 같은 것보다 인간의 본모습을 알게 된다는 점이다. 인품이 훌륭한 사람, 화목한 부부, 순조롭게 실적을 쌓아 올린 성실한 경영자. 모두 겉으로는 아무 문제 없어 보이지만 그런 이들도 사무실 안에 들어온 순간부터 본모습을 드러낸다. 미코시바의 경청 능력이 뛰어난 덕도 있겠지만 실제 사례를 옆에서 계속 목격하다 보면 아무리 허울 좋은 조건도 수상쩍게 느껴지기 마련이었다.

도모하라는 몸에 걸치는 옷이나 약속 장소를 통해 자신의 사회적 지위를 과시하는 타입인 듯하지만, 요코의 눈에는 오히려 빈곤한 인격만 보였다. 또 요즘은 대화를 나눠도 지루할 때가 많았다.

변호사 사무소에서 근무하다 보면 쓸데없이 사람 보는 눈만 엄격해지는 걸까.

"특별히 신변의 위험을 느끼거나 하지는 않아."

"요코는 용감하구나."

"그냥 둔감한 걸 수도."

"예전에 화물선이 침몰해 호랑이와 함께 보트를 타고 표류하는 소년을 그린 영화가 있었지? 왠지 그 영화가 떠올라."

"호랑이?"

"상대의 기분, 그리고 허기의 정도에 따라 언제 공격해 올지 모르는 상황. 꽤나 스릴 넘치지 않을까?"

스스로 의미심장한 말이라 생각하고 하는 말인지 아니면 단순히 농담으로 하는 말인지 알 수 없다. 어느 쪽이든 무신경한 건 똑같고 그걸 느끼는 순간 아르마니와 고급 와인도 빛이 바랜다. 이 얼마나 얄팍한 사람인가. 이 얼마나 따분한 사람인가.

그러나 다음 순간 요코는 부랴부랴 생각을 고쳤다. 지금의 평가는 도모하라에게 너무 가혹하다. 이성으로서는 매력 있고 결혼 상대로도 준수한 수준임에는 틀림없다.

비교, 대조하는 대상이 너무 이질적일 뿐이다. 하루 중 가장 오랜 시간 가장 가까운 곳에 있는 남자라서 그런지 자꾸만 미코시바와 비교하게 된다. 전직 촉법 소년, 우수하지만 악랄하다는 명성을 떨치는 변호사. 냉소적이고 계산적이며 기계처럼 차가운 남자. 그런 남자와 비교하면 대부분의 남자는 부족해 보이기 마련이다. 당연하다. 평범은 평화의 다른 이름이다. 이제 와서 위험에 끌릴 정도의 모험심은 없지만 미코시바가 발산하는 악덕의 매력은 부정할 수 없었다.

"나로서는 요코를 위험한 상황을 두고 싶지 않아."

"걱정해 줘서 고마워."

"이직할 생각은 없어? 평생직장 같은 곳에."

"요새 평생직장이 어딨어."

"전업주부 같은 게 평생직장 아닐까."

"근무조건에 따라 다를걸."

"예를 들자면?"

"아무래도 난 지루한 걸 잘 못 견디는 성격 같아."

4

다음 날 사무실에 나타난 미코시바에게 요코는 협박성 전화가 걸려 왔다고 보고했다.

"막 나가기로 한 건가. 흥. 제대로 막가지도 못하는 주제에."

"그럴까요?"

실제로 전화로 그를 상대한 요코는 그의 목소리가 괜한 위협으로 느껴지지만은 않았다.

"쥐도 궁지에 몰리면 고양이를 문다는 말을 하던데, 사람도 정말 궁지에 몰리면 뭐라도 하지 않을까요?"

"궁지에 몰린 쥐가 전부 송곳니를 드러내는 건 아니고 대부분 발버둥을 치다가 잡아먹히지. 일부 저항을 시도하는 개체도 있다는 뜻일 뿐."

예상대로 미코시바는 티끌만큼도 신경 쓰지 않는 듯했다.

"그리고 정말 막 나갈 수 있는 사람은 애초에 익명 같은 것에 의지하지도 않아. 당당히 본명을 밝히지."

"하지만."

"그보다 그 블로그 주인으로 보이는 사람에게서 연락은 없었나?"

"없었어요."

미코시바는 재미없다는 듯이 코웃음을 쳤다. 사무소 직원이 협박당한 것보다 징계 청구인 중에 블로그 주인이 있는지에 더 관심 있는 듯했다.

한 장을 제외한 나머지 청구서들은 주소와 이름, 전화번호를 수기로 쓴 복사본에 불과하다. 미코시바는 830통 중 원본이 섞여 있지는 않은지 궁금해했다.

그 의도는 굳이 묻지 않아도 어렴풋이 짐작할 수 있었다.

"청구인 한 사람 한 사람에게 전부 내용 증명을 보내는 건, 일부러 혼란을 불러일으켜 블로그 주인을 끌어내리려는 목적이시죠?"

"그래."

미코시바는 숨기는 기색도 없이 선뜻 대답했다.

"징계 청구를 선동한 장본인을 궁금해하시는 심정은 이해해요. 모든 사람을 일일이 상대하는 건 아무래도 번거로울 테니까요. 당사자를 찾아내면 다른 사람들보다 더 가혹한 조건을 제시하실 건가요?"

선동당한 사람들에게는 합의를 권해도 블로그 주인만큼

은 용서하지 않는다. 민사 소송으로 상대의 멘털을 갈기갈기 찢어 놓고 사회적으로든 경제적으로든 갚게 한다. 미코시바라면 당연히 그 정도는 계획하고 있을 터였다.

그러나 뜻밖에도 미코시바는 반응하지 않았다. 컴퓨터에 입력된 청구인 데이터 목록을 보며 가만히 생각에 잠겨 있다.

이 사람이 무슨 생각을 하고 어떤 음모를 꾸미는지 궁금하지만 어차피 물어봐야 대답해 주지 않을 것이다. 업무에 필요하지 않은 말은 일절 하지 않는 것이 미코시바의 방식이었다.

요코는 다시 청구서 봉투를 뜯어서 보낸 사람 정보를 데이터에 입력했다. 오늘도 이 업무로 하루 대부분을 소비할 듯했다.

사무실 안에 봉투 뜯는 소리만 울려 퍼졌다. 미코시바와 요코 사이의 대화가 단절됐다. 미코시바는 꼭 필요한 질문에만 답하고 평소 소통을 위해 먼저 말을 걸어 오는 일은 결코 없다. 그래서 하루에 주고받는 말이 '안녕하세요'와 '수고하셨습니다'가 다인 날도 적지 않다. 다른 회사에서는 좀처럼 볼 수 없는 진풍경일 것이다.

예전만 해도 이 정도는 아니었다. 나름대로 신경 쓰이는 안건에 대해 미코시바가 요코의 의견을 구한 적도 있었다.

그러나 지난해 친어머니가 피고인이 된 사건을 맡은 이후부터 변화가 생겼다. 눈에 띄게 말수가 줄었고 가만히 생각에 잠기는 시간이 늘었다. 어머니 사건이 그에게 어떤 영향을 끼쳤는지 알 수 없지만 어쨌든 그가 더 흥미로운 대상이 된 것만은 분명했다.

오전 9시 반을 조금 넘겼을 때 미코시바는 법정 출석을 위해 사무실을 나갔다. 그가 법원에서 돌아올 때까지 한동안 또다시 고독한 작업이 이어질 것이다. 그러나 둘이 있어도 고독한 건 변함없다.

그때 인터폰이 울렸다. 접수 시간은 10시부터라고 하고 거절하려 했더니 상대가 먼저 자신의 신분을 밝혔다.

―경시청 형사과의 오케야라고 합니다.

경찰이라면 거절할 수도 없는 노릇이라 요코는 마지못해 문을 열어 주었다.

"실례합니다."

안에 들어온 사람은 중년 남자와 젊은 남자로 구성된 2인조였다. 두 사람 다 수사1과 형사였고 중년 남자가 오케야, 젊은 남자는 이름이 히가시타니라고 했다.

오케야는 사무실 안을 둘러보지도 않고 요코 쪽으로 성큼성큼 걸어왔다.

"실례지만 구사카베 요코 씨십니까?"

"네. 제가 구사카베 요코입니다만."

"혹시 어젯밤에 도모하라 데쓰야라는 분을 만났습니까?"

"네. 함께 식사를……."

"그 뒤로도 계속 함께 있었나요?"

"식사를 마치고 9시쯤 헤어졌어요."

"이후 그분에게서 연락이 왔습니까?"

"아뇨. 헤어진 뒤로는 한 번도."

"도모하라 데쓰야 씨가 시신으로 발견됐습니다."

순간 심박수가 급격히 올라갔다.

"언제, 어디서……."

"그 질문에 답해 드리기 전에 먼저 여쭙고 싶은 게 아주 많습니다."

오케야는 은근히 무례한 태도로 말했다.

"동행해 주시겠습니까?"

"임의 사정 청취라면 거절할 수도 있겠죠?"

"물론입니다. 하지만 납득할 만한 이유가 없는데 출두를 거부하시면 심증이 안 좋아질 수도 있습니다."

당장에라도 혀를 찰 것 같은 표정의 오케야를 보며 두 사람이 일부러 미코시바가 자리를 비우는 시간에 사무실을 찾아왔다는 걸 알 수 있었다. 변호사가 옆에 있으면 이런 위협도 못 한다.

"지금 당장 가야 하는 건가요? 조금만 미뤄 주시면 좋겠는데."

"미코시바 선생님과 동반 출두하시려는 건가요?"

의도를 들키자 요코는 더욱 경계심을 품었다.

"그러면 안 되나요?"

"안 될 건 없지만."

그제야 오케야는 사무실 안을 둘러보기 시작했다. 인테리어와 사무용 가구들로 미코시바의 취향을 알아보려는 듯했다.

"변호사가 동석하지 않는 한 입을 열지 않겠다고 하시면 그 역시 심증을 안 좋게 할 수 있습니다. 즉, 요코 씨 자신이 도모하라 데쓰야 씨의 죽음에 연루돼 있다고 자백하는 거나 마찬가지입니다."

"전 그런 짓을 하지 않았어요."

이쯤에서 단호하게 부인해야 할 때라 생각해 말했지만 그만 실수를 저지르고 말았다.

"그분이 살해됐다고는 한마디도 하지 않았습니다만."

덫에 걸렸다.

"말도 안 돼. 꼭 도모하라 씨가 살해된 것처럼 말씀하셨잖아요."

"그렇게 말했나?"

오케야가 고개를 돌려 히가시타니에게 물었다. 히가시타니는 말없이 고개를 흔들었다.

"구사카베 요코 씨. 거리낄 게 없다면 그냥 저희와 함께 가주시는 게 좋지 않을까요?"

"지금 절 의심하시는 거예요?"

"변호사 사무소 직원 앞에서 이런 말씀 드리기 새삼스럽지만, 전 지금 모든 관계자를 찾아가 똑같은 질문을 하고 있습니다. 어떤 분은 현관 앞에서의 대화로 끝나기도 했지만, 요코 씨는 사망한 분과 가장 가까운 지인이었죠. 현관 앞에서의 5분 정도로는 끝낼 수 없습니다."

"가장 가까웠다고요? 전 잘 모르겠는데."

"가깝지도 않은 분을 데이트 명소인 레스토랑으로 불러 값비싼 와인을 대접하는 남자는 흔치 않습니다."

어제 먹은 저녁 메뉴까지 파악하고 있다. 이미 도모하라의 어젯밤 행동을 세세한 부분까지 조사한 게 틀림없었다.

"의혹을 한시라도 빨리 푸는 게 좋지 않을까요?"

형사 두 명이 날카롭게 쳐다보고 있다. 두 사람 다 표정은 온화하지만 눈은 웃고 있지 않다.

과거 사무소를 찾아온 의뢰인에게 형사의 의심을 샀을 때의 공포에 대해 들은 적이 있다. 그때는 옆에서 들으며 그런가 보다 하고 대수롭지 않게 넘겼지만, 막상 자신이 그 입장이 되니 그들의 혼란한 심경이 뼈저리게 느껴졌다. 이런 눈빛을 계속 받다 보면 자제심을 잃어 굳이 안 해도 될 말을 할 것 같았다.

"자, 어떡하시겠습니까?"

"선생님께 연락 좀 할게요."

요코는 휴대폰을 꺼내 미코시바의 전화번호를 눌렀다.

―지금은 전화를 받을 수 없습니다. 잠시 후 다시 걸어 주십시오.

현재 시각 9시 55분. 아직 개정 시간은 아니지만 일찍 전원을 꺼 둔 걸까. 그래도 부재중 통화 기록은 남을 것이다.

쥐도 궁지에 몰리면 고양이를 문다. 스스로 입에 담은 말이 되돌아올 줄이야. 지금 두 형사에 의해 궁지에 몰린 쥐는 분명 요코 자신이었다.

"알겠습니다. 준비 좀 할 테니 조금만 기다려 주세요."

비노출 경찰차를 타고 경시청에 도착하자마자 곧장 취조실에 들어갔다. 경찰차와 취조실 모두 처음 경험하는 곳이지만 분위기를 즐길 여유 따위 없었다.

삭막하고 비좁은 방이었다. 지나치게 튼튼해 보이는 책상과 어울리지 않는 싸구려 철제 의자. 창문은 없고 열리는 문이라고는 출입구 하나뿐이다. 드라마에서는 벽 한 면이 매직미러였는데 이곳에서는 그마저 보이지 않는다. 그러나 어딘가에 기록 장치가 있을 터였다.

오케야가 "자" 하고 요코의 맞은편에 앉았다. 히가시타니는 기록을 맡았는지 구석 책상 앞에 앉았다.

"진부한 질문이지만 어젯밤 요코 씨의 행동을 최대한 상세히 알려 주십시오."

"아까도 말씀드렸다시피 밤 9시에 식사를 마치고 곧장 집에 돌아갔어요."

"집이 어디시죠?"

"오시아게예요."

"오, 데이트하신 도쿄 소라마치의 바로 코앞이군요."

"네. 도모하라 씨가 장소를 몇 군데 알려 주며 고르라고 했는데, 집에서 가까운 곳이 좋을 것 같아 그곳으로 했어요."

"왜죠? 레스토랑은 7시부터 9시까지 예약돼 있었고 밤 9시는 심야라고 하기에는 조금 이른 시간입니다. 두어 시간 정도는 더 함께 있어도 괜찮지 않았나요?"

멋대로 상대 마음을 재단하지 마.

"늦게까지 함께 있을 생각은 없었어요."

"집에 도착한 게 몇 시쯤이었습니까?"

"그때그때 시계를 보지 않아서 모르겠지만 도쿄 소라마치에서 출발했으니 30분 정도 걸렸겠죠."

"밤 9시 반에 귀가. 혼자 사십니까?"

"네."

"아파트 현관에는 자동 잠금 장치가 있나요?"

"아뇨, 그런 보안 설비는 없어요."

"그럼 요코 씨가 정말 9시 반에 도착했는지를 증언할 사람은 없겠군요."

"하지만 정말 일찍 집에 돌아갔어요. 다음 날 할 일이 쌓여 있으니까요."

"아, 그 대량 징계 청구 건 말씀이신가요?"

오케야는 꼭 남의 불행을 즐기는 듯한 표정으로 물었다.

"뉴스에서 봤습니다. 그들 모두를 대상으로 손해 배상을 청구할 거라는 뉴스도. 흐음, 사무소에 직원은 요코 씨 한 명이니 정말 힘들겠네요. 하지만 요새 고소장 같은 건 컴퓨터로 쉽게 작성할 수 있지 않습니까?"

"아직 내용 증명 단계라 수작업이 많이 필요해요. 그래서 일찍 집에 돌아가려고 했어요."

"도모하라 씨는 외국계 컨설팅 회사에서 근무하고 있습니다. 독신으로 롯폰기에 있는 아파트에 혼자 살았죠. 마찬가지로 독신인 요코 씨에게는 제법 괜찮은 조건의 남성이라는 생각이 드는데, 식사 이상의 진전은 원하시지 않았던 건가요?"

"사적인 이야기는 하고 싶지 않아요. 그리고 여러 번 말씀드리지만 다음 날 할 일이 쌓여 있었어요."

"아무리 사적인 일이어도 범죄 수사이니 대답해 주셔야."

오케야가 거만하게 가슴을 뒤로 젖혔다.

요코는 화내지 말자고 스스로 다짐했다. 오케야처럼 일부러 초조한 모습을 보이는 건 상대를 혼란스럽게 만들려는 전술이다. 초보적이기는 해도 궁지에 몰린 상대에게는 효과를 기대할 수 있다. 전에 미코시바도 비슷한 말을 한 적이 있다.

"혹시 이미 결혼 약속이라도 하신 겁니까?"

요코는 최대한 평정심을 보이며 왼손을 앞으로 내밀었다.

"보세요. 약혼반지 같은 건 없죠? 도모하라 씨는 제 대답을 듣기도 전에 먼저 보석 가게에 달려갈 분이에요. 그리고 애초에 그분이 저에게 진심이었는지도 잘."

"그냥 즐기려고 날 만나는구나 정도는 요코 씨도 알아차리시지 않나요?"

"그런 걸 알 정도의 사이도 아니었다고요. 알고 지내기는 했지만 가끔 식사만 하는 사이였어요."

"애초에 그분과는 어떻게 알게 되었습니까?"

"친한 지인이 있는데…… 난구모 스즈카라는 친구에게 소개받았어요."

"언제쯤?"

"반년 정도 전이었던 것 같네요."

"반년이나 지났는데 아직도 서로 식사만 하는 사이다."

"그러니까 그렇게 친한 사이가 아니었다니까요. 몇 번이나 같은 말을 하게 하는 거예요."

머리 한구석에서 미약하게 경보음이 울렸다. 오케야의 질문이 조금씩 내 안에 있는 이성을 깎아 내고 있다.

진정해.

여기서 평정심을 잃으면 상대가 원하는 대로 돼.

"이성 관계는 결코 아니었다?"

"네."

"그분 집에서 묵었던 적은?"

"한 번도 없어요."

"어젯밤에 몸을 밀착한 적은."

"없다니까요."

저도 모르게 목소리가 커졌다. 그러나 오케야는 아랑곳하지 않고 질문을 이어 갔다.

"여러 번 함께 식사한 사이인데 손도 안 잡으신 겁니까?"

"안 잡았어요."

"이상하군요."

오케야는 상반신을 들어 천천히 요코에게 얼굴을 가까이 했다.

"도쿄 소라마치에 설치된 CCTV 카메라에 요코 씨와 도모하라 씨의 모습이 찍혔습니다."

"당연하죠. 그 일대를 걸어 다녔으니."

"그런데 녹화 영상에서는 서로 다정하게 손을 맞잡고 있는 모습이더군요."

급하게 기억을 되짚었다.

저녁 식사 계산은 레스토랑 테이블에 있을 때 도모하라가 마쳤다. 가게 문을 나서면서도 그가 필요 이상 접근하지 않도록 신경 썼으니 틀림없다. 손을 맞잡은 적은 없다.

유도 신문이리라. 사실과 다른 내용을 미끼로 진술을 끌어내는 전략이다.

"거짓말 마세요. 손 잡은 적 없어요. 뭔가 잘못됐을 거예요."

"뭔가 잘못됐다. 그럼 조금만 더 수사에 협조해 주시죠."

그렇게 말하며 오케야는 플라스틱 용기를 꺼냈다. 안에서 나온 건 면봉이었다.

"타액을 채취하겠습니다. 그리고 머리카락도 몇 가닥."

"……DNA 감정인가요?"

"거부하셔도 상관없습니다. 대신 심증이……."

"네, 알겠어요."

면봉 끝으로 구강 점막을 훑고 머리카락을 몇 가닥 뽑아서 건넸다. 꼭 포로나 노예가 된 듯한 기분이 들어 굴욕적이었다. 경찰의 의심을 받는 상황은 이렇게나 사람의 마음을 어둡게 만드는 걸까.

"아, 그리고 지문도."

이제는 거의 자포자기하는 심정이었다.

마음대로 해.

어디선가 조사 현장을 지켜보고 있었는지 다른 수사관이 들어왔다. 말없이 요코에게 채취한 시료를 받아 들고 서둘러 퇴장했다.

"요새는 감정 기술도 비약적으로 발전해서요. DNA 감정 같은 건 그래도 며칠 걸리지만 지문 감정은 몇 시간 안에 끝납니다."

"저도 알아요. 저희 사무소에서도 가끔 민간 연구소에 감정을 의뢰하니까요."

"민간 연구소 말입니까? 하지만 속도와 정확도라면 과학 수사 연구소가 제일이죠."

"저희가 의뢰하는 민간 연구소 소장님은 과학 수사 연구소에서 근무하다가 그곳 업무 방식이 너무 안일하다며 독립한 분이에요."

불쾌하다는 듯이 오케야의 눈썹이 일그러지는 모습을 보며 요코는 속이 조금 후련했다. 이 정도 저항은 허용 범위일 것이다.

"도모하라 씨가 어떻게 발견됐는지 아직 못 들었어요."

"시신이 발견된 곳은 오시아게역 부근이었습니다."

순간 좋지 않은 예감이 들었다.

"오시아게역 A2 출구. 스카이트리 타운의 남쪽으로 향하는 출구인데, 요코 씨의 귀가 방향이기도 하죠. 아시다시피 그 출구 뒤쪽은 수풀이 조금 우거져 있어 출구를 드나드는 사람들에게 사각지대입니다. 도모하라 씨의 시신은 그 덤불 속에서 발견됐습니다. 아니, 숨겨져 있었다고 하는 게 타당하겠군요. 아무리 번화한 곳이어도 밤 9시가 지나면 덤불 속 같은 곳은 보이지 않겠죠. 그래서 오늘 아침에야 발견됐습니다. 지하철 청소 직원에게."

오케야는 사진을 꺼내 요코의 눈앞에 내려놓았다. 그 안에 찍힌 것은 틀림없는 도모하라의 시신이었다.

익숙한 재킷 뒷면. 옆구리가 피로 빨갛게 물들어 있다.

"날카로운 칼에 깊숙이 찔렸습니다. 치명상이었던 것 같습니다."

"흉기는 찾았나요?"

"현장에서 멀리 떨어진 도로 옆 도랑에 버려져 있었습니다. 못 찾을 거라고 생각하신 겁니까?"

비아냥거림으로 얼룩진 말투는 정확히 요코를 겨냥하고 있었다.

"사망 추정 시각은 어젯밤 9시에서 11시 사이입니다. 따라서 현재로서는 요코 씨의 알리바이가 매우 의심스러운 상황입니다."

그제야 깨달았다. 지문을 채취한 건 발견된 흉기에 지문이 남아 있었기 때문이 분명하다.

이후에도 조사가 이어졌다. 도모하라의 인간관계를 아는가. 자산 수준에 대해 본인에게 전해 들은 적이 있는가. 식사 중에 다투지는 않나.

비슷한 질문이 몇 번이나 반복됐다. 처음에는 차분하게

대답하려고 했지만 세 번이나 같은 질문을 들을 때는 자연히 분노와 울분 섞인 대답이 나왔다. 그래도 오케야의 대응에는 변화가 없었고 그것이 요코의 마음을 더 힘들게 했다.

한 시간 정도 지났을까. 채취 키트를 가져간 수사관이 다시 나타나 오케야에게 귓속말을 했다.

곧장 오케야의 표정이 밝아졌다.

"일치했습니다."

두려운 나머지 뭐가 일치했는지 물을 수도 없었다.

"흉기에 남아 있던 지문과 요코 씨의 지문이 일치했습니다."

그러더니 오케야는 곧장 손목시계를 확인했다.

"12시 15분. 구사카베 요코 씨. 당신을 도모하라 데쓰야 살해 혐의로 체포합니다."

2

반주자의 조건

伴 走 者

1

미코시바가 돌아와 보니 사무실은 텅 비어 있었다. 평소 책상 앞에서 일하는 요코의 모습이 어디에도 보이지 않는다. 비품이라도 사러 갔나 싶어 책상 위를 보니 아직 뜯지 않은 징계 청구서 봉투와 직접 쓴 메모가 남아 있었다.

—형사과의 오케야 형사님과 동행해 경시청에 갑니다. 언제 돌아올지는 아직 미정입니다.

요코가 직접 남겼다고 하기에는 영 허술한 메모다. 경시청 형사과 사람과 함께 간다는 말도 마음에 걸린다. 대량 징계 청구 건과 관련된 일이라면 형사과가 나설 리 없다. 개정 직전이라 휴대폰을 진동 모드로 설정해 두었는데 요코가 전화를 걸어 온 기록이 남아 있었다.

녹록지 않은 가능성들이 떠오르지만 고민하기보다 본인을 찾아가 직접 물어보는 편이 빠르다. 미코시바는 다시 주차장에 가서 경시청으로 향했다.

사쿠라다몬에 있는 경시청에 도착해 1층에서 방문 목적을 알리자 얼마 안 돼 형사 한 명이 모습을 드러냈다.

"안녕하십니까. 오케야라고 합니다."

그는 만나자마자 미코시바를 머리끝부터 발끝까지 훑어 봤다. 보통 다른 사람을 관찰할 때는 조금 더 넌지시 하기 마련인데 전혀 그렇지 않은 오케야의 행동에서 미코시바를 향한 악의가 묻어났다.

"그 유명한 미코시바 선생님을 만나 뵙게 되어 영광이네요."

상대의 태도로 이쪽의 태도를 결정한다. 비굴한 인간에게는 고자세로 나가는 것이 미코시바의 방식이었다.

"우리 사무소 직원이 신세를 지고 있는 것 같던데."

"아아, 네. 조금 전 신병을 확보했습니다."

"혐의는?"

"살인입니다."

예상치 못한 대답이었지만 표정에는 드러내지 않았음을

자각했다.

"변호사 입회도 없이 조사한 겁니까?"

"당사자가 원하지 않아서."

거짓말이라는 걸 금세 알 수 있었다. 아마 처음에는 단순 참고인 조사쯤으로 인식시키고 변호사를 부르기 전에 체포에 나섰을 것이다. 그러지 않았다면 평소 변호사 업무를 돕는 요코가 그런 기본적인 권리를 주장하지 않았을 리 없다.

"본인이 혐의를 인정했습니까?"

순간 오케야의 얼굴이 흐려졌다.

"아뇨, 아직은 아닙니다."

"만나게 해 주시죠."

"네. 그러지 않아도 피의자도 변호사 선생님을 불러 달라고 호소해서."

오케야의 안내를 받아 면회실로 향했다. 체포 직후의 의뢰인을 면회하는 게 처음이 아니라 굳이 안내받지 않아도 장소가 어딘지는 알고 있었다.

"만약에 대비해 말씀드리는데."

요코를 만나러 들어가기 전 오케야가 손바닥을 앞으로 내밀며 말했다.

"녹음기, 휴대폰, 그 밖의 전자 기기류는 여기 두고 가시죠."

휴대폰을 건네받아도 오케야는 부족하다는 듯이 손사래를 쳤다.

"녹음기는 없나요?"

"의뢰인의 말을 전부 기억합니다. 녹음 따위 필요 없습니다."

"대단하시네요."

"일이라면 그 정도 하는 게 당연합니다. 여러분이 조사할 때는 다른가요?"

오케야는 눈에 띄게 기분 상한 얼굴로 면회실을 향해 턱짓했다. 비굴함에 오만함까지 더해진다. 겉모습과 달리 정신 연령이 아무래도 중학생 수준인 듯하다. 산전수전을 다 겪은 노련한 피의자를 상대할 때는 꽤나 고생할 타입이다.

면회실에 들어서자 아크릴판 너머에 요코가 앉아 있었다. 요코는 미코시바를 보자마자 수치심과 희망이 뒤섞인 표정을 지었다.

"폐를 끼쳤네요."

"아직이야."

"네?"

"진짜 폐는 지금부터겠지."

"화내지 않으세요?"

"사무실에 돌아와 보니 이해할 수 없는 메모만 덜렁 한 장

있더군. 이유나 경위도 모르는데 왜 화를 내지?"

"죄송해요. 무작정 찾아와 임의동행을 요구해서 당황했던 것 같아요. 설마 체포될 줄은 상상도 못 했어요."

"처음부터 차근차근 이야기해. 왜 자신에게 의혹이 쏠렸는지. 우선 거기부터."

요코는 오른손 주먹을 이마에 갖다 댔다. 평소 생각을 정리할 때 보이는 몸짓이다.

"제가 생각하기에 관계없다고 생각되는 것들도 다 말씀드리는 게 낫겠죠?"

"관계 유무는 자네가 판단하는 게 아니야."

"제 지인 중에 난구모 스즈카라는 분이 있어요. 그 난구모 씨에게 도모하라 씨를 소개받았고요."

"공통 지인인가. 그 난구모라는 여자와는 어느 정도의 관계지? 동창인가? 아니면 이전 직장 동료?"

"가스미가세키 합동 청사에서 조금 떨어진 곳에 카페가 있는데, 그곳에서 처음 만났어요."

우연히 만나 한두 마디를 주고받으며 친해지는 경우도 있을 것이다. 미코시바는 지금껏 그런 경험이 전무하지만 자신은 어차피 다른 사람과 교류하는 범위가 극히 제한적이라 요코의 인간관계 쪽이 일반적일 거라고 생각했다.

"결혼을 전제로 한 게 아닌 어디까지나 소개팅의 연장선 같은 느낌으로."

"그런 건 중요하지 않고 사건 당일 경위부터 말해."

뒷이야기를 재촉하자 요코는 도쿄 소라마치의 레스토랑에서 도모하라와 나눈 대화를 설명하기 시작했다. 내용을 들어보니 잡담 수준을 벗어나지 않고 커플보다는 친구끼리의 대화 같다. 말투로 짐작건대 요코는 아무래도 도모하라라는 남자를 얕잡아보고 있었던 느낌이다. 자랑할 만한 건 지갑 속 내용물뿐이고, 인간으로서 밑바닥이 얕은 사람이라고 단정하고 있다. 그러나 도모하라에게도 농담 소질은 있는지 요코가 미코시바와 같은 직장에서 일하는 것을 두고 '호랑이와 함께 보트를 타고 표류한다'라고 비유한 센스는 칭찬해 주고 싶었다. 따분한 걸 싫어한다는 요코의 말도 평소 요코를 아는 미코시바에게는 납득할 만했다.

식사는 밤 9시에 끝났고 그 후 요코는 곧장 오시아게에 있는 집으로 돌아갔다고 했다.

"식사 후 애프터 제안은 없었나?"

"근처에 괜찮은 술집이 있다고 했는데 거절했어요."

"그를 싫어했나?"

"좋고 싫고의 문제가 아니라 다음 날 일이 쌓여 있었기 때문이에요."

요코는 자못 당연한 것처럼 말했다. 아크릴판을 사이에 둔 대화치고 너무 느긋한 감도 있지만 그만큼 차분하다는 증거일까.

"좋고 싫고가 없는 사이였던 건가."

"그분이 어떻게 생각했든 제게는 그저 가끔 만나서 차나 한잔하는 친구였어요. 미워하지도 않는 분을 제가 왜 죽이겠어요."

"경찰은 치정 갈등을 의심하나?"

"커리어 면에서 잘 나가는 사람인데 독신이었으니 유산이나 보험금을 노린 건 아니다. 상대에게 또 다른 교제 상대가 있어서 질투심을 느꼈거나 이별 이야기가 불거져 살해에 이른 것이 아니냐……. 그런 식으로 말했어요."

"막연한 동기들이지만 그래도 체포에 나선 걸 보면 뭔가 확실한 물증이라도 나왔나?"

"날카로운 흉기에 옆구리를 찔린 게 치명상이었다고 하는데, 그 흉기에 제 지문이 남아 있었다고 해요."

"날카로운 흉기라는 것만으로는 알 수 없어."

"사진을 보여 줬어요. 흰색 손잡이, 날이 10센티미터 정도 되는 가는 칼이더라고요."

"양날인가? 단날인가?"

"단날이요."

"자네 것인가?"

요코는 "아뇨" 하고 고개를 흔들었다.

"제 것이긴커녕 생전 처음 보는 칼이었어요."

평소 일하는 모습을 보면 요코의 기억력이 나쁘지 않은 편인 걸 알 수 있다. 그러나 어떤 식의 착오가 생겼을 가능성도 배제할 수는 없다. 어쨌든 흉기의 실물이나 사진을 확인할 필요가 있지만 기소된 사안이 아닌 이상 경찰이 공개할 리 없다.

그러다 문득 깨달았다. 요코의 발밑에서 탁탁거리는 소리가 들린다. 두려움에 다리를 떠는 소리가 틀림없다. 하지만 요코의 얼굴을 보니 왠지 모를 쓴웃음을 짓고 있었다.

"뭐가 우습지?"

"아뇨, 그게…… 반대가 돼 버린 것 같아서요. 언젠가 선생님과 이렇게 면회실에서 마주 앉을 날이 올 거라고 예상은 했지만, 설마 제가 이쪽에 앉게 될 줄은 몰랐어요."

"그쪽에는 이미 앉아 본 적이 있지. 두 번 다시 같은 실수는 하지 않아."

"그렇겠죠."

"혹시나 해서 물어보는데, 누구에게 변호를 의뢰할 생각이지?"

"흉기에 지문이 남았고 당사자는 알리바이를 증명 못 하고 있다. 평범한 변호사라면 감형이나 떠올릴 사례겠죠. 이런 걸 뒤집을 수 있는 변호사는 제가 알기로 미코시바 선생님밖에 없어요."

"나중에 위임 계약서와 선임계를 보내지. 서명하고 교정 직원에게 전달해."

"하지만, 저……."

"뭐지?"

"제 월급으로는 기껏해야 착수금 정도밖에 못 드려요. 설령 무죄 판결을 받는다고 해도 선생님의 액수에는 도저히 맞춰 드릴 수 없을 것 같아요."

"맞출 수 있어."

"평생 공짜로 일해 드려야 할까요?"

"직원 할인. 이것으로 금액 협상은 끝내기로 하지. 조금 전에 말한 난구모 스즈카의 연락처와 도모하라 데쓰야의 프로필을 알려 줘."

"휴대폰을 압수당해서 전화번호까지는 모르겠어요."

"전화번호 정도야 나중에 간단히 알아낼 수 있지."

요코가 입에 담은 말을 미코시바는 한 마디도 놓치지 않았다. 두 사람의 근무지와 주소 정도는 쉽게 기억할 수 있다. 육법전서를 암기하는 것에 비하면 어린아이 장난 수준이다.

"아무튼 앞으로 내가 입회하지 않을 때는 한마디도 하지 마. 묵비권을 행사해."

현재 상황에서 들어야 할 이야기는 전부 들었다. 미코시바가 몸을 일으키자 요코는 그제야 처음 심란해하는 표정을 지었다.

"선생님, 아직 가장 중요한 걸 묻지 않으셨어요. 제가 도모하라 씨를 정말 죽였는지 아닌지."

"상관없어."

"네?"

"자네가 살인을 저질렀든 저지르지 않았든 반드시 꺼낼 테니."

경시청에서 나온 미코시바는 그길로 다니자키의 사무소로 향했다. 상대가 부르지도 않았는데 먼저 찾아가는 건 미코시바의 신념에 어긋나지만 어차피 손이 부족해지면 연락하라고 한 사람은 다니자키다. 호의인지 빈말인지는 알 수 없지만 이번에는 상대의 호의에 올라타는 게 유리하리라 판단했다.

많은 변호사들을 직원으로 고용하고 있는 다니자키 법률 사무소에서는 대표 다니자키가 법정에 직접 나가는 일은 거의 없다. 대부분 자신의 집무실에서 무료함을 달래고 있으니 꼭 미리 약속하지 않아도 만날 수 있다.

집무실에 들어서자 아니나 다를까 다니자키가 상황을 즐기는 것처럼 웃고 있었다.

"미코시바 선생 쪽에서 먼저 찾아오는 건 정말 보기 드문 일인데 말이야. 무슨 바람이 불었을까?"

"얼마 전 징계 청구 건 때문에 손이 부족해지면 연락하라고 하셨죠."

"그래, 그랬지. 금세 손이 부족해졌나 보군."

"저희 사무소 직원이 당분간 출근을 못 하게 됐습니다."

요코가 살인 혐의로 체포됐다는 소식을 듣자 다니자키도 놀라움을 감추지 못했다. 기쁜 소식은 아니지만 노회한 너구리가 놀라는 얼굴을 보는 게 왠지 고소하기도 했다.

"자네 이름이면 모를까 구사카베 요코의 이름으로는 참새들의 검색에도 걸리지 않을 텐데."

세상 어디에든 윗선에 소문을 물어다 주는 참새들이 서식한다. 다니자키의 귀가 밝은 것도 그런 참새들 덕분이다.

"당사자는 부인 중인가?"

"네. 흉기로 쓰인 칼을 본 적도 만진 적도 없다더군요."

"담담하게 이야기하는 건 그녀의 결백을 믿기 때문이겠지?"

"결백 여부와 상관없이 무죄를 받아낼 계획이니까요."

그러자 다니자키는 또다시 의외라는 표정을 지었다.

"허허. 역시 오랜 세월 함께한 파트너는 어떻게든 구해 주고 싶은 건가."

"겨우 한 사람 몫을 하게 만들었습니다. 여기서 빼앗기면 초기 투자 비용이 아깝습니다."

"자네다운 이유로군. 뭐, 어쨌든 약속은 약속이니 임시 사무직원을 소개해 주지."

다니자키는 가운데 손가락으로 책상을 툭툭 두드렸다. 고민하는 척하지만 어쩌면 인선 작업은 이미 끝났을 수 있다. 고민하는 척하는 건 단지 상대의 반응을 살필 의도고 단순히 생각하면 언제 발목을 잡힐지 모를 일이다.

"징계를 청구한 사람들에게 손해 배상을 청구한다고 했지. 지금 총 몇 명분의 고소장을 준비했나?"

"죄송하지만 그 직원에게 모든 업무를 맡기고 있었습니다. 830건의 징계 청구서를 개봉 중이라는 보고만 받았습니다."

"사무 처리 업무에 능숙한 인재가 필요하다는 소리군. 좋
아. 즉시 투입할 전력을 마련해 놓겠네."

"부탁드립니다."

"사무 업무를 일임하고 변호 활동에 전념하는 건 좋지만
기소 전이면 아직 제대로 된 무기도 갖추지 못했을 터. 체포
직후 곧장 일을 받는 건 조금 섣부른 거 아닌가?"

다니자키의 지적에는 일리가 있다. 미코시바에게 들어오
는 사건은 이미 기소가 정해진 사건이 압도적으로 많다. 피
고인이 되어 막다른 골목에 몰린 사람들이 지푸라기라도 잡
는 심정으로 미코시바를 소환하는 것이다. 그러나 법정 안에
서는 검찰과 아예 똑같지는 않더라도 비슷한 증거물을 쥐고
싸울 수 있는 반면, 기소 전에는 양측이 가진 증거물의 양과
질 사이에는 비교할 수 없을 정도로 큰 차이가 있다.

그러나 미코시바는 이상하게도 비관적이지 않았다.

"제게 들어오는 의뢰들은 대부분 불리한 조건입니다."

"오히려 불리한 조건이니 미코시바 변호사에게 의지하는
건가. 그런데 한편으로 사무소 직원과 관련된 안건을 떠안으
면서까지 손해 배상 청구를 진행하는 이유는 뭔가? 이런 말
하기 조금 그렇지만 그런 인간들을 상대하는 건 나중으로 미

뤄도 상관없을 것 같은데 말이야."

"타이밍 문제입니다."

"설명해 주겠나?"

"구사카베 요코의 증언이 사실이라면 흉기에 그녀의 지문이 남아 있다는 사실에 작위성이 생깁니다. 그녀는 함정에 빠졌다고 볼 수 있습니다."

"그건 나도 동의하네."

"그렇게 가정하면 한창 징계 청구가 이뤄지는 와중에 그녀가 경찰에 붙잡힌 게 과연 우연일까 하는 의문이 듭니다."

"설마. 누군가가 손해 배상 청구를 막으려고 일부러 살인을 저지르고 그 죄를 자네 사무소 직원에게 덮어씌웠다는 말인가? 아무리 그래도 그건 너무 아전인수격인 해석 같군. 살인의 동기로는 위험 부담이 크지 않은가?"

"냉정하게 리스크와 리턴을 따지는 자라면 그렇겠죠. 150만 엔이라는 푼돈 때문에 사람을 죽이는 건 미친 짓이지만 그건 반대로 말해 제정신이 아닌 자라면 충분히 저지를 수도 있다는 뜻이 되기도 합니다. 징계를 청구한 자들 중에는 가족이나 지인의 이름을 함부로 갖다 쓴 사람까지 있는 실정입니다."

오랫동안 변호사 일을 하다 보면 셀 수 없을 만큼 많은 바보들을 만나게 된다. 그리고 진퇴양난에 빠진 바보들은 늘 파멸적인 선택지로 향한다. 다니자키 또한 누구보다 잘 알고 있을 테니 더 이상 반론하지 않았다.

"하긴, 정신 나간 작자들은 무슨 짓을 저지를지 모르지. 오히려 범죄 성향이 강한 자보다 선량한 시민을 자처하는 인간들이 몇 배는 더 위험해."

다니자키는 납득한 것처럼 고개를 끄덕이며 심술궂게 미소 지었다. 냉정하다고 마냥 비난할 수는 없다. 오히려 인간을 잘 이해하는 사람일수록 냉소적으로 되는 건 당연한 이치다.

"이번에 자네가 손해 배상을 청구한 이들 중에서 도모하라인가 하는 사람을 살해한 범인을 찾아낼 심산인가?"

"뚜렷한 계획이 있는 건 아닙니다. 양동 작전에 당할 경우에 대비해 미리 보전 조치를 하려는 것뿐입니다."

"150만 엔 때문에 살인을 저지를 만큼 어리석은 자라면 보전 조치를 한다고 해도 같은 일을 반복할 가능성이 있겠지. 자칫하다가는 쓸모없는 소모전이 될 걸세."

다니자키는 왠지 지금의 상황을 즐기는 것처럼 말했다. 그러고 보면 변호사 협회 회장 선거 때도 그는 시종일관 다른 후보들의 분투를 외야석에서 관전하는 태도였다. 타고난 성격 탓도 있겠지만 원래 권력에 싫증 난 사람일수록 다른 사람을 얕잡아보기 쉽다. 다니자키의 경우 그의 직위와 중후한 분위기가 경멸 섞인 눈빛에 격식을 부여하고 있을 뿐이다.

"어차피 사무소 관계자는 자네와 그 구사카베 양뿐이야. 다음에 또 무슨 일이 일어나면 그때는 무조건 자네가 타깃이겠지. 경호원이 필요하지 않겠나?"

"오히려 저를 습격해 주면 더할 나위 없습니다. 현행범으로 붙잡을 수 있으니."

"현행범. 그래. 굳이 경호 따위 붙이지 않아도 경찰이 알아서 감시해 줄 거라 보는 건가."

경찰은 미코시바의 과거와 이번 징계 청구 건을 알고 있다. 도모하라 데쓰야 살해 용의자 명단에 미코시바를 추가했을 가능성도 있다. 미코시바가 완벽한 알리바이를 갖추고 있다 해도 마지막 순간까지 용의자 명단에서 빼고 싶지 않을 것이다.

"전에도 앙심을 품은 자의 습격으로 크게 다친 적이 있으면서 참 대단하군."

"불명예스러운 부상입니다만, 그런 것에 하나하나 집착하다가는 변호사 일도 할 수 없습니다."

"미움받고 욕먹는 사람일수록 오래 산다는 말도 있잖나. 그 말이 사실이라면 자네는 분명 장수할 거야. 아니, 미움받는 걸로 따지면 내가 더 크려나?"

다니자키가 슬며시 미소 지었다. 이 노회한 너구리라면 칼에 찔려도 빙그레 웃지 않을까 하는 상상마저 들었다.

"아무튼 가급적 빠른 시일 안에 직원 파견을 부탁드립니다."

"그래. 협력을 아끼지 않겠네. 구사카베 양의 혐의를 벗기는 건 협회의 신뢰를 회복하는 길로도 이어지니까. 바꿔 말해 바로 그게 교환 조건이기도 하지."

다니자키의 눈빛이 예리하게 빛났다.

"굳이 말할 것도 없겠지만 당연히 구사카베 양의 혐의가 풀린다는 전제로 지원군을 파견하는 거야. 시급도 그녀와 같은 수준으로 맞춰도 되네. 하지만 자네가 만약 구제에 실패할 경우 그에 상응하는 페널티를 받을 수도 있다는 걸 알아 둬."

하마터면 웃음이 터질 뻔했다. 변호사 협회에 주종 관계가 있는 것도 아니고 대다수 회원들에게 기피되고 혐오당하는 자신에게 다른 어떤 페널티가 존재한다는 말일까.

"아웃사이더니까 페널티를 받지 않을 거라고 생각하면 큰 오산이야. 난 자네가 싫어하고 곤란해할 만한 것들을 누구보다 잘 알고 있어. 기대해도 좋네."

문득 으스스해졌지만 어차피 모든 걸 털어놓을 사람도 아니다. 한마디로 요코의 혐의를 벗기면 된다는 뜻이다.

"아무쪼록 살살 부탁드립니다."

그렇게 말하고 집무실을 나갔다. 사무소 입구에 다다르자 접수대 근처에 앉아 있던 여직원이 고개를 들었다. 이름이 아마 오키타였을 것이다.

"미코시바 선생님."

평소의 사무적인 어투와는 확연히 달랐다.

"죄송합니다. 딱히 엿들을 마음은 없었는데 목소리가 조금 들렸어요. 요코 씨가 체포됐군요."

그럴 만하다. 집무실은 나름 벽이 두껍지만 방음은 잘 되지 않는다고 들었다. 또 다니자키는 목소리가 걸걸한 편이라 크게 외치지 않아도 훤히 들린다.

"저, 협회 사무직원 연수 때 요코 씨와 함께 있었어요."

사무원들 간의 관계는 변호사들의 관계와 겹치는 경우가 많다. 요코가 오키타에게 접근한 건 다른 변호사 사무소와 달리 유일하게 미코시바를 혐오하지 않는 곳이 다니자키 사무소이기 때문일 것이다.

"반드시 요코 씨의 결백을 증명해 주세요. 그런 선량한 분이 사람을 죽일 리 없어요."

선량한 사람이라고 사람을 죽이지 않는 것도 아니며, 악인이라 해서 전부 사람을 죽이는 것도 아니다. 애초에 선과 악을 가르는 경계선은 어떤 색으로 구분돼 있을까. 그러나 오키타에게 그런 걸 물어봐야 공허할 뿐이니 미코시바는 굳이 언급하지 않았다.

"물론 우리 직원이니 최선을 다해 변호할 겁니다. 오키타 씨라고 하셨나요? 평소에도 요코 양과 친하게 지냈습니까?"

"네. 선생님 사무소에는 직원이 자기뿐이라 대화할 상대가 없다고……. 연수에 오면 꼭 봇물 터뜨리듯 수다를 떨더라고요."

요코는 사무실 안에서 잡담을 일절 하지 않고 묵묵히 일하는 타입이다. 말수가 적다고 생각했는데 그냥 참을성이 강할 뿐인 듯했다.

"혹시 대화 중에 사귀는 상대에 대한 이야기 같은 것도 나왔습니까?"

"사귄다고 해야 할지……. 외국계 컨설턴트 남자에게 연락이 자주 온다는 이야기는 했어요. 그분 성함이 아마 도모하라였던 것 같은데."

외국계 컨설턴트로 일하는 도모하라라면 십중팔구 도모하라 데쓰야다.

"요코 양에게 도모하라 씨는 어떤 사람이었을까요?"

"이야기만 들어보면 그냥 가끔 함께 맛있는 걸 먹으러 가는 친구 사이 같았어요. 상대 쪽에서 적극적으로 어필을 한다는데 정작 요코 씨는 전혀 받아줄 마음이 없어 보이더라고요."

"요코 양도 이제 나이가 서른 중반입니다. 그리고 상대 남자의 신상을 들으니 일반적으로 조건이 괜찮은 축에 속하는 사람 같더군요. 왜 마음이 없었을까요?"

"뭔가 부족하다고 했어요. 고소득자에 외국계 기업 근무. 불량한 취미가 없고 고급 레스토랑도 많이 알고 있다. 다른 이성 친구가 여러 명 있다는 점 또한 결혼 상대 후보를 좁히는 중이라고 생각하면 눈살을 찌푸릴 정도는 아니죠. 하지만 도모하라 씨는 남자 친구, 그리고 평생의 반려자로도 부족하다고 했어요."

도모하라에게 연애 감정을 느끼지 않았다는 요코의 진술이 의도치 않게 뒷받침되는 모양새였다. 경찰과 검찰은 레스토랑에서 함께 저녁 식사를 하는 사이라면 치정 갈등이 생길 수 있다고 주장하지만, 제삼자인 오키타의 증언은 요코의 진술 쪽에 더 신빙성을 부여했다.

사실 '부족하다'라는 말이 미코시바에게는 그리 와 닿지 않았다. 남자 친구나 배우자를 구할 때 경제적으로든 정신적으로든 안정된 상대를 선택하는 것이 일반이지 않을까. 그러나 요코는 굳이 자극을 추구하려고 한다.

아니, 요코의 취향 같은 건 중요치 않다. 지금 중요한 건 요코가 사건에 휘말려야만 했던 이유다.

"최근에 도모하라 씨가 뭔가 곤경에 처한 것 같다는 등의 이야기는 못 들었습니까?"

"글쎄요……. 요코 씨는 필요 이상으로 도모하라 씨에 대해 알려고 하지 않았던 것 같아요. 어디서 식사를 했느니 그 가게의 어떤 메뉴가 맛있었다느니 하는 수준이고 정작 그분에 대해서는 전혀……."

오키타는 엄지와 검지로 1센티미터 정도 되는 틈을 만들어 보였다.

"요코 씨, 정말 도모하라 씨에게는 요만큼도 관심이 없어 보였어요. 이야기하다 보면 알 수 있겠더라고요."

"단지 궁금해서 묻는 겁니다만, 여성분들은 관심 없는 남자와도 데이트 같은 걸 할 수 있습니까?"

"사람에 따라 다르겠지만, 요코 씨의 경우 오는 사람을 굳이 막지는 않았던 것 같아요. 정말 싫어하거나 대하기 어려운 사람만 아니라면 식사 정도는 함께 해도 괜찮다는 식으로 생각하더라고요. 꼭 거절할 필요는 없는 것 아니냐고. 그리고 저희 같은 변호사 사무소 직원의 월급이 넉넉한 것도 아니라 도쿄 시내의 3성급 레스토랑에 초대받는다면 당연히 가지 않을까요?"

즉 요코에게 도모하라는 싫어하거나 대하기 어렵다의 범주에도 들지 않는, 그저 지갑 같은 존재였다는 말이다.

"정말 싫은 상대라면 사소한 일 하나로도 인상이 백팔십도 달라질 수 있겠죠. 물론 그 반대의 경우도 있고요. 하지만 처음부터 아무래도 상관없는 상대에게는 아예 그런 것도 없어요."

오키타의 이야기에서 떠오르는 인물상은 계산적이라고까지 할 수는 없어도 자기주장과 신념이 강한 여인이다. 과거 살인을 저지른 변호사 밑에서 태연하게 일하는 여자이니 어쩌면 당연할 수도 있다.

"아무튼 그 정도 사이였으니 요코 씨가 도모하라 씨를 죽였으리라고는 생각되지 않아요. 애초에 흉기가 칼이라는 것도 이상하고요."

"뭐가 이상하죠?"

"재판과 관련된 일을 하다 보면 자연히 상해나 살인 사건들을 접하기 마련이잖아요. 변호사 사무소 직원들끼리는 가끔 농담 반 진담 반으로 '나 같으면 이런 식으로 상대를 죽일 것 같다' 같은 이야기를 나눌 때가 있어요. 그런데 요코 씨는 그런 이야기가 나올 때 '몸싸움으로는 상대를 이길 것 같지 않으니 나 같으면 독살을 택하겠다'라고 했어요. 저도 비슷한 생각을 했으니 납득했죠. 흉기가 칼이라면 처음부터 준비해야 하잖아요. 그럼 더더욱 요코 씨가 범인일 리는 없을 것 같아요."

2

다니자키의 사무소에서 나온 미코시바는 곧장 오시아게 방면으로 향했다.

시간은 오후 5시 50분. 어느새 어둠이 짙어져 도쿄 소라마치의 불빛이 반짝이기 시작했다. 도쿄 스카이트리 타운 안에 있는 점포들은 주로 관광객을 타깃으로 하기 때문에 부담 없이 들어갈 만한 가게가 많다. 단, 위층으로 올라갈수록 메뉴 단가가 높아졌다.

요코와 도모하라가 갔던 곳은 최고층에 있는 '르 보나 하자마'라는 프렌치 레스토랑이었다. 다른 점포들과 차별화를 하려는지 인테리어가 화려하고 드레스 코드도 까다롭다고 한다. 입구에 있는 메뉴판을 보니 가격도 최고층이었다.

안에 들어가려 할 때 가게에서 막 나온 손님과 마주쳤다. 놀랍게도 그는 조금 전 만난 사람이었다.

"아니, 이런 미코시바 선생님."

오케야는 장난스러운 눈빛으로 미코시바를 올려다봤다. 뒤에 있던 다른 형사가 깜짝 놀라는 듯했다.

"피의자를 만난 지 얼마나 됐다고 벌써 조사에 착수하신 겁니까? 역시 일 처리가 빠르시네요."

"조사라고 부를 만한 건 아닙니다."

"네, 저도 그 말에 동의합니다. 저희도 방금 조사를 마쳤지만 큰 수확이 없었거든요."

누가 들어도 조롱하는 말투여서 미코시바는 갚아 주기로 했다. 적어도 비아냥거림만큼은 자신을 넘어설 사람은 없다.

"큰 수확인지 아닌지는 그걸 맛보는 사람의 혀에 따라 다르겠죠. 빈곤한 자들의 혀는 A5 고급 마블링이 있는 고기와 슈퍼에서 파는 싸구려 고기의 맛을 똑같이 느낀다고 합니다."

그러자 오케야는 홍 하고 코웃음을 치고 미코시바 옆을 지나갔다. 다른 형사도 도망치듯 사라졌다.

그들이 먼저 이곳을 조사했다는 건 달가운 일이다. 질문을 듣는 쪽도 시간 간격을 두지 않는 편이 심리적 부담이 덜하다.

계산대에 있는 여직원에게 용건을 전하자 잠시 후 턱시도를 입은 키 큰 남성이 나타났다. 그는 이 레스토랑의 지배인으로 이름이 이타쿠라라고 했다.

"도모하라 님 일 때문이라고 들었는데, 바로 조금 전에 경시청분들이 오셨습니다."

"같은 사건을 다루고 있기는 해도 입장이 다릅니다. 질문은 비슷할 수 있겠지만."

이타쿠라는 "죄송합니다만" 하고 상반신을 숙였다.

"곧 디너 손님들로 붐비는 시간대라서요. 괜찮다면 다른 날짜로 하시는 게……."

형사와 변호사를 대하는 방식이 다른 걸까. 이런 명료한 구분이 오히려 신선하게 느껴졌다. 그리고 이럴 때의 대처법도 미코시바는 잘 알고 있었다.

"그럼 손님과의 대화에 응해 주시는 건 어떨까요?"

그렇게 말하며 플래티넘 신용 카드를 내밀었다. 변호사라는 직함과 비싼 보수를 통해서 얻은 하찮은 플라스틱 조각이다. 그러나 이 카드의 영험함은 이타쿠라의 태도를 단숨에 바꿔 놓기 충분했다.

"어제 도모하라 데쓰야 씨가 주문한 것과 같은 메뉴를 부탁해도 되겠습니까? 물론 알코올류도."

"알겠습니다."

이타쿠라는 정중히 인사하고 부랴부랴 미코시바를 창가석으로 안내했다. 태도가 돌변하는 모습 또한 명료하다. 근처의 서빙하는 남자 종업원에게 귀띔으로 지시하고 이타쿠라는 미코시바 옆에 섰다.

테이블에 놓인 나이프와 포크는 손잡이가 상아로 되어 있어 우아함이 느껴진다. 내부 장식도 지나치게 화려하지 않고 적당히 고급스럽다. 하나둘 자리를 채우기 시작한 손님들의 옷차림을 보니 일정한 사회적 지위를 갖춘 이들이라는 걸 알 수 있었다.

"도모하라 님은 저희 가게의 단골손님이셨습니다. 자주 애용해 주셨는데 어제 돌아가셨다는 소식을 형사님께 듣고 직원들 모두 슬픔에 잠겨 있습니다."

"단골손님이었군요. 주로 어떤 여성들과 함께 왔습니까?"

"유형은 다양했습니다."

"상대가 여러 명이었군요."

"거의 매주 바뀌었으니까요."

도모하라가 여러 여자들과 알고 지냈다는 건 이미 알려진 사실이지만 매주 여자가 바뀌었다는 건 처음 듣는 이야기였다.

조금 전의 남자 종업원이 먼저 와인을 가져왔다. 검은 병 라벨에는 '샤토 뒤 테르트르'라고 적혀 있다.

"시음해 보시겠습니까?"

한 모금 마시고 맛없다고 하면 대번에 주방 안쪽에서 소믈리에가 굳은 표정으로 뛰어올 것이다. 즐거운 상상이지만 괜히 시간을 낭비하고 싶지 않아 미코시바는 말없이 고개를 흔들었다. 어차피 와인의 질 같은 걸 자신이 알 리 없다. 애정 없는 어머니의 집밥과 의료 소년원 식단에 익숙한 혀였다.

다음으로 웨이트리스가 전채 요리를 가져왔다.

"구운 가지 마리네이드입니다."

미코시바는 포크로 구운 가지를 찌르며 이타쿠라를 관찰했다. 이타쿠라 역시 넌지시 미코시바를 관찰하는 듯했다.

"도모하라 씨는 어떤 손님이었습니까? 씀씀이가 좋았다거나 테이블 매너 같은 것 말고 이타쿠라 씨가 그에게서 받은 인상을 알려 주십시오."

"비록 돌아가셨지만 손님의 인상을 나쁘게 말할 수는 없습니다."

"그 말은 즉 절대 좋은 인상이 아니었다. 아, 괜찮으니 요리는 계속 가져다주세요."

이타쿠라는 당황한 것처럼 미코시바를 봤다.

"훌륭한 직업윤리지만 그래도 죽은 사람보다는 산 사람 쪽이 중요하지 않을까요?"

"그건……."

"이타쿠라 씨의 증언이 무고한 사람을 구하고 도모하라 씨의 억울함을 풀어 줄 수 있을지 모릅니다."

"하지만."

"털게, 아보카도 요리에 캐비어를 곁들여 드십시오."

"최고급 수준의 메뉴와 지배인의 직업윤리마저 훌륭한 곳이니 손님이 끊이지 않겠죠. 동료 변호사들에게 널리 알리고 싶군요."

동료 변호사라는 말에 이타쿠라의 얼굴에 계산적인 빛이 스쳤다.

"이것이 바로 사법 정의라는 걸까요. 그렇다면 협조하지 않을 수 없겠습니다."

"생 성게와 당근 무스, 콘소메 젤리입니다."

"솔직히 말씀드리자면 입맛이 까다로운 분은 아니었습니다. 맛보다는 분위기, 분위기보다 예산으로 메뉴를 결정하시는 타입이었죠."

"여성들에게 신사적이었습니까?"

"자기 욕망에 정직한 분이었습니다. 자상하시지만 함께

온 여성분들께 가끔 도수가 센 술을 권하는 모습을 봤던 것 같습니다."

"그런 목적으로 이 가게를 이용한 걸까요?"

"어떤 목적이든 이용해 주시는 건 좋지만, 아무튼 뭐…… 조금."

"가리비 치즈구이입니다."

시간이 갈수록 접시들이 테이블 위를 점령했다.

"삿갓버섯 소스를 얹은 랍스터입니다."

"트뤼프 풍미 라구 소스 송이입니다."

"도수가 센 술을 마시게 된 여성분들은 싫어했을 것 같은데요."

"네. 그래서 그런지 같은 여성분과 세 번 이상 함께 오신 적은 없었습니다."

매주 바뀐다는 말에는 그런 뜻이 포함된 듯했다.

"어젯밤에 함께 온 여성을 기억하십니까?"

"어제는 하필 주방 관리로 바빠서 플로어까지 신경을 못 썼습니다. 하지만 테이블을 담당한 웨이트리스가 있으니 불러오겠습니다."

이타쿠라는 미코시바 옆을 떠나 플로어를 둘러봤지만 언급한 웨이트리스를 찾지 못하고 주방 쪽으로 사라졌다. 기다리는 동안 유난히 향이 강한 접시가 배달되었다.

"오늘의 메인 요리인 레드 와인 소스를 얹은 흑모 와규 구이입니다."

표면만 검게 탄 레어다. 단면에서는 육즙과 피가 뚝뚝 떨어진다. 왠지 상징적인 광경에 미코시바는 마음이 불편해졌다.

"미코시바 님, 죄송합니다."

이타쿠라는 돌아오자마자 고개를 숙였다.

"어젯밤에 도모하라 님을 담당했던 직원이 오늘 쉬는 날인지 안 보이네요."

미코시바는 내심 혀를 찼다. 두 사람의 대화를 가까운 곳에서 들었을 사람은 그 웨이트리스뿐이다. 그녀라면 요코를 실망하게 한 대화, 숨겼을지 모를 말을 기억할 가능성이 있다. 오래 근무한 사람이라면 음흉한 남자의 행동 하나하나가 눈에 새겨졌어도 이상하지 않다.

"그분은 성함이?"

"모리사와 히나노라고 합니다. 아마 내일은 출근할 것 같습니다만."

"이 가게에서 오래 일했습니까?"

"아뇨. 지난주에 막 들어왔습니다."

모든 일이 역시 그렇게 쉽게 풀리는 법은 없다. 이제는 그 모리사와라는 웨이트리스가 기억력이 뛰어나기를 기대할 수밖에 없다.

"먼저 온 형사분들께도 똑같이 설명하셨습니까?"

"그분들은 웨이트리스에 대해서는 묻지 않더군요. 하지만 다른 날에 한 번 더 오겠다고 하셨습니다."

"저도 한 가지 부탁드리고 싶습니다만, 모리사와 씨가 출근하면 그분들보다 저에게 먼저 연락을."

미코시바는 명함을 건네고 자리에서 일어섰다.

"미코시바 님, 식사는…… 아직 디저트도 남았습니다만."

"갑자기 배가 불러서요. 실례합니다."

등 뒤에서 비난 어린 시선이 느껴졌지만 딱히 신경 쓰이지 않았다.

사무실로 돌아가니 당연한 것처럼 징계 청구서 봉투 개봉 작업이 중단된 채 시간이 멈춰 있었다. 사무 업무가 시간을 움직이는 일이라는 걸 새삼 깨달았다.

산더미처럼 쌓인 징계 청구서와 손해 배상 청구 소장을 보며 요코를 고용하기 전에는 어땠는지 기억을 더듬었다. 선배 변호사 밑에서 고객 확보 스킬을 배웠고 독립할 때는 다소 무리해서 도라노몬에 사무실을 차렸다. 다행히 입소문을 타는 바람에 경영은 순조로웠지만 임대료가 워낙 비싸서 직원을 여러 명 고용할 여력은 없었다. 구인 정보지에 기재한 근무 조건도 일반 사무직보다 못해 매력적이지 않았다.

하지만 그런 매력적이지 않은 조건에도 관심을 보인 사람이 한 명 있었다. 구사카베 요코다.

그녀는 면접 당시 변호사 사무소 일은 처음이라고 했다. 하나부터 열까지 가르쳐야 하는 건 번거로운 반면 다른 변호사의 방식에 물들지 않았다는 장점도 있다. 어차피 쓸모없으면 다시 쫓아내면 그만이었다.

그러나 요코는 의외로 쓸모 있는 직원이었다. 미코시바의 지시와 정기 사무원 연수를 통해 차근차근 스킬을 쌓았다. 1년이 흐를 무렵에는 다른 사무소 직원들과 견주어도 손색없을 만큼 성장했다. 비용 대비 효과를 생각하면 보물을 캐낸 거나 마찬가지였다.

요코는 왜 하필 이 사무소에서 일하고 싶어 했을까. 구인 정보지에는 이곳보다 나은 조건의 변호사 사무소 구인 공고도 올라왔을 것이다. 미코시바의 이름 또한 지금처럼 세상에 널리 알려지지 않은 시기였다. 당시 맡은 사건 중 언론을 떠들썩하게 한 건 미토시에서 일어난 여아 살해 사건 정도였는데 피고인의 무죄를 끌어냈을 때도 비난만 받았지 칭찬이라곤 전혀 듣지 못했다.

거기까지 떠올렸을 때 미코시바는 문득 자신의 어리석음을 깨닫고 흠칫 놀랐다.

나는 대체 요코에 대해 아는 게 무엇인가.

나이 35세, 미혼. 자택은 오시아게에 있고 화장은 늘 내추럴 메이크업. 전에 처리한 사건 관계자 소녀와 가끔 연락을 주고받는다.

미코시바가 요코에 대해 아는 것이라고는 오직 그뿐이었다.

불현듯 뭔가 이해할 수 없는 느낌이 들어 미코시바는 캐비닛으로 향했다. 면접 당시 받은 이력서가 아직 보관돼 있을 터다.

면접 때 요코가 제출한 서류는 이력서와 주민표 사본이었다. 주민표에는 어차피 본적이 적혀 있지 않아 도움되지 않는다. 미코시바의 관심을 끈 것은 이력서에 기재된 사항이었다. 표면적이기는 해도 이력서는 반생의 흔적 같은 것이다. 허위가 다소 섞여 있어도 이력서를 쓴 사람이 지향하는 바가 잘 드러난다.

캐비닛을 뒤지다가 마침내 원하는 것을 찾았다.

이력서에는 현주소, 전화번호, 연락처, 학력, 경력, 자격증, 지원 동기, 취미, 특기, 희망 사항란이 있었다. 이중 연락처는 현주소 외의 다른 곳에 연락을 원할 때 쓰는 것이라 공란으로 비어 있다. 본인 희망 사항도 마찬가지인데 이건 면접 당시에도 본인의 입을 통해 들은 기억이 없다. 취미, 특기란에 이르러서는 '독서, 영화감상' 같은 무미건조한 내용뿐이었다.

학력과 경력에도 눈에 띄는 내용은 없다. 지바현에 있는 단기대학을 졸업한 후 도쿄의 사무기기 제조업체에 취직, 그곳에서 3년 정도 근무하고 퇴직해 지금에 이르렀다. 퇴직 이유는 묻지 않았다. 적성에 안 맞았을까, 아니면 직장 내 인간관계 갈등 때문일까. 어떤 사정이 있든 수습 기간에 쓸 만한 인재인지 판단할 생각이었다.

단 세 줄뿐인 경력은 간결한 나머지 허무함마저 느껴졌다. 졸업 후 신입사원으로 입사한 회사에 뼈를 묻는 사람도 있다지만 어째서인지 위화감을 떨칠 수 없었다.

그때 미코시바는 또다시 중요한 것을 떠올렸다.

요코의 체포 소식을 그녀의 가족들은 알고 있을까.

당사자와 면회, 오케야와의 이야기 속에서도 요코의 가족에 대한 이야기는 전혀 나오지 않았다. 아니, 그걸 떠나 오랫동안 같은 사무실 안에서 얼굴을 맞대고 있어도 요코의 입을 통해서 가족 이야기를 들은 건 지금껏 단 한 번도 없다.

이유는 분명하다. 미코시바가 가족이라는 개념에 전혀 관심이 없고, 또는 관심을 가지는 걸 회피했기 때문이다. 자신이 관심 없는 화제를 남에게 던질 리 없다. 또 직원을 상대로 잡담한다는 발상 자체가 미코시바에게는 없었다.

뒤늦게 이력서의 연락처란을 비워 두게 한 걸 후회했다. 본가 전화번호라도 적혀 있으면 의문 중 몇 가지는 금세 풀렸을 것이다.

미성년자가 아니니 당사자를 체포, 구금한다고 해서 경찰이 본가에 연락할 가능성은 작다. 만약 연락을 했다면 가족들 쪽에서 미코시바의 사무소에 연락이 왔을 것이다. 미코시바가 아무리 수상한 변호사라 해도 근무처는 가족에게 알려 주는 게 일반적이다.

대체 구사카베 요코라는 이 여자는 누구인가.

지금껏 익숙했던 얼굴이 갑자기 낯설게 느껴졌다. 무엇에도 흔들리지 않는 그 강인한 태도는 타고난 것일까. 미코시바 앞에서 연기한 페르소나였을까.

사무실 안에서 요코와 나눈 대화들을 되짚어봤다. 안건에 관한 이야기 외에 어떤 이야기를 나눴을까. 꼭 가족에 관한 게 아니어도 좋다. 교제 상대, 근황, 휴일을 보내는 법, 기타 여러 가지에 대해 요코는 무엇을 어떻게 말했을까.

기억을 더듬어도 전혀 떠오르지 않았다. 미코시바가 평소 잡담하지 않는 것도 이유 중 하나겠지만, 다른 이유도 가늠해 볼 수 있다. 요코 자신이 너무나 평범하기 때문이다.

업무 능력을 제외하고 이력서에 적힌 내용만 놓고 보면 요코는 어디에나 있을 법한 평범한 여자다. 외모도 평범하고 미코시바가 아는 한 평상시 옷차림도 화려하지 않다. 마니아적인 취미에 몰두하지 않고 정치사상이 한쪽으로 치우친 것도 아니다. 아이들을 좋아하는 듯하지만 이건 대부분의 여자들에게 해당되지 않을까.

평범하고 특징이 없다. 그런 무개성한 모습 때문에 잡담할 기회마저 주어지지 않았다면, 어쩌면 그것은 처음부터 요코가 의도한 것 아니었을까.

일상이 슬며시 가면을 벗은 듯한 기이함이 느껴졌다. 애초에 법조계의 이단아로 통하는 자신이 이런 감정에 휩싸이는 것도 우스운 일이지만, 상식과 통념이라는 게 실제로는 종잇장처럼 얄팍한 개념이라는 것을 알고 있기에 느끼는 감정일 것이다.

다시 한번 요코의 책상에 시선을 떨궜다. 입구가 뜯긴 징계 청구서 봉투가 가지런히 묶여 있다. 가장자리가 반듯이 정렬된 건 레터 오프너를 써서 균일하게 개봉했기 때문이다.

다소 예민해 보이는 느낌이 없잖아 있지만 꼼꼼한 일 처리만큼은 인정할 수밖에 없다. 미코시바의 컴퓨터에 전송된 징계 청구인 데이터 목록도 섬세하게 편집돼 있었다.

이런 정확하기 그지없는 업무 처리와 불분명한 신원이 맞물리지 않는다. 왠지 모르게 작위적인 인상을 지울 수 없다.

컴퓨터 모니터를 멍하니 보고 있을 때 휴대폰에 전화가 걸려 왔다. 등록되지 않은 번호였다.

"여보세요."

―안녕하세요. 미코시바 선생님이십니까? 저, '르 보나 하자마'의 이타쿠라입니다.

그 웨이트리스와 연락이 닿은 걸까.

"아까는 감사했습니다."

―실은 사과드릴 일이 있어서요. 아까 말씀드린 웨이트리스 모리사와 씨가 오늘부로 퇴사했습니다.

"지배인인 이타쿠라 씨도 모르셨던 겁니까?"

―그게, 선생님께서 돌아가신 직후에 본인에게서 일을 그만두겠다는 전화가 걸려 왔다고 합니다. 그리고 제가 받기도 전에 전화를 일방적으로 끊어 버렸습니다.

"다시 전화해 보셨습니까? 월급 정산이나 유니폼 반납 문제도 있을 텐데."

―유니폼은 그대로 사물함에 넣어 뒀다고 합니다. 월급은 일할 계산해서 계좌로 입금해 달라고 했다더군요. 그리고 사실 저도 그분의 휴대폰으로 전화를 걸어 봤는데 이미 없는 번호라고 나왔습니다.

"전화로 그만두겠다고 할 때 휴대폰으로 전화를 건 게 아니었던 건가요?"

―통화 이력에 남은 번호가 제가 전에 등록해 둔 번호와 달랐습니다. 집 전화번호였죠. 그쪽은 몇 번을 걸어도 계속 통화음만 울렸습니다.

휴대폰이 여러 대 있을 가능성도 있다.

―아무튼 그런 연유로 이번에는 도움을 드릴 수 없게 됐습니다. 죄송합니다.

통화를 마치고 미코시바는 다시 한번 징계 청구자 데이터 목록에 시선을 돌렸다. 징계 청구서를 보낸 사람은 830명에 달하고 주소도 전국 방방곡곡에 걸쳐 있다. 개봉된 청구서들을 살펴보니 연령은 40대가 가장 많고 중장년층이 주를 이뤘다. 10대와 20대는 거의 찾아볼 수 없고 있다고 해도 이름을 무단으로 썼을 가능성이 크다는 게 요코의 분석이었다.

830명의 어리석은 면모는 이제 와서 논할 것도 없다. 길을 잘못 든 사람에게는 제대로 된 이치를 설파해 주는 게 좋다고 하지만 어린아이면 모를까 4, 50대 어른이 단 한 명의 블로그 주인에게 휘둘리는 건, 길을 잘못 들기 이전에 그들이 이미 구제할 도리 없는 바보들이기 때문이다. 바보에게 듣는 약은 없다. 그리고 치료 못 할 바보라면 비웃어 줄 수밖에 없다.

미코시바의 관심은 오직 하나, 이 830명 중에 도모하라 데쓰야 살해에 관여한 인물이 있는지뿐이었다.

데이터 목록을 스크롤해 내려갔다. 한 명 한 명의 이름은 그저 글자의 나열이지만 830명이 모이면 하나의 의사를 형성한다. 숫자의 폭력성, 포악함이라는 게 바로 이런 것이다. 번지수를 잘못 찾기는 했지만 과거 '시체 배달부'를 향한 830명분의 증오심은 엄청났다. 그리고 엄청나기 때문에 자제되지도 않는다. 동조 압력, 부화뇌동 등 표현은 다양하지만 마치 집단 감염이라도 된 것처럼 열기에 들뜬 느낌이다. 그러나 블로그 글을 읽고도 징계 청구에 참여하지 않은 사람들이 다수를 차지할 테니 이 감염된 830명은 역시 발병 요인을 보유하고 있었다는 뜻이 된다.

열기에 들떠 있으면 옳은 판단을 내릴 수 없는 것도 당연하다. 이 830명 중에 살인자가 섞여 있다는 가설은 결코 허무맹랑한 추정이 아니다.

830명 모두에게 손해 배상을 청구해 반응을 살피는 전략에는 변함이 없다. 다만 사무 처리에 능숙한 요코를 빼앗겨 버린 지금 당초 계획한 일정을 지킬 수 있을지는 의심스럽다. 이왕이면 다니자키가 요코보다 더 업무 능력이 뛰어난 인재를 파견해 주기를 바랄 뿐이었다.

또 하나 신경 쓰이는 것이 바로 오케야와 경찰의 행보였다. 아직 기소 전이라 피의자 신문 조서를 비롯한 수사 자료는 공개되지 않았다. 검찰과 변호인 사이에서 가장 큰 차이를 보이는 것이 바로 수사 능력이다. 그들은 범죄 수사를 생업으로 삼고 있으니 당연하다고 할 수 있지만, 압도적인 불리함을 안고 재판에 임하는 건 절대 바람직하지 않다.

미코시바는 고심 끝에 그 남자를 끌어들이기로 했다. 휴대폰으로 전화를 걸자 두 번째 통화음 만에 상대가 전화를 받았다.

—네, 야마자키입니다. 해가 서쪽에서 뜨겠네요. 미코시바 선생님께서 먼저 전화를 다 주시다니.

목소리가 유난히 경쾌하게 들렸다.

—이럴 때는 대체로 저에게 어떤 일을 의뢰하고 싶어서겠죠. 아닌가요?

광역 폭력 조직 고류회의 넘버 쓰리 야마자키 다케미 대외위원장. 미코시바가 조직의 고문 변호사를 맡고 있는 탓에 지금껏 몇 번인가 교류했다. 야마자키만의 방식을 활용해 다른 변호사의 안건을 빼앗은 적도 있었다.

요코는 야마자키를 비롯한 고류회 조직원들을 눈엣가시처럼 보지만 고액의 자문료에 더해 악연도 인연인 만큼 좀처럼 연을 끊지 못하고 있다.

—혹시 사무소 직원이 살인 혐의로 체포된 사건 때문에?

변호사 협회에서도 아직 알아내지 못한 정보를 야쿠자들은 당연한 것처럼 입수하고 있다. 다니자키가 알면 어떤 표정을 지을까.

"귀가 밝군."

—그게 제 강점이니까요. 그래서, 정말 요코 씨가 그 사람을 죽인 겁니까?

"댁과는 상관없는 일이야."

—그건 선생님도 마찬가지 아닌가요? 사안의 옳고 그름보다 의뢰인의 이익을 보호하는 게 선생님의 일이니까요.

"그러니 고류회 고문도 맡고 있지."

—오, 한 방 맞았군요. 야쿠자를 상대로도 그렇게 잽을 날리시니 저희도 즐거운 겁니다.

"내 이야기를 들을 건가, 말 건가?"

—들어보죠.

"경찰의 수사 정보를 원해. 당신들은 경찰 쪽에도 연줄이 있겠지. 그들이 어떤 증거를 손에 넣었고 어디서 어떤 정보를 받고 있는지 알아봐 줘."

─기소 전에 정보를 수집하시려는 이유가 뭡니까? 선생님치고는 다소 성급한 행동 아닌가요?

"느긋하게 기다리지 못할 사정이 있어."

─한 식구라 더 신경 쓰시는 겁니까? 더욱더 선생님답지 않네요.

야마자키의 목소리 톤이 불안한 것처럼 한 단계 낮아졌다.

"불만이라도?"

─감정에 휘둘리면 좋을 게 없으니까요. 특히 선생님처럼 철저하게 이성적인 분들께는 치명타가 될 수 있습니다.

친어머니가 의뢰인일 때도 감정에 휩쓸리지 않았어. 미코시바는 목구멍까지 차오른 말을 집어삼켰다. 다른 사람도 아닌 야마자키다. 미코시바가 맡은 일이 어떻게 진행되고 해결됐는지 정도는 일일이 체크하고 있을 것이다.

"직원 변호를 맡기로 한 건 사무소 업무를 원활하게 돌리고 싶어서지 그 이상 그 이하도 아니야."

─네. 뭐 그렇다 치죠. 그래서, 이번 일의 보상은 뭔가요?

"자문 계약 1년 연장."

─잠깐만요. 지금 야쿠자를 상대로 그런 터무니없는 협상을 제안하시는 겁니까? 저한테 이득이 없잖습니까.

"반사회 세력의 고문을 1년 더 맡겠다고 했어. 나에게 상당한 불이익이 되겠지. 나 말고 고문을 맡을 사람이 있으면 그쪽으로 가든지."

─……상대의 약점만큼은 역시 정확히 파악하시네요.

"파악하게 만든 쪽 잘못이지."

─정말 너무하십니다.

야마자키는 그 뒤로도 한바탕 더 푸념을 늘어놓고 전화를 끊어 버렸다.

미코시바는 걱정하지 않았다. 정보 수집력만이 유일한 무기라고 외칠 정도이니 앞으로 야마자키가 물어 올 먹잇감은 정확도가 높다고 봐도 좋다. 그의 성격도 잘 알고 있다. 지금 당장은 불리한 거래 같아도 장기적인 안목으로 반드시 이익을 끌어내고자 획책하는 인간이다. 미코시바의 의뢰를 거절할 리 없었다.

지금 상황에서 취할 수단으로 앞으로 뭐가 더 남았을까.

미코시바는 데이터 목록을 뚫어져라 보며 그곳에 적힌 이름 하나하나에 말을 건넸다.

이 안에 있는 거냐.

있으면 나와라.

상대해 주마.

직원 한 명을 빼앗아서 우위를 점했다고 기뻐하며 앞으로
도 군중들 속에 무사히 섞여 있을 수 있을 거라 생각하면 오
산이다.

아직 보지도 못한 적을 향해 미코시바는 조용히 도발했다.

*

같은 시각, 구금 중인 요코는 유치장에서 첫날밤을 맞이하
고 있었다.

수용자들은 남녀, 청소년으로 나뉘어 별도 구역에 수용된
다. 구치소나 교도소와 달리 유치장 창문에는 수용자를 배
려한 불투명한 판이 달려 있어 앉은 자세에서는 얼굴만 보인
다. 여성 수용자들은 여성 경찰관이 담당해 불필요한 긴장을
강요당하지도 않았다.

그러나 체포, 구금돼 있다는 사실에는 변함이 없어서 요코
는 불안을 감추지 못했다. 방 안 수납장에서 이불을 꺼내 이
불을 뒤집어쓴 채로 잠을 청했다. 유치장 안에는 에어컨이
켜져 있을 텐데 왠지 모르게 오한이 엄습했다. 이불로 꽁꽁

싸매지 않으면 얼어 죽을 것 같았다.

구금이라는 것은 피의자의 자존심과 저항 의지를 한 꺼풀 벗겨 내는 수단이다. 여성 경찰관이 담당한다고 해도 요코는 이곳에 수용될 때 머리부터 발끝까지 철저하게 신체검사를 받았다. 심지어 목욕할 때도 담당 경찰관이 입회했고, 그런 인간의 존엄성을 깎아내리는 행위들을 당하다 보면 피의자들은 점점 더 비굴하고 취약해진다. 인권을 배려한다는 경찰 측의 명분과 달리 수용자들을 좌절시키는 처사라 할 수 있다.

오랫동안 미코시바의 변호 활동을 옆에서 지켜봐 왔지만 유치장에 발을 들인 건 이번이 처음이고 심지어 그 안에 갇히는 처지가 되었다. 역시 자신은 쳇바퀴 도는 따분한 일상과는 무관한 사람이라는 걸 새삼 깨달았다.

아니, 따분한 일상과 무관한 인물을 꼽으라면 누구보다 미코시바의 이름이 먼저 떠오른다. 산더미 같은 징계 청구서와 반격 카드인 손해 배상 청구. 그런 와중에 사무소 직원이 살인 혐의로 체포되는 등 지금 이 시간에도 그는 롤러코스터 같은 일상을 보내고 있지 않은가. 그런 사람과 매일 함께 있다 보면 도모하라 같은 남자가 부족하게 느껴지는 것도 당연했다.

속으로 '그래도' 하고 생각했다. 면회 마지막에 그가 내뱉은 한마디는 그야말로 미코시바다운 말이었다.

—자네가 살인을 저질렀든 저지르지 않았든 반드시 꺼낼 테니.

적어도 '자네의 결백을 믿는다'라는 한마디 정도는 해 줄 법도 한데. 오로지 자신 외에는 아무도 믿지 않는 모습이 역시나 미코시바다웠다.

대체 그는 어떤 수단을 써서 날 구하려는 걸까.

흉기에 남아 있다는 지문은 물증 중에서도 최악의 물증이다. 그러나 다른 사람도 아닌 미코시바이니 정공법만 쓰지는 않을 것이다. 그는 목적을 위해서라면 수단과 방법을 가리지 않으니 다소 위법적인 수단을 동원할 가능성도 있다. 의뢰인의 이익을 지킬 수만 있다면 법을 다소 비틀어서라도 적용시키는 변호사가 바로 미코시바다.

신념이 강한 사람일수록 그 강한 신념 때문에 길을 잘못 들어서는 경우가 있다. 자신은 옳은 일을 한다고 믿지만 실상은 무법자가 되기도 한다. 미코시바 역시 예외는 아니다. 내 누명을 벗기기 위해 이번에는 또 얼마나 많은 악행을 쌓을까.

그러나 요코가 미코시바에게 품는 우려는 단지 그뿐만은 아니었다. 그는 도모하라의 과거 행적은 물론 자신의 사생활까지 파고들 것이 분명하다. 그렇다면 지금까지 애써 숨겨온 이런저런 사실도 드러날 것이다.

숨기고 있으니 비로소 지켜지는 평화가 있다.

말하지 않으니 비로소 깨지지 않는 관계가 있다.

미코시바는 그 대상이 가까운 사람일지언정 가차 없다. 옆에서 지켜본 사람으로서 누구보다 잘 알고 있다.

뒤늦게 미코시바에게 변호를 맡긴 게 조금 후회되기 시작했다. 그러나 미코시바가 아니면 그 누가 나를 감옥에서 꺼내 줄 수 있을까.

모순적인 상황이 요코를 고민에 빠뜨렸다.

양날의 검이란 게 바로 이런 걸까.

일제히 불이 꺼진 유치장 안에서 요코는 남몰래 몸을 부르르 떨었다.

3

다음 날인 3일, 미코시바는 다시 경시청을 찾았다.

요코가 서명한 변호인 선임계는 경시청에 접수돼 사본에 접수 도장이 찍혔다. 이로써 미코시바는 정식 변호인으로 요코의 권리를 지킬 수 있게 됐다.

오늘 면회의 목적은 요코의 입을 통해 가족에 대한 정보를 전해 듣는 것이었다. 체포, 구금된 사실을 가족에게 알릴지도 물어야 한다. 만약 연락을 거부하더라도 가족에 대한 정보를 얻는 것만으로 수확이었다.

그러나 면회를 요청하자마자 저항에 부딪혔다. 곧 체포 후 첫 조사가 시작된다고 했다.

"피의자를 조사하실 거면 변호인으로서 입회를 요청합니다."

유치 관리과 창구에서 그렇게 전하자 잠시 후 오케야가 모습을 드러냈다. 변호인은 조사 시 입회권이 인정되지 않는다는 것을 알아서인지 표정에 여유가 넘쳤다.

"또 면회라니. 참 열심히도 하시네요."

"피의자를 조사하실 거면 입회를 요청합니다."

"죄송하지만 거절하겠습니다. 뭐, 알리바이 정도만 다시 확인하려는 거고 조사 내용도 대략 정해져 있습니다. 선생님께서 걱정하실 필요는 전혀 없습니다."

예상한 반응이었다. 요코에게 자신의 입회 없이는 묵비권을 행사하라고 한 것도 이런 이유다. 요코가 계속 침묵을 지키면 언젠가 수사팀이 굴복해 미코시바의 입회를 인정하는 전개도 기대할 수 있다.

문제는 오케야의 집요한 질문에 요코가 얼마나 오래 침묵을 지킬 수 있느냐는 것이다. 하룻밤이라도 유치장에 갇히면 평범한 사람들은 저항할 힘을 잃는다. 네 시간 정도 연속 조사를 받으며 똑같은 질문을 반복해서 듣다 보면 판단력과 인식 능력도 흐려진다. 요코의 체력과 정신력이 언제까지 유지될지 알 수 없었다.

"입회를 인정하지 않을 거면 그전에 면회하게 해 주십시오. 주의 사항을 전달하겠습니다."

"죄송하지만 그것도 거절합니다. 이제 곧 조사가 시작될 거라."

안타깝게도 지금과 같은 상황에서는 수사진이 주도권을 잡는다. 변호인은 일단 물러설 수밖에 없다.

요코의 입을 통해 가족에 대한 정보를 듣는 계획은 일단 보류하기로 했다. 어차피 호적을 조회하면 본가 주소 정도는 나올 것이다.

"의뢰인이 가족에게 연락을 원하고 있습니까?"

"글쎄요. 그건 아직 묻지 않아서. 그런데 굳이 연락을 원하지는 않을 것 같은데요. 명예로운 일도 아니고."

"명예인지 불명예인지는 그쪽에서 정할 일이 아닙니다. 일단 확인해 보시죠. 그러지 않으면 의뢰인의 당연한 권리를 무시한 것이니 항의하겠습니다."

"정말 여러모로 애 먹이는 선생님이시네요."

오케야는 어이없다는 듯이 어깨를 으쓱했다.

"어차피 저희는 민주 경찰이라 피의자의 인권을 최대한 배려하고 있습니다. 무엇보다 다섯 살짜리 여자아이를 토막 살해한 중학생도 따스하게 받아 준 곳 아닙니까."

간신히 생각해 낸 빈정거림이 이 수준일까. 요코의 인내심을 걱정한 건 성급한 판단이었을지 모른다.

"다음에 다시 오겠습니다."

그렇게 내뱉고 등을 돌린 미코시바는 두 번 다시 돌아보지 않았다.

다음으로 향한 곳은 범행 현장인 도쿄 메트로 오시아게역이었다. 통제선은 이미 치워졌고 A2 출구에 승객들이 쉴 새 없이 드나들고 있다.

도모하라의 시신은 역 뒤편 수풀에서 발견됐다. 사망 추정 시각은 오후 9시에서 11시 사이. 날카로운 흉기에 옆구리를 깊숙이 찔린 것이 치명상이었다.

주위를 둘러봤다. 20미터쯤 전방에 CCTV가 설치돼 있지만 수풀 안은 촬영 범위에서 벗어나 있다. 그 뒤쪽을 계속 걸어 다녔다면 카메라에 잡히지 않는다.

오케야가 요코를 의심한 이유 중 하나로 이런 위치 관계도 있을 것이다. 역을 자주 이용하는 사람이면 CCTV의 사각지대를 알 수 있다. 승객의 동선을 파악해 범행 시각과 장소를 정할 수도 있었을 것이다.

그러나 문제가 남는다. 만약 요코가 정말 이곳을 범행 장소로 택했다면 데이트 장소를 스카이트리 타운으로 지정한 사람 역시 요코라는 논리가 성립한다. 그러나 '르 보나 하자마'는 도모하라가 자주 찾는 레스토랑이었다. 도모하라가 데이트 장소를 결정한 시점에 요코가 범행 계획을 세웠다면 전혀 다른 장소를 골라야 마땅하다. 아무리 CCTV가 없다고 해도 자택 근처를 살인의 무대로 선택하는 건 이치에 맞지 않는다. 살인범은 어떻게든 자신을 보호하기 마련이니 생활 거점에 수사의 손길이 닿는 상황을 최대한 피할 것이다.

요코는 교활하지 않지만 그렇다고 바보도 아니다. 변호 업무를 보좌하며 형사 사건을 여러 건 다뤘고 다양한 사례를 직접 보고 들었다. 그런 요코가 집과 가까운 곳에서 살인을 저질렀다는 건 역시 상상하기 어렵다. 누명을 썼다고 추측하는 게 합리적이다.

여전히 많은 의문점이 남아 있지만 수사 자료 내용도 모르는 상황에서 현장에서 검증할 건 이게 전부였다.

세 번째로 향한 곳은 지요다구 오테마치였다. 은행과 증권사 본사 건물들이 위용을 뽐내는 곳에서 복합 건물 한 켠에 도모하라가 근무하던 '아르카디아 매니지먼트'의 사무실이 있었다. 이렇게 대기업이 즐비한 곳에 기업 컨설턴트 사무실이 있는 건 도쿄 구치소 근처에 사무실을 차린 미코시바의 사례와 비슷하다. 업무 거점은 고객과 최대한 가까운 곳에 두는 것이 상도의다.

기업 컨설턴트는 한마디로 기업의 상담 역으로 IT, 인사, 재무, 그 밖의 기업 환경이 초래하는 문제들을 고객사 대신 해결해 주는 것이 주 업무다.

접수처에서 방문 목적을 전하자 도모하라 사건이 이미 알려졌는지 얼마 안 돼 도모하라의 상사라고 하는 여자가 모습을 드러냈다.

"재무 자문 실장인 노기와 다카코라고 합니다."

당당한 태도는 일에 대한 자신감에서 비롯됐을까. 아니면 남자들만 있는 회사 분위기에서 오는 긴장감 때문일까. 빈틈없는 차림새와 왠지 딱딱하기까지 한 태도가 그녀의 첫인상이었다. 명함을 교환하러 다가올 때는 진한 향수 냄새가 풍겼다.

응접실로 들어서자 다카코는 시간 낭비를 줄이고 싶은 것처럼 단도직입적으로 물었다.

"어제도 경시청 형사님이 오셨어요. 같은 일로 생각해도 될까요?"

어쩔 수 없지만 경찰이 한 뼘 정도 선수를 치고 있는 듯했다.

"변호사 선생님은 용의자를 변호하시는 쪽이죠?"

"그렇다고 해서 답변 내용을 바꾸지는 말아 주십시오. 진실을 추구하는 건 피해자의 영혼을 달래는 일이기도 합니다."

상대에 맞춰서 최적의 말을 고른다. 그러나 기대했던 환심은 사지 못하고 오히려 다카코는 수상쩍은 듯이 미코시바를 봤다.

"진실을 추구하는 게 도모하라 씨의 영혼을 달래 줄 것 같지는 않네요. 죽은 사람을 나쁘게 말하고 싶지 않지만, 진실이나 진심 같은 단어는 적어도 그의 사전에서는 찾을 수 없는 단어였어요."

"불성실한 분이었습니까?"

"업무 면에서는 꼼꼼하게 잘했어요. 재무 자문 부서에서 팀장을 맡을 정도였으니까요. 고객사에서도 꾸준히 성과를 올리는 상담 역으로 인정받았고요."

부하를 칭찬하는 와중에도 다카코의 눈빛은 혐오로 흐려

져 있다. 업무 외적으로 문제가 있었다는 뜻이다.

"그렇지만 도모하라 씨를 별로 좋아하지는 않으셨던 것 같군요."

"부하로는 그렇다 쳐도 인간으로서 한 테이블에 앉고 싶지 않은 상대였죠."

"교제 상대가 여러 명 있었다고 들었습니다."

"숫자만 많을 뿐이면 문제도 안 됐어요."

다카코는 흥분을 가라앉히려는 듯이 헛기침을 한 번 하고 말투를 바꿨다.

"어차피 사생활이니 제가 끼어들 여지는 없겠지만."

"도모하라 씨를 원망하는 분들이 있었다는 뜻일까요?"

"죽은 사람을 나쁘게 말하는 건……."

"다카코 씨의 도덕관념은 훌륭하지만 도덕관념만으로 사건이 해결되지는 않습니다. 피해자의 인격이 왜곡된 채로 남아 있으면 억울한 누명을 낳을 우려도 있고요."

"하지만 경찰은 확실한 증거가 있으니 범인을 체포했다고 하던데요."

"범인이 아닌 용의자입니다. 증거를 떠나서 동기가 희박하죠. 도모하라 씨가 과연 치정 원한으로 살해될 만한 인물인지도 의심스럽고."

"선생님은 의심스럽겠지만 저라면 당연히 그 의견에 동의할 것 같아요."

자신의 인물평을 부정당해서인지 다카코는 조금 삐딱한 태도를 취했다.

"그에게 교제 상대는 그저 돈벌이 수단이었어요. 연애나 결혼 대상이 아니었죠."

그 말을 듣고 미코시바는 단숨에 흥미를 느꼈다.

"설마 외국계 컨설팅 회사에서 근무하는 엘리트가 뚜쟁이 노릇이라도 했다는 말입니까?"

"그가 사귄 여성분들의 프로필을 아시나요? 숫자가 많을 뿐만 아니라 직업도 다양해요. 금융, 증권, 부동산, 판매업, 외식 체인점, 인터넷 사업, 개인 병원……."

"구체적인 회사명을 알려 주시겠습니까?"

그녀의 입에서 나오는 회사 이름을 들으며 관심이 더욱 커졌다. 분식 회계와 부정 거래, 직원 비리에 폭력 조직 연루까지. 하나같이 검은 소문이 무성하게 도는 기업들이었다.

"이제는 아시겠죠? 그가 원하는 건 연애나 결혼이 아니었어요. 점찍은 여성의 입에서 검은 소문이 도는 기업의 내부 정보를 끌어내 고객을 늘리는 게 목적이었죠."

그 설명만으로 요코가 도모하라의 눈에 들어온 이유를 이해했다. 요코가 일하는 변호사 사무소는 검은 소문 수준을 넘어 실제 어두운 과거 때문에 지금도 손가락질당하는 변호사가 경영하고 있다. 문제투성이 개인 사업주이니 기업 컨설턴트가 끼어들 틈이 얼마든지 있다. 도모하라의 목표는 요코의 다리 사이가 아닌 미코시바의 호주머니였던 것이다.

"검은 소문이 해당 기업들의 아킬레스건이었던 걸까요."

"회사 자체적으로 해결할 수 없는 문제이니 소문으로 퍼져 나갔겠죠. 저희 같은 컨설턴트 업체로서는 최적의 고객이라 할 수 있어요."

"시장 개척의 한 수였군요. 회사에 이익을 가져다줬을 테니 도모하라 씨는 사내에서 인재 대접을 받았을 것 같은데."

"여성의 한 사람으로서 그 의견에 절반은 동의하지 못하겠네요."

다카코는 여전히 험한 눈빛으로 말했다.

"정보를 캐는 것까지야 넘어간다 쳐도 사후 관리가 정말 최악이었거든요. 문제 있는 기업이 자기 고객이 되는 순간 최초 정보 제공자인 여성의 가치는 땅에 떨어졌죠. 그래서 인연을 끊어 버리는데, 그 방식이 너무 무미건조하다고 할까, 디지털하다고 할까. ……상대의 마음 같은 건 전혀 고려하지 않고 정말 가지 쳐내듯 잘라 버렸어요. 개중에는 진지하게 결혼을 생각하던 여자도 있었는데 용무가 끝나니 돌변해서 눈길 한 번 주지 않았다고 해요. 회사 입장에서는 쓸모 있는 전력일지 몰라도 남자로서는 정말 최악이었어요."

베개 영업의 남자 버전인 셈인가. 게다가 인연을 맺고 끊는 방식이 후유증이 남는 방식이라 향후 문제가 생길 소지가 충분했다.

"귀사도 나름 피해가 있었던 모양입니다."

"도모하라 씨 자신은 업무의 일부라고 생각했겠지만 버림받은 여성분들 중에는 회사에 몰려와 야단법석을 부린 분들도 있었어요. 접수처에서 울고 불며 지금 당장 그 사람을 만나게 해 달라, 상사를 불러 달라, 사장을 불러 달라. 심지어 접수처 앞에서 죽어 버리겠다고 소리친 사람도 있었죠."

"아아, 그건 정말 큰 민폐군요."

"결국 본인의 치정 문제를 회사에까지 들고 온 셈이에요. 하지만 영업 실적만큼은 좋았으니 누구도 그를 비난하지 못하고 슬그머니 관망만 했죠. 직속 상사인 제가 조금 더 단호한 태도를 취하면 좋았겠지만, 이곳 지요다구라는 치열한 격전지 안에서 조금이라도 점유율을 확보하기 위해서는 그의 영업력을 무시할 수 없었습니다."

"그게 치정 원한의 근거였다는 건 잘 알겠습니다. 혹시 실제 칼부림 등으로 이어진 사례 같은 것도 있었습니까?"

다카코는 지긋지긋하다는 듯이 고개를 흔들었다.

"낙태를 한 여성분이 회사에 찾아와 칼을 휘두르는 소동이 있었죠……. 옹호할 만한 행동은 아니지만 그 심정은 충분히 이해가 돼요."

"혹시 그런 문제가 일어날 때마다 기록으로 남겼습니까?"

"물론이죠. 리스트로 확실히 정리해 뒀어요."

"그 리스트를 꼭 보고 싶습니다만."

"죄송하지만 저희 회사의 기밀이자 소란을 피운 분들의 개인 정보가 담겨 있기도 해서."

"사전에 개인 정보 제공에 관한 합의가 있지는 않았을 테고 소란을 피운 당사자들이 귀사의 고객도 아닐 겁니다. 거절한다면 전적으로 귀사의 사정 때문이겠지요."

미코시바가 상반신을 천천히 앞으로 숙이자 다카코는 압박감을 느꼈는지 몸을 젖혔다.

"듣자 하니 다카코 씨는 도모하라 씨보다 그에게 버림받은 여성분들을 더 동정하시는 것 같습니다."

"그건, 저도 여자라……."

"아시다시피 지금 제 의뢰인도 여성이고 그분 역시 도모하라 씨에게 이용당했습니다. 경찰은 물증이 있다고 주장하지만 당사자는 일관되게 결백을 주장하는 상황이고요. 이건 제가 변호인이라서 하는 말이 아니라 저 역시 그녀가 무고한 죄를 뒤집어썼다고 생각합니다."

미코시바를 보는 다카코의 눈빛에 변화가 생겼다.

"제 의뢰인도 다카코 씨가 안타깝게 여기는 여성들 중 한 명입니다. 도모하라 씨를 선량한 남자로 착각한 탓에 지금 유치장 안에 갇혀 있습니다."

일부러 절제된 어조로 설득했다. 감정적인 말투는 다카코와 같은 사람에게 역효과가 생긴다는 걸 잘 알고 있었다.

"그녀가 혐의를 벗을 수 있느냐는 전적으로 다카코 씨의 협조 여부에 달려 있습니다. 다카코 씨의 도움이 도모하라 씨의 단죄를 넘어 결과적으로 이 세상에 그런 악랄한 남자가 존재했다는 걸 경고할 수도 있겠죠. 단순 비교하기는 어려워도 귀사가 도모하라 씨를 통해서 얻은 이익과 이 세상 여성분들께 경종을 울리는 것 중에 어느 쪽에 더 가치를 두는가의 문제입니다."

다카코는 잠시 망설이는 듯하더니 이내 결심한 것처럼 자리에서 일어섰다.

"잠깐만 기다려 주세요."

처음 만났을 때와 비교하면 목소리가 훨씬 누그러졌다.

몇 분 후 돌아온 다카코의 손에는 파일이 들려 있었다.

"회사를 찾아와서 소란을 피운 분들의 명단이에요. 급하게 복사해 왔습니다."

상대의 마음이 바뀌기 전에 미코시바는 파일을 자기 쪽으로 끌어당겼다.

"물론 이 명단에는 공개적으로 소란을 피운 분들만 적혀 있어요. 회사에 무언 전화를 걸거나, 매일 울면서 잠을 청한 분들은 명단 밖에 존재하겠죠."

"그렇겠죠."

"용의자 명단이라 하기에는 충분치 않을 거예요."

"경찰에도 똑같은 것을 제출하셨겠죠?"

"네, 그렇지만……."

"걱정 마십시오. 적어도 경찰보다는 더 의미 있게 이 명단을 사용하겠습니다."

"대단한 자신감이시네요."

"한 사람을 구하는 일입니다. 자신감이 없으면 할 수 없죠."

미코시바는 파일을 가방에 넣고 조금 전부터 머리를 파고든 의구심을 털어놓았다.

"한 가지 궁금한 게 있습니다."

"제가 답해 드릴 수 있는 거라면."

"도모하라 씨는 목표로 삼은 기업에 근무하는 여자들을 차례차례 유혹한 셈인데, 그 무시무시한 행동력은 사실 조금 감탄스러운 면도 있습니다. 그런데 그 여자들이 목표 회사에서 일하는 직원인 건 어떻게 알아냈을까요? 설마 회사 현관에 찰싹 달라붙어 있다가 회사에서 나오는 여자들을 미행이라도 한 걸까요? 설령 그렇다 치더라도 도모하라 씨가 말을 붙인 여자들은 제법 높은 확률로 그의 유혹에 넘어갔습니다. 표현이 조금 그렇지만, 본업인 컨설턴트보다 더 실력이 뛰어났던 것 같기도 합니다만."

"……요즘은 길거리 헌팅 같은 것도 거의 사라졌으니까요. 상대가 아무리 잘생긴 미남이어도 보통 경계심을 품겠죠."

"대체 어떤 수법을 썼을까요?"

"본인에게 직접 들은 건 아니지만, 아마 중개인 같은 사람이 있었던 것 같아요."

"중개인? 설명해 주시겠습니까?"

"타깃이 될 여자를 찾아 접근하는 역할은 다른 사람이 맡은 거죠. 중개인은 여자였다고 해요. 타깃이 회사 문을 나선 순간부터 타깃을 미행하거나 어딘가에서 직원 명단을 입수하기도 했다더라고요."

분명 동성이 말을 걸면 별로 경계심을 품지 않을 것이다.

"그 후 몇 번 더 대화를 나누고 상대가 완전히 마음을 열었을 때 도모하라 씨를 소개하는 수법이에요. 친구의 친구라는 관계이니 마음의 문턱도 많이 낮아진다고 할까요."

"그 중개인 여성분의 이름을 아십니까?"

"거기까지는 저도 잘."

기대한 답변은 얻지 못했지만 미코시바는 만족하며 사무실을 떠났다.

중개 역할을 했다는 여자에 대해서는 이미 요코에게 전해 들었다. 가스미가세키에 있는 카페에서 만나 도모하라를 소개시켜 준 난구모 스즈카라는 여자가 바로 그녀가 틀림없다. 요코는 우연한 만남이라고 믿고 있지만 실제로는 계획된 만남이었던 것이다.

스즈카의 연락처도 요코에게 들었다. 그러나 연락처라고 해 봐야 이메일 주소뿐이고 그곳에 메일을 보내도 답장은 없었다. 도모하라가 시신으로 발견된 시점에 위험을 느끼고 숨었다고 보는 게 타당하다.

현재 스즈카를 추적할 단서는 이메일 주소뿐이다. 뭔가 다른 돌파구가 없을지 고민하고 있을 때 벨 소리가 울렸다.

발신자는 야마자키였다. 미코시바는 경계하며 차 안에 뛰어들었다.

　—선생님. 잠깐 통화 괜찮으십니까?

　"어, 괜찮아."

　—어젯밤 의뢰하신 건을 마쳤습니다.

　"귀도 빠르지만 일도 빠르군."

　—영혼 없는 칭찬이네요. 적어도 한번은 제가 고무될 만한 말을 해 주시면 안 될까요?

　"나에게 위안을 바라는 건가. 특이한 취향이군."

　—……방금 전 수사 자료 데이터를 선생님의 컴퓨터로 전송했습니다. 실물 사본은 역시 구하기 어렵더군요. 어떻게 입수했는지 알려 드릴까요?

　"아니, 됐어."

　사무소로 돌아가 컴퓨터를 켜 보니 야마자키의 말대로 데이터화된 대부분의 수사 자료가 도착해 있었다. 현장 사진, 흉기로 쓰인 칼 사진, 검시 보고서, 감식 보고서, 시체 검안서까지. 검찰 송치에 부족한 서류는 진술 조서 정도였다.

　미코시바는 자료 하나하나를 면밀히 살폈다. 도모하라는 옆구리에서 많은 피를 흘렸고 시체 검안서에서도 이 자상이 치명상일 가능성이 크다고 언급돼 있다. 상처 모양 역시 현장에 떨어져 있던 칼날의 모양과 일치했다. 날 부분이 가공 돼 있어 평범한 칼보다 더 날카로웠다는 내용도 있었다.

현장에서는 여러 가닥의 미확인 머리카락과 발자국이 다 수 검출되었으나 그중에서 요코의 것은 발견되지 않았다. 그 러나 흉기로 쓰인 칼에서는 오직 요코의 지문만 나와 수사본 부가 체포에 나섰다.

피해자 도모하라 데쓰야에 대한 인물평에는 상사 노기와 다카코의 진술이 채택돼 있었다. 그러나 의도적인지 알 수 없지만 중개 역할을 한 여자에 대한 언급은 어디에도 없다. 만약 다카코가 그녀에 대해 언급하지 않았다면 앞서가는 경 찰과의 거리를 약간 좁힐 수도 있을 것이다.

수사 자료를 들여다보는 동안 시간이 흘러 어느새 날짜가 바뀌었다. 굳이 집에 돌아가고 싶지 않아 이대로 사무실에서 하룻밤 보내기로 했다.

월요일 아침, 미코시바는 내선 전화 벨 소리를 듣고 잠에 서 깼다. 시간은 오전 8시 30분. 새벽 4시경까지 수사 자료 를 읽다가 잠시 눈을 붙이려고 했는데 깊이 잠들어 버린 듯 했다.

전화를 건 사람은 다니자키였다.

―오, 출근해 있었나. 미코시바 선생.

"단 한 명뿐인 직원이 자리를 비웠으니 일찍 나왔습니다."

―그것도 오늘까지겠군. 구사카베 요코의 대리인이 정해졌어. 오늘 당장 그쪽으로 보내겠네.

"고맙습니다. 어느 사무소와 이야기가 된 겁니까?"

―그건 자네가 직접 물어보게. 아무튼 일 처리 능력만은 내가 보증하지.

의미심장한 말이 왠지 마음에 걸렸지만 쌓인 업무를 효율적으로 처리할 수 있는 사람이라면 누구든 상관없다.

―늦어도 9시 전에는 출근하라고 말해 뒀네. 곧 도착할 거야.

전화를 끊고 요코의 대리인이라는 그를 맞이할 준비를 했다. 준비라고 해 봐야 요코의 책상에 쌓인 징계 청구서 더미를 처리한 것과 처리되지 않은 것으로 분류하는 것 정도다.

파견 오는 대리인은 다니자키의 연줄이니 미코시바의 과거를 알고 있다고 봐야 할 것이다. 그런데도 일을 수락하다니. 전직 '시체 배달부' 옆에서 일하겠다고 나선 걸 보면 요코 못지않은 오지랖쟁이이거나, 호기심과 스릴을 즐기는 저열한 구경꾼 근성의 소유자가 틀림없었다.

오전 8시 55분, 인터폰이 울렸다.

"열려 있습니다. 들어오세요."

미코시바의 말에 맞춰 문이 열렸다.

"안녕하신가."

이보다 더 불쾌한 만남은 없다는 듯이 남자는 인사를 건넸다.

미코시바 역시 놀랐다.

모습을 드러낸 남자는 같은 도쿄 변호사 협회에 소속된 호라이 가네토 변호사였다.

4

언젠가 요코는 미코시바의 일상을 롤러코스터에 비유한 적 있는데, 그렇게 따지면 이 호라이라는 사람의 운명도 대체로 롤러코스터 위에 있었다고 해야 할 것이다.

2010년 6월 시행된 개정 대부업법으로 그레이존 이자율*이 사라지며 이른바 과납금 반환 청구가 활기를 띠기 시작했다. 이런 흐름에 일찌감치 편승한 곳이 바로 호라이가 대표를 맡는 'HOURAI 법률 사무소'였다.

---

* 법정 이자율 상한 20퍼센트에서 형사 처벌이 가능한 최고 이자율 29.2% 사이에서 암암리에 정해지던 불법 이자율.

원래부터 채무 조정 전문이던 사무소는 그 일을 계기로 업무 규모를 확장해 갔다. 정점에 이르렀을 때는 여러 명의 고용 변호사와 140명의 사무직원을 거느릴 만큼 성장했고 전국에 지사를 둘 정도였다.

그러나 호사다마라는 말이 있듯 호라이의 봄날은 그리 오래가지 못했다. 과납금 반환 청구는 호라이의 독점 사업이 아니었고 전국의 변호사와 법무사들이 새로운 사업 기회를 찾아 너도나도 채무 정리 일에 뛰어들며 고객 쟁탈전이 벌어졌기 때문이다.

그러는 사이 과납금 반환 청구 건수가 점차 줄기 시작했고 거기에 맞춰 소송도 줄었다. 무궁무진해 보이던 자원이 순식간에 소진되자 그 뒤로는 쓸데없이 덩치만 커진 사무소와 일감이 급감한 변호사들만 남았다. 그중에서도 유독 몸집을 불린 'HOURAI 법률 사무소'는 그 여파가 더욱 두드러져 최근 2년 사이 여러 곳의 전국 지사를 폐쇄하고 직원도 대량으로 정리 해고했다.

호라이는 애초에 채무 조정 전문이라 민사나 형사 사건으로 승부수를 띄울 수도 없었다. 어깨에 힘이 잔뜩 들어가 있을 때는 변호사 협회 회장 선거에 출사표를 던지기도 했지만 채무 조정 변호사가 인망이 두터울 리도 만무해 낙선의 고배를 마셨다. 명예도 실리도 놓친 후부터 그의 인생 운은 완전히 내리막길을 걸었고, 지금은 쪼그라든 사무실의 월세를 내기도 벅찬 형편이라 들었다. 누가 처음 말했는지 몰라도 벼락부자가 몰락하는 모습을 '호라이 결말'이라 부르며 조롱하는 말이 업계에서 유행한다고 하니 지금도 웃음거리인 셈이다.

"다니자키 선생이 자네 일을 도우라고 해서."

감정을 억누르고 있는 게 목소리에서 느껴졌다. 한때는 날아다니는 새도 떨어뜨릴 기세였던 사무소의 대표 변호사가 지금은 사무직원 업무 대행으로까지 내몰렸다. 거기서 올 원통함과 실망감은 상상 이상일 것이다.

다니자키가 호라이를 사무직원 대행으로 지명한 건 괴롭힘이나 다름없다. 변호 의뢰가 끊겨 자금 사정이 좋지 않은 호라이의 약점을 잡은 것이겠지만 그렇다고 협회 안에서 여전히 막강한 지위에 있는 다니자키에게 맞설 수는 없다. 미코시바의 요구와 호라이를 향한 악의를 동시에 실행하기에 이보다 더 좋은 수는 없지 않을까. 손해 배상 청구 업무는 사무직원도 할 수 있는 단순 작업이지만, 나쁘게 말하면 오히려 그러니 호라이에게 더 안성맞춤이다. 능구렁이 같은 다니자키의 의도에 미코시바는 그저 쓴웃음을 지을 수밖에 없었다.

"호라이 선생님의 조력을 얻을 수 있게 돼 영광입니다."

표정에서는 숨겼지만 은근히 무례한 태도가 나오는 건 어쩔 수 없다. 호라이도 눈치챘는지 시종일관 못마땅한 얼굴이었다.

"이쪽도 그 유명한 미코시바 선생을 도와줄 수 있게 돼 영광이군."

은근히 무례한 태도로 따지면 호라이도 만만치 않다. 생각해 보면 협회에 미코시바의 과거가 처음 알려졌을 때 변호사 자격 부적격을 이유로 가장 먼저 협회에 미코시바 징계를 요구한 사람이 바로 호라이였다. 그런 일을 앞장서던 사람이 지금은 징계 청구인들을 대상으로 한 손해 배상 청구 일을 돕게 되었으니 이보다 더 아이러니한 일도 없을 것이다.

"호라이 선생님의 능력으로는 그야말로 보잘것없는 일이겠지만."

"아니. 어쩌면 피차 도움이 될 수도."

문득 그의 목소리 톤이 한 단계 낮아졌다.

"사실 나한테도 징계를 청구하고 나선 고얀 놈이 있어서 말이야. 이번 일을 돕는 건 자네에게 귀중한 자산이 될 거라며 다니자키 선생이 격려해 주시더군."

호라이가 징계 청구를 받았다는 건 미코시바도 전해 들어 알고 있었다. 발단은 호라이가 고객에게 받은 합의금을 사적으로 유용했다는 소문이 퍼진 것이었다. 소문 단계에서는 협회도 함부로 개입하지 않고 신중한 태도를 취하지만 그사이 인터넷 뉴스를 읽은 어떤 시민이 징계를 청구했다.

"변호사도 아닌 자가 징계 청구라니. 권리란 걸 잘못 이해하는 데도 정도가 있지. 애초에 징계 권한은 변호사 협회에 귀속되는데 국민의 권리 운운하며 어처구니없는 소리를 하더군. 대체 자기가 뭐라도 된다고 생각하는 걸까."

썩어도 준치라고 해야 할까. 적어도 변호사 자치권에 대한 호라이의 생각은 다른 변호사들과 공통된다. 물론 그 안에서 특권층 의식이 짙게 배어나는 건 우스꽝스럽지만 적어도 틀린 말은 하지 않았다.

호라이는 멍한 얼굴로 사무실 안을 둘러봤다. 마치 남의 집 주방을 살피는 듯한 그 눈빛이 요코의 책상으로 향하자 순식간에 바뀌었다.

당장에라도 무너질 것처럼 아슬아슬하게 쌓여 있는 징계 청구서 뭉치들. 호라이는 처음에는 흥미로워하며 그 앞으로 다가갔지만 시간이 갈수록 표정이 구겨졌다.

"말로만 들었는데 실제로 보니 정말 대단하군. 대체 몇 통이나 온 거지?"

"현재까지 830통입니다."

"고만고만한 멍청이들의 인명부인가. 그 직원이 지금껏 혼자서 이걸 처리한 건가?"

"직원이 한 명뿐이라."

"줄곧 한 명이었나?"

"한 명으로도 충분합니다."

"실력이 대단했나 보군. 하긴 이 정도 양을 혼자 처리하다 보면 가만있어도 실력이 늘기는 하겠어."

호라이는 산더미처럼 쌓인 징계 청구서를 보며 혼잣말을 중얼거렸다.

"이 녀석들 한 명 한 명은 나름대로 사회 정의를 지킨답시고 징계 청구서를 보냈겠지. 블로그 주인이 알려 준 사양에 지시한 그대로 쓴 문구. 이런 걸로 지켜지는 사회 정의라면 말 그대로 종이 한 장 두께도 안 되는 알량한 정의 아니겠나."

미코시바를 바라보는 표정에서 유쾌한 기분이 그대로 묻어났다.

"어느 기관지 이름을 들먹이려는 건 아니지만 '자유'만큼 구차한 게 없고 '정의'만큼 허황된 것도 없지*. 특히 인터넷에서 떠도는 정의 논리 따위는 다섯 살짜리 애들 말장난보다

* 일본 변호사 연맹이 발행하는 기관지 이름이 「자유와 정의」이다.

유치해. 양심적인 척하면서 그저 마음이 들지 않은 어떤 대상을 정의 운운하며 재단하려 드는 거야. 한마디로 좋고 싫은 걸 제대로 표현하지도 못하는 한심한 놈들에 불과하지."

이 말은 아마 호라이의 본심일 것이다. 독설인 건 분명하지만 왠지 후련하기도 했다.

"이제 자네도 슬슬 가면을 벗어 던지는 게 좋지 않겠나? 미코시바 선생. 내가 예전에 댁의 징계를 요구했다는 건 댁도 알고 있을 텐데."

"알지만 그렇다고 해서 호라이 선생님을 적대시하는 건 아닙니다."

"적개심을 품을 상대도 못 된다는 뜻인가?"

정답이지만 굳이 입 밖에 내지는 않았다.

"우리 서로 미워하는 사이잖나. 이왕 이렇게 된 거 툭 터놓고 대화해 보는 게 어때?"

"업무가 마음에 들지 않는다면 다니자키 선생님께 직접 말씀하십시오."

"마음에 안 든다고 한 적 없어. 오히려 아주 흥미로운걸."

호라이는 징계 청구서 더미를 손으로 톡톡 두드렸다.

"'이 나라의 정의'. 블로그 주인이 아마 그런 닉네임이었다지. 미코시바 선생은 이 830명 안에 블로그 주인장이 숨어 있다고 생각하나?"

"가능성이 아예 없다고 할 수는 없겠죠. 설령 선동만 했다
더라도 대상자 모두에게 손해 배상을 청구하면 어떤 식으로
든 움직임을 보일 겁니다."

"그를 대신해 다른 멍청이들이 보복당할 처지에 놓인 건
가."

"자업자득입니다."

"그건 나도 동감하네."

호라이가 동의해 줘도 전혀 기쁘지 않지만 이 또한 입 밖
에 내지 않았다.

"사실 내가 흥미롭다고 한 것도 바로 이 블로그 주인 때문
이야. 이런 멍청이들을 선동한 자는 대체 어떤 인간인가. 독
선적인 정의감에 취한 지난 세기의 유물인가. 아니면 사회
경험 없이 자아만 비대해진 은둔형 외톨이인지 궁금할 따름
이지. 가능하다면 직접 만나서 마음껏 경멸해 주고 싶은데."

똑똑하지 못한 자를 직접 만나 굳이 경멸하려는 건 비열한
취향이지만 희한하게도 호라이가 입에 담으면 전혀 어색하
지 않았다. 타고난 인품이라서일까.

"물론 징계 청구를 당한 내 한 몸 지키려는 목적도 있네.
그래서 사무 대행 일도 수락한 거고. 말하자면 이해관계가

맞아떨어진 거야."

"감사합니다."

"한 가지 제안이 있네."

"말씀하시죠."

"내가 만약 '이 나라의 정의'를 찾아낸다면 별도로 성공 보수를 지급할 텐가?"

뜻밖의 말에 미코시바는 무심코 호라이의 표정을 살폈다. 망설임이라곤 느껴지지 않는 걸 보니 아무래도 진심 같다.

"검토해 볼 만한 제안이군요."

"이 역시 우리 둘의 이해관계가 맞아떨어지지. 미코시바 선생은 적을 파악할 수 있어 싸우기 수월해져. 나에게는 부수입이 생기고."

거기에 우월감에 젖을 수도 있다. 자신은 그를 찾는 걸 옆에서 도왔을 뿐이니 불똥이 튈 염려도 없다. 그야말로 호라이다운 발상이었다.

그러나 호라이의 말마따나 미코시바한테도 손해 보는 거래는 아니다. 요코의 변호에 시간을 쏟아야 하는 점을 고려하면 의미 있는 제안이기도 했다.

"성공 보수는 어느 정도로 생각하십니까?"

"백만 엔 어떨까."

"합리적인 금액이군요. 좋습니다."

"거래 성립."

호라이가 오른손을 내밀었지만 미코시바는 시치미 떼듯 두 팔을 위로 들었다.

"그럼 지금부터 바로 부탁합니다. 곧 나가 봐야 해서."

"자체 조사인가. 대단해. 늘 생각해 왔지만 그 조사 시간에 다른 일을 하면 더 짭짤한 수입을 올릴 수도 있을 텐데."

"좋은 의견이군요. 그럼 전 이만."

요코의 컴퓨터 사용법을 간단히 설명한 후 미코시바는 호라이를 남겨 두고 재빨리 사무실을 나갔다. 호라이와 잡담할 여유 같은 건 1초도 없다. 지금은 사건의 표면을 벗겨내 그 안에 숨겨진 사실을 발굴하는 작업에 몰두하고 싶었다.

수사 자료를 읽는 과정에서 한두 가지 머릿속 센서에 걸린 것이 있었다. 오케야가 인지하고 있든 아니든 사건을 구성하는 중요한 퍼즐 조각이다.

사무실에 호라이 한 명만 남기고 가는 것을 두고 부주의하다는 비난을 받을 수도 있겠지만 어차피 사무실 안에 돈 되는 물건 따위 없다. 과거 재판 기록이나 의뢰인 정보는 요코의 컴퓨터로도 열람할 수 있지만, 정보는 그것을 활용할 수 있는 사람이 손에 넣어야 비로소 가치가 생긴다. 호라이에게는 돼지 목에 진주다. 어차피 정말 중요한 정보는 하나도 남 김없이 미코시바의 머릿속에 저장되어 있으니 상관없었다.

차에 탄 미코시바는 스마트폰 감시 카메라 앱을 켰다. 호 라이가 사무소를 찾아오기 직전 천장에 설치한 카메라는 사 무실 전체를 비추고 있다. 요코의 자리에 앉아 서류 뭉치를 보며 당황한 표정을 짓는 호라이의 모습이 선명하게 비쳤다.

아무리 다니자키가 지목한 사람이어도 처음부터 전폭적 인 신뢰를 보낼 만큼 무방비하지는 않다. 만약을 대비해 설 치한 감시 카메라지만 예상치 못한 출연자의 등장으로 재미 가 배가 되었다.

운전대를 잡고 호라이의 제안을 재차 검토했다. 호라이는 양쪽의 이해관계가 일치한다며 거들먹거렸지만 그 교활한 인간이 상대의 이해관계까지 배려할 것 같지는 않다. 필시 다른 속셈이 있을 텐데 그게 무엇인지 추론하는 것도 하나의 재미일 것이다.

미코시바는 그보다 오히려 스즈카의 존재 때문에 마음이 흔들렸다. 단서라고는 오직 이메일 주소밖에 없는 여자. 다 카코의 증언으로 느닷없이 부상한 여자.

사진이 있는지, 직장은 어딘지, 어디 사는지. 그녀가 도모 하라와 깊은 관계를 맺고 어떤 형태로든 사건에 관여한 것만은 분명하다. 서둘러 요코를 만나 물어볼 필요가 있다.

본인 대신 일하러 온 사람이 호라이라는 말을 들으면 요코
는 어떤 표정을 지을까.

*

사무실에 남은 호라이는 산더미처럼 쌓인 징계 청구서를
앞에 두고 어찌할 바를 모르고 있었다. 다니자키에게 미리
언질은 받았지만 실제로 830통의 실물 징계 청구서를 눈앞
에 접하니 마음이 위축됐다. 자기 사무소에서도 사무 관련
일은 전부 다른 직원에게 맡긴 탓에 일이 익숙해지기까지는
시간이 제법 걸릴 듯했다.

다니자키가 처음 이야기를 꺼낼 때만 해도 솔직히 당황스
러웠다. 다른 사람도 아닌 변호 법인 대표인 자신에게 사무
직원의 일을 대신하라는 건 노골적인 징벌처럼 느껴졌기 때
문이다.

오래전부터 다니자키가 자신을 눈엣가시처럼 본다는 건
자각하고 있었다. 회장 선거에서 출마 인사를 할 때 비아냥
거리는 말도 들었다.

"호라이 선생이 당선되면 변호사 협회의 명칭을 '초과 지

불 반환 변호사 협회'로 바꾸는 게 어떨까?"

형사 사건 변호는 대체로 돈이 되지 않지만 그렇다고 호라이처럼 돈과 직접 얽힌 채무 조정 전문 변호사는 존경받지 못하고 중시되지도 않는다. 변호사라면 청빈하게 살며 약자를 위해 땀 흘리면서 사회 정의에 기여하라는 것이다. 구태의연한 직업윤리이자 종전 직후 지금까지 한 번도 달라지지 않은 공허한 표어다.

변호사가 돈벌이에 집중하는 게 뭐가 문제인가.

사회 정의 같은 게 밥 먹여 주나.

호라이는 생각이 꼭 표정에 드러나는 타입이었다. 다니자키가 자신을 싫어하는 건 그저 가치관의 대립 때문이다. 그것을 내 인격 탓으로 돌리는 건 어불성설이라 생각했다.

하지만 그렇다고 해서 다니자키의 지시를 따르지 않을 수는 없다. 또 'HOURAI 법률 사무소'는 매일 파리만 날리고 있어서 바쁘다는 핑계를 댈 수도 없다. 굴욕을 느끼며 대리인 역할을 수락한 게 바로 어제 일이었다.

어쨌든 마냥 좌절하고 있을 호라이가 아니다. 모처럼 남의 주방에 던져진 이상 이름난 레시피나 식재료를 조금 빌린다고 해서 벌 받지는 않을 것이다. 어쩌면 미코시바보다 자신이 더 잘 요리할 재료가 있을 수도 있다. 캐비닛 안에서 보이는 사건 파일들이 호라이의 호기심을 자극했다. 컴퓨터에 담긴 각종 데이터에서는 돈 냄새가 풍겼다.

징계 청구를 남발하는 일반인들에 대한 생각은 미코시바 앞에서 한 말이 진심이었다. 변호사 자치라는 관점에서 봐도 이런 유행병 같은 풍토에는 단호한 태도를 취해야 한다. 그것이 내 신변에 위해를 끼친다면 더욱 그렇다.

블로그 주인을 찾자는 제안에는 두 가지 의미가 있었다. 하나는 이 소란의 진원지를 파악하기 위함이고, 다른 하나는 자신의 이익과 직결된 문제다.

설령 830명을 선동한 사실이 입증된다고 해도 그에게 중죄를 물을 수는 없다. 기껏해야 다른 징계 청구자들과 마찬가지로 불법 행위에 손해 배상을 청구하는 수준일 것이다.

어떻게든 그를 활용할 방법이 없을까. 고작 블로그에 쓴 글 하나로 830명을 움직인 인재다. 내 사무소에 고용해 날카로운 칼을 쥐어 주면 새로운 비즈니스 모델을 개척해 낼 수도 있지 않을까.

순간 머릿속에 떠오른 건 다른 변호사의 사건을 가로채는 일이다. 인터넷이나 소셜 미디어를 활용하면 예상치 못한 고객이 내 사무소로 옮겨 올 수 있다. 장사의 핵심은 적을 만들지 않는 것이라는 말이 있지만, 그 적을 아군으로 끌어들일 수 있다면 더 바람직하다. 미코시바에게 제시한 백만 엔이라는 제시액은 그저 명목이다. '이 나라의 정의'의 목줄을 쥐고 마음껏 움직일 수 있다면 그보다 더 좋을 건 없다.

목적을 달성하기 위해 먼저 그를 색출해야 한다. 830건에 달하는 손해 배상 청구에는 시간이 많이 걸리겠지만 피할 수 없는 작업이었다.

호라이는 숨을 한 번 내쉬고 봉투 개봉 작업에 착수했다. 다행인지 불행인지 구사카베 요코라는 직원이 꼼꼼히 데이터 목록을 작성해 놓아서 업무를 쉽게 인수할 수 있을 것 같았다.

레터 오프너 사용법을 몰라 사무용 가위를 꺼내 들었다. 봉투를 뜯어 안에 있는 징계 청구서를 확인할 때마다 호라이는 섬뜩함을 느꼈다. 이런 문서를 읽다 보면 미움받는 건 어쩔 수 없다 쳐도 적어도 바보 취급은 당하고 싶지 않다는 생각이 강하게 들었다.

자신 외에는 아무도 없고 장소 특성상 바깥을 달리는 차도 드물어 조용한 곳이다. 가위질 소리와 키보드 치는 소리만 단조롭게 흐르는 공간에서 호라이는 조금씩 작업에 몰두했다. 그러고 보니 호라이 법률 사무소 문을 처음 열 때는 자신이 직접 사무 처리를 하기도 했다.

그날을 떠올리며 호라이의 손은 규칙적으로 움직이기 시작했다.

5

미코시바가 향한 곳은 경시청이었다. 도착하자마자 유치장으로 직행해 요코를 접견했다.

"폐를 끼쳐서 죄송해요."

아크릴판 너머로 나타난 요코는 공손히 고개를 숙였지만 미코시바는 의뢰인이 공손하든 오만하든 별 상관없었다.

관심은 오로지 요코의 안색과 목소리 톤뿐이다. 경찰 조사가 가혹했는가, 아닌가. 좋지 않은 질문을 받았는가, 아닌가.

"뭘 물었지?"

"사건 당일 집에 돌아가서 뭘 했는지, 휴대폰으로 누구와 통화했는지 등을 물었어요."

TV는 녹화 시청이 가능하니 알리바이가 되지 않는다. 가족 외의 다른 누군가와 실시간으로 대화한 사실을 입증하는 것이 가장 빠른 길이겠지만 퇴근 후 즉시 집에 돌아가는 요코에게는 바랄 수 없다.

"뭐라고 대답했나?"

"묵비권을 행사했습니다."

요코의 목소리는 조금 어색했다. 사무실에 함께 있을 때는 듣지 못한 목소리였다.

"원래 형사들은 처음에는 잡담으로 시작해 조금씩 사건의 핵심에 파고든다. 숙련된 형사일수록 잡담과 사건의 경계가 모호하다. 그러니 불리해지고 싶지 않으면 잡담 단계에서부터 침묵해야 한다…… 언젠가 선생님이 했던 말씀을 떠올리며 한마디도 하지 않았어요."

"훌륭하군. 조사를 맡은 건 그 오케야라는 형사 한 명인가?"

"네."

"하루 8시간의 규칙은 지키고 있나?"

"확실히 재 본 건 아니지만 그런 것 같아요."

"또 뭘 물었지?"

"도모하라 씨와 어떤 관계냐며 끈질기게 물었어요. 끝까지 묵비권을 행사했으니 의미는 없었지만."

"변호인으로서 다시 묻지. 피해자와는 정말 함께 찻잔을 기울이는 친구에 불과했나?"

"전에 말씀드린 그대로예요. 도모하라 씨 쪽에서는 어땠는지 모르지만 전 맛있는 식당에 가끔 절 데려다주는 친구 정도로 생각했어요."

미코시바는 도모하라의 상사 노기와 다카코에게서 전해 들은 그의 회사 내 평판과 영업 방식을 설명했다. 친구의 악평을 듣고 기분 나빠할 줄 알았지만, 예상과 달리 요코는 신경 쓰지 않는 듯했다.

"역시 그랬군요."

"알고 있었나?"

"만날 때마다 저보다는 선생님과 선생님 사무소 사정에 관심이 많은 듯했고 질문도 자주 했어요. 의뢰인 중에 부유층이 많은지, 보수는 평균적으로 얼마인지 등등. 물론 기밀 유지 의무가 있어서 적당히 얼버무렸지만요."

"그런데도 도모하라는 자네를 계속 만났군."

"지금 생각해 보니 그냥 일 잘하는 사람일 뿐이었네요."

요코는 자조하듯 웃었다.

"또 뭘 물었지?"

"선생님에 대한 질문도 있었어요. 선생님이 변호인으로 선임된 이후부터 질문이 많아지더라고요."

"나에 대한 질문인가."

"지문이라는 확실한 물증이 있는데도 선생님이 법정에서

어떻게 싸우실지 궁금해했어요. 그런데 제가 알 리 없잖아요. 역시 묵비권을 행사했죠."

요코는 조심스럽게 아크릴판에 얼굴을 가까이했다.

"사실 저도 궁금해요. 선생님이 물증이 허위인 걸 어떻게 밝혀내실지."

"남의 일처럼 얘기하지 마."

"저도 알지만 제가 범인이 아닌 걸 아니 조금 남의 일처럼 느껴지는 것도 사실이에요. 또 선생님이라면 어떤 불리한 상황에서든 반드시 상황을 역전시켜 주실 테고요."

요코는 굳은 얼굴을 억지로 일그러뜨리며 미소 지었다.

"과대평가로군."

"과대평가할 수밖에 없어요. 제가 아는 한 선생님의 승률은 99.9퍼센트라."

"나머지 0.1퍼센트에 해당할 가능성은 생각하지 않나?"

"전 낙천적이에요."

"다소 비관적으로 생각하는 편이 돌파구를 찾기도 쉽지. 흉기에 남은 지문은 상당히 까다로운 물증이야."

"하지만 전 그런 칼을 정말 본 적도, 만진 적도 없어요."

계속 같은 곳을 뱅뱅 돌고 있다. 이 문제를 더 파고들어 봐야 요코의 입에서는 유력한 정보를 얻을 수 없을 듯했다.

"난구모 스즈카의 휴대폰 번호로 몇 번이나 연락했는데 도통 받질 않더군. 그 사람을 처음 만난 카페 이름과 이메일 주소 말고 또 다른 정보는 없나?"

"어떤 일을 하시는지는 묻지 않았어요. 얼굴은 알지만 사진을 찍지도 않았고요."

미코시바는 속으로 혀를 찼다. 야마자키가 흘린 수사 자료에 따르면 수사본부는 도모하라의 휴대 전화를 압수했고 지금 통화 기록을 분석 중이라고 한다. 그러나 사진 분석은 아직 시작하지 않았고 자료에서 난구모 스즈카의 이름도 확인되지 않았다.

"몽타주를 그릴 수 있겠나?"

"……그림은 잘 못 그려요."

"인상으로 충분해. 어떤 얼굴이지? 배우 중에 누구를 닮았지?"

요코는 기억을 더듬는 것처럼 눈길을 허공으로 향했다.

"저랑 비슷한 나이에 키가 크고 덩치도 컸어요. 얼굴은 약간 각졌고 눈과 입이 크고 화장이 짙지만 예쁜 분……. 아, 그렇구나. 배우 나니가와 히카루를 닮았다는 생각이 가장 먼저 들었던 것 같아요."

나니가와 히카루라면 미코시바도 알고 있다. 대하드라마

에 출연하는 베테랑 배우라 그녀를 닮았다면 의외로 쉽게 찾을 수 있다.

"도모하라를 소개받은 후에도 같은 장소에서 난구모 스즈카를 만났나?"

"자주 만나지는 않았어요. 카페에 갔을 때 우연히 마주치는 수준이었죠."

"내가 들은 이야기를 종합하면 내 사무소의 정보를 원하는 도모하라와 자네를 연결해 준 사람은 난구모 스즈카야. 그녀의 증언을 들어야 사건의 전체상을 파악할 수 있어."

"죄송해요. 도움이 못 돼서……. 그런데 가끔 카페에서 얼굴을 마주치는 사이가 저한테도 편했어요. 요즘은 이메일과 전화번호까지 주고받으면 완전히 친구가 됐다고 생각하는 사람들도 있어서."

요코의 말에는 수긍 가는 부분이 있다. 과거 미코시바가 상대한 젊은 의뢰인들에게도 비슷한 느낌을 받았다. 휴대폰에 담긴 개인 정보가 자신의 전부이고 현실 세계에서 주고받는 정보와의 경계가 모호했다.

"흉기에 자네 지문이 묻어 있다는 건 범인이 자네를 알고 있는 상황에서 자네를 표적으로 삼았다는 걸 의미해. 혹시 누군가의 원한을 사거나 미움받은 기억이 있나?"

요코는 잠시 생각에 잠겨 있다가 서서히 고개를 흔들었다.

"잘 모르겠어요. 누군가를 괴롭히거나 다른 사람의 삶을 뒤흔든 기억은 없지만 그래도 제가 모르는 원한을 샀을 수도 있겠죠."

"다니자키 선생 밑에서 일하는 오키타 씨도 자네더러 선량한 사람이라더군. 하지만 자네 말대로 선량한 사람도 자기가 모르는 원한을 샀을 수 있어. 오히려 선량한 사람이라 더 배척하고 미워하는 자들도 있고."

"선량한 사람을 왜 미워할까요?"

"자신은 선량하지 않으니까. 인간은 대부분 빛을 우러러보며 자신은 저렇게 될 수 없다고 절망하지. 선량한 사람들이 자기 수준으로 떨어지고 타락하기만을 기다리는 거야."

"……인간이 그렇게 단순하나요?"

"자네도 그런 의뢰인을 질릴 정도로 봐 오지 않았나."

미코시바의 사무실을 찾아오는 의뢰인 중에는 반사회적 성향을 가진 사람이 적지 않다. 요코는 일할 때 무표정하지만 그들의 호소를 듣고 내심 마음이 편치 않았을 게 분명하다. 그렇게 단정 지으려다가 미코시바는 멈칫했다.

과연 그럴까.

어차피 나는 요코에 대해 아무것도 모르지 않나. 그런데 여전히 요코라는 인간을 이해하는 것처럼 착각하고 있다. 이 얼마나 경솔한가.

"저, 선생님. 괜찮으세요?"

"뭐가?"

"그 손해 배상 청구 건이요. 저 때문에 중단됐잖아요. 명단 작성 중에 이런 일이 생겨 정말 죄송해요."

"신경 쓰지 마."

"선생님이 제 변호를 맡아 주시면 그쪽 일과 병행해야 할 텐데."

"변호가 우선이니 병행은 아니지."

"제 의혹이 풀리려면 앞으로도 시간이 더 필요할 것 같아요."

"다니자키 선생을 통해 대리인을 소개받았어."

"대리인요?"

요코는 눈에 띄게 기분이 상해 보였다.

"다니자키 선생님이라면 아주 뛰어난 분을 소개하셨겠어요."

"'HOURAI 법률 사무소'의 호라이 선생이 사무 일을 돕기로 했어."

"네?"

요코는 정말로 놀란 것처럼 입을 떡 벌렸다.

"호라이 선생님이 제 일을 하신다고요?"

"그쪽에도 다른 문제로 징계 청구가 들어왔다고 해. 일을 옆에서 거들면서 어떻게 대응할지 참고하고 싶다고 하니 자네가 신경 쓸 필요는 없어. 그리고 애초에 그의 사무소는 채권 조정 협상과 과납금 반환 청구를 전문으로 하니 누구보다 적격 아니겠나."

"그럴지도 모르지만…… 뭔가 조금 복잡한 기분이에요."

"호라이 선생의 실력으로는 부족할 거라 보나?"

"설마요. 그래도 왠지 제 업무가 위협받는 것 같아 불안한 건 사실이에요."

"자네에게 장기 휴가 따위 줄 여유 없어."

"이게 휴가인가요?"

"규칙적인 생활과 적당한 운동, 칼로리를 철저히 계산한 세 끼 식사와 여유로운 시간. 항간에 떠도는 어설픈 다이어트법보다 훨씬 효과적 아닌가?"

"너무해요."

"그건 그렇고 가족에게 알리지 않아도 되나?"

그 순간 요코의 표정이 싹 달라졌다. 거짓말을 지적받은 아이처럼 긴장하며 고개를 숙인다.

"가족은, 없어요."

말꼬리가 살짝 떨렸다.

"어머니와 단둘이 살았는데 어머니도 제가 단기대학을 졸업한 직후 돌아가셨죠."

"먼 친척도 없나?"

"찾으면 있을지도 모르지만 어머니가 알려 주시지 않아 모르겠어요. 이렇게 오랫동안 연락이 안 된 친척이라면 어차피 제가 체포돼도 신경 쓰지 않을 테고요."

"어머니와 단둘이 살았다면, 아버지는?"

"아버지가 이번 일과 관련이 있나요?"

"관련 유무는 내가 판단해."

"마찬가지로 어머니에게 이야기를 듣지 못했어요. 듣기도 전에 돌아가셔서."

요코는 처음으로 반항적인 말투로 대답했다. 혐의를 뒤집어쓴 것보다 이런 질문을 받는 게 더 불쾌한 듯했다.

가족에 대한 어두운 감정은 미코시바도 누구보다 잘 알아서 그다지 뜻밖이지 않다. 하지만 아버지를 혐오하는 듯한 말투가 조금 마음에 걸렸다.

"연락할 곳이 없으면 됐어. 불필요한 수고도 줄일 수 있고."

지금으로서는 요코의 입을 통해 들을 수 있는 정보는 이 정도일 것이다. 당사자가 숨기는 정보라면 직접 파헤쳐야 한다. 그렇게 판단한 미코시바는 자리에서 벌떡 일어났다.

"검찰 송치 이후부터는 검사를 상대해야 해. 그런데 뭐 질문하는 내용은 크게 다르지 않겠지. 먼저 부인하고 그 뒤로는 계속 묵비권을 행사하도록."

"정말 그걸로 충분하나요?"

"내 사무소에서 일한 게 몇 년째지? 웅변은 은, 침묵은 금. 이쪽이 침묵하는 이상 상대는 자기 멋대로 상상하다 멋대로 미로에 빠져드는 법이지."

"선생님은 헤매지 않으시죠?"

오랜 시간 옆에 있던 요코의 눈에도 그렇게 보이는 걸까.

미코시바는 내심 쓴웃음을 지으며 등을 돌렸다.

다음으로 향한 곳은 가스미가세키 1-1-4에 있는 법원 합동 청사였다. 요코는 이 근처 카페에서 난구모 스즈카를 처음 만났다. 난구모 스즈카의 행방이 묘연해진 지금으로서는 이곳에서 그녀를 찾을 수밖에 없다.

카페 이름은 요코에게 들었다. '살롱 드 미스트'라는 곳인데 애써 찾지 않아도 합동 청사 근처에 있는 카페는 이곳이 유일했다.

시간은 오후 2시 30분. 가게 안을 슬쩍 엿보니 점심을 먹으러 온 손님이 모두 나가 테이블의 30퍼센트 정도가 비어 있다. 비싼 임대료에 걸맞은 고급스러운 인테리어로 가스미가세키에서 근무하는 공무원들이 좋아할 카페라는 게 첫인상이었다.

카운터 안쪽에 사장처럼 보이는 남자가 있어 그에게 가게에 온 목적을 밝혔다. 성실해 보이는 60대 남자였다.

"저희 가게 단골분들 중에 변호사 선생님이 많은데 선생님은 처음 봅네요."

백발의 남자 주인은 이름이 야나세라고 했다.

"난구모 스즈카 씨요? 흐음. 이 일대에서 근무하는 분들은 대부분 관공서 이름으로 영수증을 끊으셔서 단골손님분들 중에 이름까지 아는 손님분은 몇 분 안 계셔요."

요코에게 전해 들은 스즈카의 특징을 설명하자 주인은 그제야 생각난 것처럼 고개를 끄덕였다.

"아, 그분은 기억합니다. 대체로 평일 오후에 오셨죠."

과거형인 게 신경 쓰였다.

"이번 달 들어서는 아직 한 번도 오지 않으셨네요."

도모하라가 시신으로 발견된 게 이달 2일이다. 즉, 사건 발각 이후부터 스즈카는 가게에 모습을 드러내지 않았다는 뜻이다.

물론 우연의 일치일 가능성도 있다. 그러나 사람이 항상 하던 습관을 중단한 데는 그럴 만한 이유가 있는 것도 사실이다.

"혹시 난구모 스즈카 씨의 연락처를 아십니까?"

"흐음……. 그분이 일하는 곳에 배달을 가거나 영수증을 써 드린 적이 없어서."

"혼자 오셨습니까?"

"아뇨. 일행과 함께 오시는 경우가 많았죠. 올 때마다 상대는 달랐던 것 같지만."

스즈카가 불특정 다수를 만나고 있었다는 건 요코에게 도모하라를 처음 소개해 준 중개인이 그녀라는 노기와 다카코의 증언을 뒷받침한다. 그녀가 가게에 이름을 밝히지 않은 것도 중개 목적에 뭔가 뒤가 켕기는 게 있다는 걸 알고 있었기 때문일까.

미코시바는 도모하라의 사진을 꺼냈다.

"이 남자분과 함께 오신 적이 있습니까?"

"아, 네. 이분과 함께 오신 적이 가장 많았던 것 같네요."

"두 분은 주로 어떤 대화를 나눴습니까?"

손님을 상대하는 서비스업이니 두 사람이 대화하는 모습을 유심히 관찰하지는 않았을 것이다. 반대로 말해 오랫동안 서비스업을 해 온 만큼 그 정도로도 두 사람의 관계를 짐작했을 수 있다.

"옆에서 보면 친근하게 담소를 나눈다기보다 주로 업무 이야기를 하는 느낌이 강했죠."

"어디까지나 비즈니스 관계였다는 뜻일까요?"

"비즈니스 관계가 아닌 남녀에게는 특유의 분위기가 있기 마련이니까요."

가게 사장이 증언할 수 있는 건 여기까지였다. 스즈카와 도모하라가 '살롱 드 미스트'를 거점 삼아 고객들을 물색하고 있었다는 점이 확인됐지만 그 이상의 수확은 없었다.

"혹시 스즈카 씨가 가게를 다시 찾아오면 저에게 연락해 주실 수 있을까요?"

미코시바가 명함을 내밀자 사장은 귀찮아하는 표정을 지었다.

"손님분들의 행동을 감시하는 짓은 하지 않습니다."

"사실 저도 일 때문에 이 일대를 자주 다닙니다. 이곳이 상당히 오래전부터 영업 중이라는 것도 잘 알고요."

"네. 개업한 지 벌써 15년째입니다."

"이 주변 임대료를 고려하면 15년간 영업을 지속하기 위해서는 안정적인 손님 회전율과 노하우, 그리고 오너의 경험과 친화력이 없으면 불가능하겠죠."

"과분한 칭찬입니다."

"경험과 친화력 외에 훌륭한 직업윤리도 필요할 겁니다. 지금 어떤 여성이 억울한 누명을 쓰고 감옥에 투옥되기 일보 직전입니다. 저는 사장님의 직업윤리를 존중하지만 누군가의 억울한 누명을 벗기는 것보다 우선할 수 있을까요?"

사장이 입을 다물었다. 이 정도면 충분하다. 성실해 보이는 이 남자라면 지금 당장 대답은 못하더라도 미코시바의 의뢰를 잊지 않을 게 분명하다. 그리고 잊지 않는 한 십중팔구 먼저 연락해 올 것이다.

"부탁합니다."

미코시바는 마지막 말을 남기고 가게를 떠났다.

요코와 이 가게 사장처럼 선량해 보이는 사람들에게는 공통된 약점이 있다. 바로 자신과 무관한 사람이어도 곤란한 처지에 놓인 이들을 돕지 않고서는 못 배긴다는 점이다. 그들에게는 그것이 미덕일지 모르지만 의뢰인의 이익을 최우선으로 생각하는 미코시바에게 그런 가치관은 불순물이나 마찬가지였다. 애초에 가볍게 남을 도우려는 사람들은 가볍게 남을 비난하기도 한다.

미코시바는 요코와의 면회를 떠올렸다. 조사 내용을 설명할 때까지는 평소와 다름없었지만 가족 이야기가 나오자마자 태도가 돌변했다. 노골적인 그 변화에 미코시바는 관심을 가지지 않을 수 없었다. 상대가 의뢰인이라면 더욱 그렇다.

편모 가정에서 자라 아버지 이야기를 듣지 못했다고 했지만 그 말을 곧이곧대로 믿을 수는 없다. 의뢰인은 원래 거짓말을 한다. 요코도 예외가 아니다.

거부 반응을 보이는 건 다른 사람 앞에서 드러내고 싶지 않은 영역이기 때문이고, 그런 불가침의 영역에야말로 진실이 숨어 있는 법이다. 본인은 싫어하겠지만 요코의 가족관계를 알아보는 건 이제 필수 작업이 되었다.

조사해야 할 것은 그 밖에 두 가지 더 있다. 도모하라에게 원한을 품고 있던 여자들, 그리고 또 한 명의 여자. 그녀들의 현재와 과거를 파고들다 보면 어떤 식으로든 수확이 생길 것이다.

미코시바는 중앙 구청 구민 생활과에 들러 요코의 호적 등본을 우편으로 발송해 달라고 요청했다. 당사자를 대신해 호적을 청구할 수 있는 건 형사 변호사에게 주어진 몇 안 되는 권리 중 하나다. 접수처 직원이 말하기로 하루 이틀 안에 그녀의 호적등본이 사무소에 도착할 거라고 했다.

사무소가 있는 건물 앞에 도착했을 때는 이미 저녁 6시가 지나 있었다. 감시 카메라 앱을 확인하니 호라이는 여전히 열심히 일하고 있는 듯했다.

주어진 일을 대하는 태도는 호평해도 될 것이다. 또 민사 전문 변호사에게 필요한 자질은 이런 사무 처리 능력이지 자신과 같은 쇼맨십 가득한 변론 기술이 아니다. 아니, 서면주의가 팽배한 이 나라 법정에서는 형사 재판도 비슷하다. 사전에 주고받은 진술과 제시하는 증거. 법정을 지배하는 것은 철두철미한 논리이며 감정이 개입할 여지가 별로 없다. 판사와 배심원, 때로는 검찰의 심리를 역이용해 재판을 유리하게 끌고 가는 미코시바의 수법은 이례 중의 이례라 할 수 있다.

그런 관점에서 보면 호라이 가네토라는 변호사는 사무직으로서 유능하다. 요코가 업무를 뺏길까 봐 경계하는 것도 아예 엇나간 것은 아니다. 다소 비뚤게 보면 법률 지식과 협상 능력을 제외하면 변호사나 사무직원이나 오십보백보다.

어쨌든 손해 배상 청구 건은 당분간 호라이에게 일임해도 될 것이다. 자신은 요코 사건에 전념하면 된다.

월정액 주차장은 건물 뒤편에 있다. 사방이 철망에 둘러싸여 있지만 잡초와 덩굴 식물이 그 사이에 무성히 자라나 있어 외부가 잘 보이지 않는 곳이다.

미코시바는 벤츠에서 내려 건물 쪽으로 발걸음을 옮겼다.

그때였다.

뒤에서 뭔가 움직이는 기척이 느껴지는가 싶더니 오른쪽 어깨 위에 묵직한 충격이 스쳤다.

자극적인 냄새가 코를 찔렀다.

미코시바는 참지 못하고 그 자리에서 무릎이 꺾였다. 쓰러지기 직전에 본능적으로 뒤를 돌아봤다.

눈앞에 사람이 서 있었다.

아마 다른 차 뒤에 숨어 있었을 것이다. 몸은 헐렁한 트레이닝복, 얼굴은 모자와 마스크로 가린 탓에 눈만 살짝 보인다. 두 손에 장갑까지 끼고 있어 성별, 나이는 물론 체격도 분간할 수 없다. 그나마 알아볼 수 있는 건 그가 오른손에 든 슬레지 해머로 자신을 공격했다는 사실뿐이었다.

뼈를 직격했는지 어깨 아래가 마비된 것처럼 움직이지 않았다. 꼭 남의 팔을 매달고 있는 것 같다.

"누구냐?"

대답이 없다. 상대는 두 번째 타격을 노리며 다시 망치를 꼭 쥐었다.

"내가 누군지 알고 이러는 건가?"

역시나 대답이 없다. 그러면서 그는 거리를 좁히려는 듯 반 발짝 더 앞으로 다가왔다.

두 사람 사이 간격이 이제 채 1미터도 되지 않는다. 상대는 몸을 앞으로 숙여 미코시바를 노려봤다.

곧이어 두 번째 타격이 가해졌다. 이번에는 옆이다.

미코시바는 몸을 뒤로 젖혀 공격을 피하려 했지만 한 박자 빠르게 망치가 왼쪽 팔 윗부분에 닿았다.

둔탁한 통증과 함께 팔꿈치에서 전기가 찌릿 흘렀다.

이런.

이로써 두 팔을 완전히 못 쓰게 됐다.

뒤이은 세 번째 타격.

이것만큼은 간신히 피했다. 그러나 평소의 운동 부족과 두 팔의 극심한 통증 때문에 몸이 민첩하게 움직이지 않았다.

허공을 가른 망치가 아스팔트를 때렸다. 그 소리의 무게로 상대의 살의가 여실히 전해졌다.

단순히 부상으로 끝나지 않을 것이다.

머릿속에서 동물적인 본능이 경고를 보냈다. 두 팔을 쓰지 못하면 어떤 반격이든 효과가 반감된다. 그사이 치명적인 일격을 맞으면 모든 게 끝이다.

희한하게도 궁지에 몰린 것을 깨달은 순간부터 오히려 머리가 식었다. 살해당할 거라는 공포는 거의 없었다. 다만 죽기 전에 어떻게든 상대에게 한 방 먹여 주고 싶고 가능하면 맞대결을 하고 싶었다.

간이 커진 걸까.

아니면 소녀의 육체를 토막 낸 옛 '시체 배달부'의 피가 되살아난 걸까.

몸이 짐승의 본능으로 뜨겁게 달아오르는 반면 머릿속은 싸늘히 식어 있다. 의료 소년원을 나온 지 20년이 지났지만 한번 마음에 둥지를 튼 짐승은 쉽게 사라지지 않는 듯했다.

"나를 아는 놈이라면 내가 과거에 살인을 저질렀다는 것도 알고 있겠지."

마스크 때문에 표정은 보이지 않지만 상대가 멈칫하는 듯했다.

"살인이라면 나에게는 경험치가 있다. 네놈은?"

스스로도 놀라울 정도로 감정 없는 목소리가 나왔다. 협박도 경고도 아니었지만 위협적이었는지 상대가 발걸음을 멈췄다.

"미코시바 선생!"

미코시바와 그가 목소리가 들린 방향으로 동시에 고개를

돌렸다. 건물 뒷문에서 호라이가 달려오고 있었다.

상대의 움직임은 민첩했다. 망치를 호라이를 향해 휙 집어 던지고는 몸을 돌려 도망치기 시작했다.

"으앗!"

범인을 쫓아야 할 호라이가 망치에 배를 정통으로 맞고 볼썽사납게 쓰러졌다. 두 팔을 쓰지 못하는 미코시바는 범인이 주차장에서 도망치는 모습을 그저 지켜볼 수밖에 없었다.

긴장이 누그러진 탓인지 온몸에서 힘이 풀렸다. 자연스럽게 그 자리에 주저앉았다.

"방금 그놈은 누구지? 무슨 일을 당한 거야?"

그제야 몸을 일으킨 호라이가 미코시바에게 다가왔다.

"그냥 습격당했습니다. 보면 아시지 않나요?"

"습격이라니⋯⋯. 당장 경찰에 신고해야겠군. 범인은 흉기를 남기고 갔어. 지금이라면 붙잡을 수 있다고."

"아뇨, 어려울 겁니다. 차림새를 보니 마스크만 벗으면 일반 행인과 다름없을 것이고, 가까운 파출소에서 경찰이 출동해도 이미 늦었습니다. 망치는 증거물이 되겠지만 범인은 장갑을 끼고 있었고 저 망치는 대형 마트 등지에서 흔히 파는 양산품입니다. 유통 경로를 추적해 봐야 최종 사용자에 도달할 수 없겠죠."

호라이는 놀란 것처럼 미코시바를 바라봤다.

"습격당한 직후인데도 의외로 침착하군."

"이런 일이 처음이 아니니까요. 그보다 다른 사람을 관찰할 여유가 있다면 구급차를 불러주십시오. 아쉽게도 두 팔을 쓸 수 없는 상황이라."

"아, 그래."

호라이는 부랴부랴 스마트폰을 꺼내 119에 출동을 요청했다. 습격 장소와 미코시바의 부상 정도를 알리고 전화를 끊더니 다시 한번 미코시바를 내려다봤다.

"평소에도 이런 일을 자주 당하나?"

"분쟁 당사자 중에 한쪽을 변호하는 일입니다. 원한을 사는 것도 당연하죠."

"그렇다고 해서 불의의 습격을 당할 정도는 아니잖나."

"습격당하지 않는 건 습격당할 정도로 변호하지 않았기 때문입니다."

호라이는 노골적으로 얼굴을 찌푸렸지만 다친 사람에 대한 배려를 잃지는 않았다.

"많이 아프나?"

"지금은 그냥 심하게 욱신거리는 수준입니다. 근데 뭐, 뼈는 부러지지 않은 것 같군요. 호라이 선생님은 괜찮습니까?"

"배를 맞고 호흡이 잠시 멎긴 했어. 구급차가 오면 나도 진찰을 받아야겠군. 범인으로 짚이는 사람은?"

"너무 많아서 곤란합니다."

잠시 후 멀리서 구급차 사이렌 소리가 들렸다.

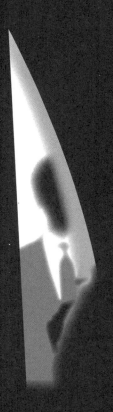

3

반 주 자 의   윤 회

1

응급 센터로 이송된 미코시바는 다행히 오른쪽 어깨 탈골과 왼팔 타박상에 그쳤다. 따라서 입원할 필요도 없이 곧장 귀가할 수 있었다.

그러나 관할 경찰서인 가메아리 경찰서는 응급 센터만큼 일 처리가 능숙하지 않아 상해 사건의 자세한 전말을 알려 달라며 미코시바를 경찰서로 데려갔다.

"경상에 그쳤다고 해서 사건을 무마할 수는 없습니다."

담당 형사인 무로타는 고압적으로 미코시바에게 진술을 요구했다.

"범인으로 짚이는 사람이 없다고 여러 번 말씀드렸습니

다. 모자와 마스크로 얼굴을 가렸고 헐렁한 트레이닝복으로 몸도 감췄죠. 키가 저와 비슷하다는 것 말고 다른 단서는 없습니다."

"그런데 말이죠. 이런 말씀 드리기 그렇지만 총에 맞거나 칼에 찔리신 게 아니고 부상도 경미한 수준입니다. 습격당한 선생님께도 여유가 있었을 텐데요."

"현장에 있지도 않았으면서 어림짐작하는 겁니까?"

"응급센터에서 이야기를 들었습니다. 긴급 후송된 것치고 선생님의 태도가 너무 침착했다고."

무로타는 꼭 기쁜 것처럼 미코시바의 오른쪽 어깨에 감긴 붕대를 바라봤다.

"이런 일이 처음은 아닙니다."

"네, 압니다. 예전에는 꽤 오랫동안 입원하셨더군요."

무로타는 경박하게 웃어 보였다. 상대의 화를 돋워 정보를 끌어낼 심산이라면 미코시바에게도 대응책은 있었다.

"네. 그때는 고지마치 경찰서와 경시청의 초동 수사가 워낙 엉망이라 범인을 좀처럼 검거하지 못했죠. 덕분에 병원 침대에서 불안한 나날을 보냈습니다."

그러자 역시나 무로타는 기분이 상한 듯했다.

"단서가 없다고 하지만 사실 있는 거 아닙니까?"

"범인과 관련된 단서를 수사 당국에 알리지 않을 이유가 뭘까요. 하물며 전 피해자인데."

"경찰이 체포, 입건하더라도 기껏해야 상해죄. 거기에 초범이라면 집행유예가 나올 수도 있죠. 선생님은 그런 상황을 못 참으시고……."

"제가 직접 보복이라도 한다는 겁니까?"

"피해자가 다음 순간 가해자로 바뀌는 건 그리 드문 일이 아니죠. 선생님도 잘 아실 텐데."

미코시바에게 과거 어린 여자아이를 살해한 전과가 있는 걸 알고 하는 말일 것이다. 모처럼 관심받게 됐지만 지금 미코시바는 그를 상대할 시간이 없었다.

"만약 그렇게 되면 관계자 중 가장 곤란해질 분은 무로타 형사님이겠죠."

"네? 왜죠?"

"그때 범인을 잡았다면 그를 죽이지 않고 끝났을 텐데. 방심한 나머지 한 사람이 목숨을 잃는다면 형사님의 평판도 안팎에서 땅에 떨어지지 않을까요."

무로타는 어안이 벙벙한 듯했다.

"아무리 그래도 그런 상황은 피하고 싶으실 겁니다. 그럼 당시 현장 부근에 있었을 목격자나 흉기의 출처를 철저히 조사하셔야겠죠?"

"그건 굳이 선생님이 언급하실 것도 없습니다."

"다행입니다. 경찰이 피해자에게 바보 취급을 당해서야 되겠습니까."

무로타의 관자놀이 부근이 꿈틀거리는 게 보였다. 감정을 능숙하게 제어하지 못하는 타입인 듯하다. 이런 실력으로 산전수전을 겪은 용의자들을 상대할 수 있을까. 남의 일이지만 왠지 걱정됐다.

"그러고 보니 사무소 직원분이 살인 혐의로 체포됐다더군요."

반격할 심산인지 무로타는 대뜸 요코의 의혹을 언급했다. 그러나 이 역시 미코시바가 예상한 바였다.

"이번 습격 사건과 그 일이 관련 있다고 보시나요?"

"그걸 조사하는 게 경찰의 임무 아닐까요?"

"당사자의 심증도 중요하니."

"전 그 피해자와 아무런 접점이 없습니다. 제 직업상 원한이 생길 수 있다는 건 인정하지만 아마 우연의 일치겠죠."

"같은 사무소의 변호사 선생님과 직원이 잇달아 사건에 휘말린다. 이런 상황을 그저 우연의 일치로 보기에는 무리가 있습니다."

"우연이 아니라면 두 사건 사이에 공통점이 있어야 할 겁니다. 피해자 두 명이 같은 사무소 사람이라는 사실 말고도."

무로타는 입을 다물었다. 초동 수사 단계라 미코시바가 아는 것 이상의 단서는 쥐고 있지 않다는 증거였다.

"아직 체포도 못 한 상황에서 이렇게 헤매시는 걸 보니 앞으로가 걱정스럽군요."

미코시바의 마지막 한 마디에 완전히 기세가 꺾였는지 무로타는 그제야 미코시바를 풀어 주었다. 하지만 시간은 이미 밤 11시를 넘긴 뒤였다.

다음 날 사무실에 가니 호라이가 먼저 와 있었다. 감시 카메라 앱으로 사무실을 확인해서 알고 있었지만 일단 놀란 표정을 지었다.

"일찍 오셨군요, 호라이 선생님."

"이 정도 양인데 어찌 느긋하게 있을 수 있겠나."

호라이는 눈앞에 쌓인 봉투들을 보며 한숨을 푹 내쉬었다.

"그나저나 이 많은 양을 혼자서 해내다니. 우리 사무소 같으면 두 명은 붙어서 할 일인데 말이야."

"호라이 선생님의 사무소와 달리 직원을 많이 고용할 수 없어서."

"또다시 도라노몬에 사무실을 빌릴 만큼 돈을 긁어모았다는 소문이 돌던데."

"그런 돈이 있으면 사무실 이전보다 직원을 먼저 고용하겠죠."

보아하니 호라이는 미코시바의 주머니 사정에 관심이 있는 듯했다. 반사회적 세력이나 검은 소문이 끊이지 않는 기업들의 고문 변호사로 일하며 돈을 얼마나 벌지 궁금할 것이다. 미나미아오야마의 일등지에 사무소를 차리고 한때는 140명이 넘는 직원을 거느렸던 오너 변호사가 뭐가 더 궁금할까 싶지만, 원래 욕심 많은 사람일수록 만족하지 못하는 법이다.

바로 나 자신처럼.

"어제는 정말 난리도 아니었어. 그래도 난 금방 돌아갔지만 미코시바 선생은 많이 힘들었을 것 같은데."

호라이는 미코시바의 오른쪽 어깨 깁스를 보며 자못 유쾌한 듯 떠들었다. 그 모습이 무로타를 쏙 빼닮아서 무심코 쓴웃음이 나왔다.

"그런 팔로 벤츠를 운전해 온 건가?"

"그럴 리가요. 택시로 왔습니다."

"이러면 내가 운전기사 임무도 맡아야 하나?"

"세상에서 가장 시급 비싼 기사님이 될 것 같으니 정중히 사양하겠습니다."

"치료를 마치자마자 가메아리 경찰서에 갔다던데."

"오, 설마 신경 쓰고 계셨던 겁니까?"

"사실 나도 그 직후 바로 조사를 받았어. 피해자 중 한 명이니 당연하겠지."

어차피 조사에서 유력 정보를 제공할 수는 없었을 것이다. 기껏해야 범인의 키나 차림새를 증언하지 않았을까.

"너무 기대하지 않는 게 좋습니다. 전 경찰에도 미움받고 있으니까요. 절 공격한 사람을 진심으로 체포할 마음은 없을 것이고 아마 조폭들끼리의 세력 다툼 정도로 생각하지 않을까요."

"하지만 나 역시 피해자야."

"저뿐만 아니라 변호사라는 직종에 있는 모든 인간을 싫어한다. 그렇게 생각하시는 편이 무난합니다. 호라이 선생님이라면 뭐 말씀 안 해도 잘 아시겠죠."

"······어제 도착한 우편물."

호라이는 못마땅하게 편지 봉투 다발을 내밀었다.

"징계 청구와 관련된 건 제외했네."

봉투는 입구를 모두 가위로 잘라 개봉한 상태였다.

"이미 검열을 마치신 겁니까?"

"누가 들으면 오해할 소리를. 사무소 앞으로 온 것들만 개봉해 뒀어."

확인하니 개봉되지 않은 봉투 중에 중앙 구청에서 온 게 있었다. 전에 청구한 요코의 호적 등본인 듯했다.

곧장 책상 앞에 앉아 내용물을 확인하니 안에 든 것은 호적 등본이 아닌 미코시바가 제출한 신청서였다.

—요청하신 호적을 찾을 수 없었습니다.

고무도장으로 찍힌 간결한 문구는 마치 도발하는 것처럼 보였다.

미코시바는 즉시 중앙 구청 구민 생활과에 전화를 걸었다. 신청서 도장에 담당자 이름이 있었다.

"구사카베 요코 씨의 호적을 청구했던 미코시바입니다."

잠시 기다리자 담당자가 전화를 받았다.

"호적을 찾지 못하셨다고요."

—아, 네. 샅샅이 뒤졌는데도 없더군요. 사실입니다.

목소리에서 뭔가를 숨기는 기색 같은 건 없다.

그렇다면 요코는 호적에 등록돼 있지 않다는 뜻일까.

"호적이 없어도 주민표는 있지 않습니까? 그걸 거슬러 가서 과거 주소지를 알아낼 수 있을까요?

─할 수는 있겠지만 별도 신청이 필요합니다.

빠른 시일 안에 찾아가 신청하겠다는 말을 남기고 미코시바는 전화를 끊었다.

모든 일본 국민이 호적이 있는 것은 아니다. 사정에 따라 호적이 없는 사람도 전국에 7백 명가량 있다고 한다. 물론 미코시바도 그들의 존재를 알고 있지만 요코가 그중 한 명일 것이라고는 상상도 못 했다.

호적은 유일한 공적 신분증이다. 모든 공적 증명 서류들도 호적을 기준으로 발급된다. 입학부터 취업, 면허증 취득, 여권 발급에 이르기까지 예외는 없다.

그러나 앞서 언급했듯 호적이 없는 사람도 적지만 존재하고, 국가는 이런 무호적 국민도 행정 서비스를 받을 수 있도록 각종 제도를 마련했다.

그중 하나가 바로 호적 없이도 주민표를 취득할 수 있는 제도다. 출생 신고와 법원에서 발급하는 사건 계류 증명서를 관공서에 제출하면 일단 주민 등록을 할 수 있다. 주민 등록을 하면 주민표를 발급받는다.

무호적자가 된 사정은 다양하지만 가장 많은 것이 이혼과 관련된 사례다. 이른바 '이혼 후 300일 문제'다.

일본의 민법 규정상 이혼 후 300일 이내 태어난 아이는 친부가 누구든 간에(유전적 증거가 있어도) 전남편 사이에서 낳은 친자로 추정한다. 그런 상황을 피하기 위해 부모가 호적 등록 절차를 밟지 않으면 무호적 아이가 탄생하는 것이다.

어디까지나 추정인 만큼 전남편 사이에서 태어난 자녀가 아니라면 친자 관계 부존재 조정을 제기할 수 있지만, 조정에는 양쪽의 참석이 필요하고 그 역시 전남편이 거부하면 어쩔 도리가 없다. 경제 문제가 있거나 가정 폭력을 당한 아내 입장에서는 원만한 해결이 어려우리라는 것은 상상하기 어렵지 않다.

요코는 어떨지 미코시바는 상상해 봤다. 유치장에 있는 요코는 가족 이야기를 꺼리는 듯한데 부모의 이혼 문제가 이유인 것만은 분명해 보인다.

과거를 들추면 싫어할 게 뻔하다. 애초에 밝히고 싶지 않은 과거이니 고용주인 미코시바 앞에서도 입을 다물고 있었다.

그러나 미코시바는 주저하지 않았다. 본인이 원하든 원치 않든 한번 선임된 이상 의뢰인의 이익을 위해 발로 뛰는 게 변호사의 의무이기 때문이다.

"잠깐 다녀오겠습니다."

그렇게 말하고 몸을 일으키자 호라이는 순순히 고개를 끄덕였다.

가장 먼저 찾아간 곳은 가스미가세키에 있는 '어반 증권'이었다. 가기 전에 미리 면담 약속을 잡아 둬서 그리 오래 기다리지 않았다.

이 회사 기업 정보부 소속인 다카자와 준코. 노기와 다카코에게 건네받은 요주의 인물 명단 중 맨 위에 그녀의 이름이 있었다. 이름 옆에 적힌 사연을 읽어 보니 그녀는 도모하라가 일한 '아르카디아 매니지먼트'에 항의 전화를 걸어 왔을 뿐 아니라 약속 없이 세 번이나 회사에 들이닥쳤고, 그때마다 경비원에게 제지당해 노기와 다카코나 도모하라를 만나지 못했지만 1층 접수처에서 난동을 부렸다고 한다.

응접실에 들어온 다카자와 준코는 겁에 질린 표정이었다. 조심스러운 태도가 예전 연인이 일하는 곳에 무작정 들이닥친 여자로는 보이지 않았다.

그러나 미코시바는 알고 있었다. 소심하고 피해의식이 강한 사람일수록 궁지에 몰리면 쉽게 역정을 내고 규제선을 가볍게 넘어선다는 것을.

"다카자와 준코입니다."

미코시바가 도모하라 사건 용의자의 변호를 맡고 있다는 사실을 전하자 그제야 겁에 질려 있던 준코가 안도의 한숨을 내쉬었다.

"그날 구사카베 요코 씨가 정말 도모하라를 죽인 건가요?"

"아뇨. 당사자는 범행을 부인하고 있습니다."

"그렇군요."

준코는 조금 아쉬워하는 표정을 지었다.

"정말로 그를 죽여 준 게 맞다면 탄원서를 잔뜩 써 드리려 했는데."

"'아르카디아 매니지먼트'를 여러 번 찾아가셨다고 들었습니다."

"휴대폰은 수신 거부 상태였고 아무리 회사에 전화를 걸어도 바꿔 주지 않아서 직접 회사에 갈 수밖에 없었어요."

"집을 찾아가시지는 않은 겁니까? 교제 중이었다면 집에도 한 번쯤은 가 보셨을 텐데."

"절 경계하지 않았을까요? 관계에 별문제가 없었을 때는 순순히 집에 데려가 줬어요. 하지만 사건 이후부터는 갈 때마다 집을 비워서……. 직장을 직접 찾아가는 것 외에는 만날 방법이 없더라고요."

남자 친구의 회사에서 난동을 부린 게 어쩔 수 없었다고 말하는 듯했다.

"두 분 사이에 무슨 일이 있었던 겁니까?"

"저는 기업 정보부 소속인데, 혹시 이 부서에 관해 아시나

요?"

"설명해 주시죠."

"이름 그대로 저희가 관리하는 고객사는 물론이고 그 밖의 다른 기업들의 정보도 수집, 분석하는 부서죠. 공식 발표된 정보뿐만 아니라 내부자들의 정보도 수집해요."

"그렇게 얻은 정보를 고객사에도 제공하시겠군요."

"잘 아시네요. 유익한 정보를 제공하는 게 저희의 강점이 되기도 하니까요."

"기업 정보는 일종의 재산입니다. 그리고 재산은 종종 문제의 씨앗이 되죠."

"맞아요. 제가 덫에 걸린 것도 바로 그것 때문에……."

준코는 자조 섞인 웃음을 지었다.

"정말 바보 같았죠. 당시에 전 과장이었는데 그 일로 회사에서도 좌천됐어요. 지금 생각하면 어떻게 그런 남자의 말에 휘둘렸을까 싶은데."

미코시바는 준코의 태도를 보며 가끔 맞장구만 쳐 주면 되겠다고 판단했다. 피해 의식에 빠져서 당장에라도 폭발할 것 같은 사람은 그냥 내버려 둬도 알아서 지껄이기 마련이다.

"처음에는 정말 저한테 호감이 있는 줄 알았어요. 자상하게 대하고 좋은 레스토랑에도 데려가며 절 공주님처럼 대접

해 줬으니까요. 하지만 도모하라의 진짜 관심은 제가 아니라 저희 부서가 쌓은 기업들의 정보였어요. 절 자기 집에 데려가는 사이가 되자 교묘하게 기업 정보를 물어봤죠. 주로 어떤 문제가 있거나 주가가 폭락한다는 소문이 도는 기업들의 정보를 원했어요."

"그의 말에 휘둘렸다고 하셨는데."

"이제는 서로 숨기는 게 있는 사이가 아니라고 믿었어요. 어차피 결혼하면 집 안에서도 일에 대한 푸념을 늘어놓게 될 거라며 방심하고……."

"하지만 말만으로 끝났다면 정보 유출이 발각되지도 않겠죠."

"당시 1부 상장한 어떤 건설사가 시장市長과 유착 관계라는 사실이 언론에 터지기 일보 직전이라 회사 대외 협력부와 홍보부가 어떻게든 보도를 무마시키려고 열을 올리는 중이었어요. 그런데 제가 무심코 그 이야기를 도모하라 앞에서 해 버렸고…… 그 이후는 말 안 해도 아시겠죠. 며칠 후 도모하라가 그 회사의 대외 협력부와 약속을 잡았더군요."

군이 설명할 것도 없다. 건설사의 대외 협력부 관계자가 '어반 증권'을 찾아가 크게 화를 내며 항의하는 풍경이 눈앞에 그려졌다.

"정보 유출자 색출을 시작하자마자 기업 정보부가 의심을 했어요. 제가 특정되기까지는 정말 순식간이었죠. 감사실에 불려 갔고 이후에는 자택 대기. 지금까지 제가 쌓은 성과와 회사 기여도를 고려해 해고까지 가지는 않았지만 다시 평사원 직책으로 좌천됐죠."

"그래서 '아르카디아 매니지먼트'에 찾아가셨다."

"도모하라가 그 회사와 관리 계약을 맺었거든요. 전 회사에서 강등됐는데 도모하라는 톡톡한 성과를 올린 거예요. 절대 용서할 수 없었어요."

그동안 있었던 일들을 일부 털어놓자 마음이 조금 풀렸는지 준코는 소파에 깊숙이 몸을 맡겼다.

"제가 궁금한 건 준코 씨가 도모하라 씨를 처음 알게 된 계기입니다. '살롱 드 미스트'라는 카페를 아십니까?"

"당연히 알죠. 그 가게가 제 몰락의 시작이니까요. 잊으려 해도 잊을 수 없는 곳이에요."

"그럼 난구모 스즈카라는 분도 기억하시겠군요."

"네. 스즈카 씨에게는 잘못이 없지만 회사에서 징계받을 때는 정말 원망스러웠어요. 그분이 도모하라를 소개해 주지만 않았다면 도모하라를 알지도 못했을 테니까요."

"혹시 그분의 연락처나 사진 같은 건 없습니까?"

"연락처라고는 이메일 주소뿐이에요. 그 카페에서만 만난 사이니까요. 사진은⋯⋯."

준코는 기억을 되짚는 것처럼 생각에 잠겼지만 이내 포기한 듯 고개를 흔들었다.

"그러고 보니 사진을 찍은 적이 없어요. 언젠가 제가 둘이 셀카를 찍으려고 한 적이 있는데 사진 찍는 걸 싫어한다면서 완강히 거부하더라고요."

결국 여기서도 스즈카는 겉에 드러나지 않았다. 먹잇감을 낚는 역할인데 흑막에 충실하려는 자세가 엿보인다. 혹시나 하는 마음에 준코의 스마트폰에 등록된 스즈카의 이메일 주소를 확인했지만, 예상대로 요코가 등록한 것과 똑같았다.

"이런 말을 하면 못된 여자라고 생각하실 것 같지만."

준코는 그렇게 전제하고 말했다.

"도모하라가 살해됐다는 소식을 처음 접한 후 가슴에 맺힌 응어리가 풀리는 것 같았어요. 회사에서 징계받고 힘든 시절을 보낸 게 마침내 보상받았다고 생각했죠. 그는 '아르카디아 매니지먼트' 직원으로는 우수했을지 몰라도 남자, 그리고 인간으로서 최악이었어요. 범인이 누구든 꼭 껴안고 키스해주고 싶을 정도예요."

두 번째 방문지는 '아키바 은행' 이다바시 지점이었다. 명단 속 두 번째 인물인 후쿠나가 도모에가 이 은행 리스크 관리부에서 일한다고 했다.

도모에와도 미리 약속을 잡았다. 갑작스러운 제안에 처음에는 의아해하던 도모에도 미코시바가 도모하라의 이름을 입에 담자마자 두말없이 만남을 승낙했다.

그러나 응접실에서 만난 도모에의 반응은 준코와 정반대였다.

"용의자를 변호하고 계시죠? 죄송하지만 선생님께 별로 도움이 못 돼 드릴 것 같습니다."

윤기 없는 피부와 푸석푸석한 머리카락이 실제보다 더 나이 들어 보이게 한다. 외모에서 손해를 보는 것 같은데 주변에서 조언해 주는 사람이 없는 걸까.

"범인이 유리해질 만한 정보 같은 건 없어서요."

"정상 참작에 필요한 재료를 수집하는 게 아닙니다. 처음부터 사건을 조사하고 있을 뿐입니다."

"범인에게 불리할 이야기도 다 들어주시나요?"

"아직 범인이 아닌 용의자 단계입니다. 당사자는 범행을 부인하고 있고요. 도모에 씨의 증언으로 새로운 전개가 펼쳐질 가능성도 있습니다."

"어느 쪽이든 사건 해결에는 도움이 되겠네요. 그럼 부담 없이 말씀드릴게요."

도모에는 납득한 듯이 소파에 앉았다. 몸짓 하나하나가 왠지 거칠고 투박한 느낌이다. 도모하라가 타깃으로 삼은 것 치고 의외의 타입의 여자였다.

"뭐부터 이야기할까요?"

"도모에 씨는 도모하라 씨에게 그다지 나쁜 인상을 가지고 계시지는 않은 것 같군요."

"당연하죠. 사십 줄에 접어든 저 같은 여자에게 잠깐이나마 두근거리는 감정을 느끼게 해 준 사람이니까요. 감사하면 모를까 원망 같은 건 하지 않아요."

"그런데 그의 직장을 찾아가 소란을 피우셨다고."

"소란을 피운 게 아니라 그냥 가서 면담을 요청했을 뿐이에요. 말이 아 다르고 어 다르니 조심해 주세요."

"도모하라 씨에게 항의하러 가신 게 아니라는 말씀입니까?"

"그냥 제 일방적인 마음 때문에⋯⋯. 한마디로 당시 저는 스토커나 마찬가지였고, 지금 다시 떠올리면 부끄러워서 얼굴이 화끈거릴 지경이에요."

수치가 깃든 표정을 보며 단번에 이해했다.

"도모하라 씨가 이 회사에 이익을 가져다줬군요."

"네. 도모하라 씨의 '아르카디아 매니지먼트'와 계약하며 리스크 관리부의 오랜 과제였던 사내 성희롱 문제가 해결의 실마리를 찾았거든요."

듣자 하니 도모에 또한 리스크 관리부에 배치된 초기부터 성희롱에 시달렸다고 했다.

"애초에 직장 내 성희롱이나 갑질 같은 게 문제시된 건 최근 20년 정도쯤부터예요. 즉, 그전에 입사한 사람들은 그런 연수나 교육을 받지 않아서 자신들이 하는 행동이 성희롱인지도 모르는 거죠. 그도 그럴 게 저 같은 여자의 엉덩이도 만졌다니까요. 마치 의무라도 되는 것처럼."

"의무 말입니까?"

"3년 전에는 조금 심각한 일이 있었고 거의 소송까지 갈 뻔한 걸 간신히 피해 여직원을 달래서 넘어갔는데……. 하필 그런 변태 아저씨들이 꼭 업무 실적은 좋아서 본부에서도 대충 넘어가려고 하는 게 가장 큰 문제예요."

"영웅호색이라는 걸까요."

"그렇게 거창한 것도 아니에요. 그냥 시대가 바뀐 줄 모르는 영감님들이 제 버릇을 못 고치고 있을 뿐이죠. 그런데 참 너무하게도 당시 피해자였던 여직원은 퇴사하고 가해자인

상사는 지금도 계속 자리를 지키고 있어요. 즉, 문제의 원인은 회사 안에 계속 남아 있는 셈인데, 어떻게 해야 하나 고민하던 찰나에 도모하라 씨와 친분을 쌓고 '아르카디아 매니지먼트'의 노하우를 활용할 수 있게 됐죠. 사내 성희롱, 갑질 대책 전문가가 회사에 찾아와 문제의 씨앗인 임원들을 싹 모아다 놓고 교육, 교육, 또 교육. 그 모습을 옆에서 지켜보는 게 얼마나 통쾌했는데요."

도모에가 기분 좋은 듯이 미소 지었다.

"다만 시간이 갈수록 제 쪽에서 업무적인 관계로 만족하지 못하게 됐죠. 그래서 도모하라 씨가 살해됐다는 뉴스를 처음 접했을 때 짝사랑하는 남자가 죽었다는 느낌보다는 파트너 또는 연인을 잃은 기분이었어요."

"도모하라 씨를 처음 알게 됐을 때 중간에서 그를 소개해 준 분이 있었죠? 난구모 스즈카라는 여성분이라던데."

"네. 스즈카 씨, 알아요. 가스미가세키에 있는 카페에 몇 번 다니다가 알게 됐죠. 말씀하신 대로 그분을 통해 도모하라 씨를 처음 소개받았고요. 그분께는 정말 감사할 따름이에요."

"혹시 감사한 그분의 연락처를 알고 계십니까? 사진 같은 게 있으면 더욱 좋겠습니다만."

그러자 도모에가 머뭇거리며 말했다.

"도모하라 씨와 가깝게 지내면서 반대로 그분과는 점점 소원해져서……. 그 뒤로 메일 주소를 삭제했고 사진 같은 건 그전에도 찍지 않아서 없답니다."

"평소 미련 같은 걸 두시지 않는 성격이군요."

"사실 회사에서는 '미스 단칼'이라는 별명으로 불려요. 도모하라 씨의 마음이 저를 향해 있지 않다고 판단한 순간에 그와 찍은 사진도 전부 삭제했을 정도니까요."

인간관계까지 단칼에 자르는 게 과연 좋은 걸까 싶지만 굳이 입 밖에 내지는 않았다.

세 번째 방문지는 미나미아오야마에 본사를 둔 '구키 전기'였다. 이곳 경리부에서 근무하는 사사모토 데루유키라는 남자의 이름이 명단의 세 번째에 있었다. 여자 이름들이 즐비한 곳에서 그의 이름은 유독 눈에 띄었다.

"그분의 회사를 찾아가 소란을 피운 건 나이에 맞지 않은 경솔한 행동이었다고 반성하고 있습니다. 하지만 후회는 없습니다."

사무실 한쪽 구석의 칸막이로 구분된 좁은 공간에서 사사모토는 이야기를 시작했다.

"저희는 휴대폰, 스마트폰의 기판을 생산해 해외에 많이 수출하고 있습니다. 하지만 점유율 경쟁에서 요새는 유럽과 미국, 중국에 크게 밀리는 것이 현실이죠."

느닷없이 회사의 경영 상태를 언급하는 것이 회사에서 경리 업무를 맡아서인가 싶었지만 이유는 다른 데 있었다.

"그런 관계로 부끄럽지만 작년 결산 시기쯤 일시적으로 회사에 자금 부족 위기가 찾아왔습니다. 주거래 은행이 추가 대출을 꺼린 탓에 윗선에서 은행들을 돌아다니며 동분서주했죠. 회사의 지갑을 관리하는 경리부 직원으로서 하루하루 가슴이 조여 오는 것 같았습니다. 그리고 입사 후 줄곧 경리부에 있었던 히비노는 더욱더 신경이 곤두선 것처럼 보였고요."

"히비노 미도리 씨. 사사모토 씨의 부하였던 분 말이군요."

"명목상으로는 그랬지만 부장직은 원래 순환 보직 같은 거라 실질적 의사 결정권자는 히비노였습니다. 책임감이 강해서 임원들이 자금 조달을 위해 뛰어다닐 때 자신도 뭔가 할 수 있는 일이 없을지 고민했고, 바로 그럴 때 도모하라를 만나게 된 겁니다."

사사모토의 표정이 우울해졌다.

"도모하라는 상당히 여자를 밝히는 남자였던 것 같습니

다. 히비노 역시 남편과 사별한 후 홀로 키워 온 아들이 그때쯤 독립하는 바람에 쉽게 마음을 열었던 것 같고요. 도모하라가 기업 매니지먼트 일을 한다는 점도 영향을 미쳐 히비노는 그와 둘이 침대에 누워 있을 때 저희 회사의 속사정을 털어놓고 말았습니다. 움직임이 얼마나 빨랐는지 바로 그다음 날 도모하라의 회사 운영 관리 부서에서 저희에게 연락이 오더군요. 윗선에서 얼마나 당황스러웠을지 상상해 보십쇼."

"아닌 밤중에 홍두깨였겠군요."

"다행인지 불행인지 그쪽이 은행을 중개해 준 덕에 결과적으로는 도움을 받았지만, 회사의 위기 상황을 외부에 유출한 건 역시 문제 아니겠습니까. 그 때문에 히비노는 회사에서 징계면직 처분을 받았습니다. 거기서 그쳤더라면 다행이겠지만 이후 도모하라마저 그녀와의 관계를 일방적으로 끊어버렸다고 했습니다."

사사모토의 목소리에서 긴장감이 느껴졌다.

"한계에 몰린 히비노는 결국 집에서 스스로 목숨을 끊었습니다. 장례식은 정말 쓸쓸했죠. 혼자 남겨진 아들과 그녀의 친동생이 서로 부둥켜안고 우는 모습을 지켜보고 있기 힘들더군요. 하지만 도모하라는 끝내 장례식장에 얼굴조차 내비치지 않았습니다. 뭐랄까, 속이 부글부글 끓는다는 게 어떤 느낌인지 알 것 같았어요. 히비노가 너무 딱하고 안타까워서 도저히 그 자식을 용서할 수가 없었습니다."

"그래서 '아르카디아 매니지먼트'를 직접 찾아가셨군요."

"하지만 도모하라는 그때 회사에 없는 척을 했고 경비원은 절 수상한 사람 취급해서 그쪽에는 작은 상처 하나 못 입히고 끝나 버렸습니다."

사사모토는 어깨를 축 늘어뜨리고 한숨을 쉬었다.

"그런데 돌아가신 히비노 씨는 어떤 경위로 도모하라 씨와 친분을 쌓게 된 겁니까?"

"카페인가 어디선가 알게 된 여자에게 소개받았다고 들었습니다. 어디 사는 뭐 하는 사람인지는 못 들었고요."

"히비노 씨의 유품, 예를 들어 휴대 전화 같은 건 누가 가지고 있습니까?"

"아마 아들이나 여동생일 텐데 잘 모르겠습니다. 도움이 못 돼 드려 죄송합니다."

그 후 미코시바는 목록에 적혀 있는 세 사람을 더 찾아가 이야기를 전해 들었지만 전부 준코, 도모에, 히비노의 사례와 비슷해 별다른 성과는 없었다.

여섯 명의 공통점은 난구모 스즈카의 소개로 도모하라를

처음 알게 됐고 그 후 돌발적 혹은 자연적으로 스즈카와 관계가 소멸돼 그녀의 자세한 프로필에 대해서는 아무도 모른다는 것이었다. 헛스윙은 아니지만 방망이에 공이 살짝 스치기만 한 것 같은 결과라 미코시바는 아쉬움을 금치 못했다.

이후에도 조사는 이어졌다. 미코시바는 중앙 구청을 다시 찾아가 요코의 주민표를 신청했다. 발급받은 주민표에 기재된 이전 주소지를 찾아가 또다시 주민표 신청. 발급된 주민표 속 주소가 이사 후 주소지라면 다시 이전 주소지 쪽에 신청. 이런 반복 작업은 대기 시간을 포함해 시간 낭비라 생각할 수 있지만, 행정 서비스에 신속함을 요구하는 건 개에게 구구단을 외우게 하는 거나 마찬가지라 깨끗이 포기했다.

접수 시간이 끝나는 오후 5시 직전, 마지막 주민표가 발급됐다.

미코시바는 그 안에 적힌 주소지를 뚫어지게 쳐다봤다.

후쿠오카시 미나미구 오하시아이오이초 4번지 9-7.

잊었을 리 없다.

전에 자신의 손으로 살해한 소녀가 살던 동네다.

2

먼저 퇴근했는지 사무실에 호라이의 모습은 보이지 않았다. 홀로 생각에 잠기고 싶었던 미코시바에게는 잘 된 일이었다.

구사카베 요코는 첫 주소지에서 현재의 오시아게에 이르기까지 이사를 총 일곱 번이나 했다. 진학과 취업 때는 말할 것도 없고 이유 모를 이사도 많았다. 아마 주거 환경이 마음에 들지 않았거나 비싼 임대료 때문이었을 것이다.

그러나 가장 놀라운 것은 역시 요코가 초등학교에 들어가기 전에 그 아이와 같은 동네에서 살았다는 사실이다.

미코시바가 죽인 사하라 미도리는 당시 다섯 살이었다. 요코의 나이를 역산하면 그녀와 한 살 차이가 난다. 같은 동네에 사는 한 살 차이 또래라면 아는 사이였을 가능성이 크다. 아니, 아는 사이가 아니더라도 그 동네에 사는 사람이라면 '시체 배달부'라 불린 사람이 당시 열네 살이던 소노베 신이치로라는 걸 누구나 알고 있었다.

미코시바가 예전 '시체 배달부'였다는 것은 법조계에서도 화두가 되었다. 지금은 경찰 조직의 말단들까지 미코시바를 적대시하는 형국이다. 변호사는 원래 경찰의 천적이라 불리며 혐오의 대상이기는 하지만, 미코시바를 혐오하는 방식은 그것과는 전혀 다른 종류였다.

미코시바의 신상 정보는 요코도 알고 있었다. 자신의 고용주가 예전 살인범인 것을 알면서 계속 고용 관계를 유지하려는 요코가 종종 이상해 보였지만, 미도리와 같은 동네에 살고 있었다면 또 다른 의문이 생긴다. 요코에게 '시체 배달부'는 평범한 살인자가 아니다. 어린 시절에 길거리에서 마주쳤을지 모르는 이웃집의 살인범인 것이다.

생각할수록 요코의 속내가 불분명했다. 요코는 대체 어떤 목적으로 내 옆에 머물려는 걸까.

자신이 무호적자라는 사실조차 알리지 않은 사람이 그런 속내를 쉽게 털어놓을 것 같지는 않다. 당사자를 추궁해 봐야 묵묵부답으로 일관할 게 뻔하다. 그렇다면 스스로 알아보는 수밖에 없다. 또 도모하라를 죽인 범인이 어떤 경위로 요코와 접촉했는지도 확인해야 할 것이다.

어디서부터 손을 대야 할까. 당장 시작한다면 요코가 미코시바 법률 사무소에 오기 전 근무했던 직장부터 찾는 게 좋다.

미코시바는 책상 위에 있는 파일에서 요코의 이력서를 꺼냈다. 예전 직장 이름은 'OA 오카무라'. 도쿄도 아라카와구

미나미센주를 주소지로 하는 사무기기 제조 업체였다.

　다음 날 미코시바는 'OA 오카무라' 사무실을 찾았다. 본사 1층은 회사에서 생산한 제품의 쇼룸으로 꾸며져 있었다. 복합기, 전자 보드 등 다양한 제품들이 가지런하게 전시돼 있지만 다소 어수선한 느낌을 지울 수 없었다.

　접수를 마치고 3층으로 안내받았다. 미코시바를 반갑게 맞아 준 사람은 나이가 50대쯤 돼 보이는 키 큰 남자였는데 미코시바를 보자마자 대뜸 악수를 청했다.

　"미코시바 선생님이신가요? 전 요코의 상사였던 영업 기획부의 도비타라고 합니다. 잘 부탁드립니다."

　처음 만날 때부터 너무 친근하게 구는 사람은 다른 꿍꿍이가 있는 게 아닐지부터 의심해야 한다.

　"전에 어디선가 뵌 적이 있었나요?"

　"아뇨. 뵌 적은 없지만 선생님의 성함은 진작 알고 있었습니다."

　이 남자도 미코시바의 과거를 알면서 위선의 미소를 짓는 걸까. 어쨌든 이 회사에 다닐 당시의 요코 이야기를 듣는 게 우선이라 미코시바는 자기 문제는 일단 넘어가기로 했다.

　다른 방에 들어가 도비타와 마주 앉았다. 앉은 자세에서도 도비타가 머리 한 뼘은 더 커서 자연스럽게 고개를 드는 자세가 됐다.

"조금 전 통화에서 요코의 변호를 맡으신다고."

"네. 저희 사무소 직원이기도 하니까요. 구치소에서 꺼내지 않으면 업무가 돌아가지 않습니다."

"한 사람이 빠지면 다른 직원들의 부담도 늘겠죠."

"직원은 한 명뿐입니다."

도비타는 "네?" 하고 되물었다. 연기하는 투가 아니라 정말로 놀란 것 같았다.

"직원 한 명으로 일이 다 돌아가요?"

"다른 사람이면 안 돌아갔을 수도 있겠죠. 정확히 비교해 본 적은 없지만 다른 변호사 사무소 직원보다 두 배는 일하는 것 같습니다."

"두 배……. 뭐, 요코라면 그럴 만도 하죠."

그 말에서 요코에게 좋은 인상을 품고 있다는 게 느껴졌다.

"이 회사에 다닐 때도 남들보다 열심히 일했습니까?"

"그건 뭐……. 아, 그런데 선생님. 저희 회사는 규정을 어겨서까지 일을 시키지는 않습니다."

"지금은 그런 쪽에 전혀 관여하지 않으니 안심하시죠."

"물론 야근을 조금 부탁한 적은 있습니다. 다들 아시다시

피 OA 기기 업계도 인력난이 심한 탓에 1인당 업무량이 많아질 수밖에 없거든요. 요코는 입사 초기에만 해도 평범하다고 할까, 별로 눈에 띄는 타입이 아니었지만 어쨌든 성실하고 꾸준하게 일을 했습니다. 그러다 업무 속도가 점점 빨라져서 나중에는 두 사람 몫의 업무를 처리할 수 있게 됐고요."

"저희 사무소에서도 비슷한 것 같습니다. 일단 요령을 터득한 후에는 작업 효율이 급격히 높아지는 타입 같더군요."

"하하, 선생님 사무소에서도 그랬나요. 역시 실력 있는 인재는 어디서 무슨 일을 하든 비슷한 결과를 만들어 내나 봅니다."

도비타는 반은 그립고 반은 아쉬운 듯 말했다. 그가 말하기를 요코는 퇴사할 때도 원만하게 퇴사한 듯했다.

그러다가 도비타는 문득 떠오른 것처럼 불안한 얼굴로 미코시바를 봤다.

"선생님은 변호하는 입장이시라 말씀하기 어렵겠지만, 요코가 정말로 사람을 죽인 겁니까?"

"당사자는 전면 부인하고 있습니다."

"선생님은 어떻게 생각하시나요? 지금껏 다양한 의뢰인들을 만나며 사람 보는 안목도 생기셨을 텐데."

사실 변호사의 심증 같은 건 중요하지 않다. 하얗든 검든 변호사는 의뢰인이 원하는 색깔이 나오도록 노력하는 직업이다.

그러나 도비타 같은 사람은 납득할 만한 설명을 하지 않으면 협조하지도 않는다.

"그쪽에서 결백을 주장한다면 전 그 말을 믿을 뿐입니다."

"네, 그렇겠죠."

"반대로 묻겠습니다만, 요코 양이 사람을 죽였다는 이야기를 처음 들었을 때 도비타 씨는 무슨 생각이 드셨습니까?"

질문을 받자 도비타는 잠시 침묵에 잠겼다. 말을 해도 좋을지 망설이는 모습이 역력했다.

"도비타 씨. 설령 제 의뢰인에게 불리한 증언을 하시더라도 변호 방침이 바뀌는 일은 없을 겁니다."

시간이 조금 더 흐르고서야 도비타가 천천히 입을 열었다.

"솔직히 뉴스에서 처음 사건 소식을 접했을 때 두 가지 측면에서 놀랐습니다. 하나는 요코가 살인 사건의 용의자로 체포되었다는 점. 인터뷰 같은 데서 종종 나오죠? 용의자의 친구나 지인 같은 사람이 나와서 용의자가 도무지 그런 짓을 할 사람으로는 보이지 않았다고 하는 거요. 물론 가족 외에는 온종일 붙어 지낸 것도 아닐 테니 당사자가 정말 어떤 사람인지 제대로 아는 사람은 드물 겁니다. 저만 해도 집에서 보이는 얼굴과 회사에서 보이는 얼굴이 다르니까요."

미코시바는 속으로 '과연 그럴까' 하고 반문했다. 한 지붕 아래에 사는 가족이더라도 다른 사람의 진정한 본성을 알아채는 경우는 드물다. 미코시바의 집안이 바로 그랬다. 부모와 여동생 모두 미코시바의 내면에 잠든 괴물을 전혀 보지 못했다. 또 미코시바 역시 그들이 무슨 낙으로 세상을 살아가는지 이해하지 못했다.

"그래도 역시 다른 사람도 아닌 요코가 사람을 죽였다는 건 도저히 납득 가지 않더군요. 이런 말을 하면 비웃으실지도 모르지만, 이 세상에는 선을 넘는 사람과 그 직전에 멈추는 사람이 있다고 생각합니다."

"요코 양은 후자라고 생각하시는군요."

"타인의 평판에 별로 좌우되는 사람이 아니었습니다. 무심하다는 게 아니라 한 인간으로서 사려 깊다는 느낌이었죠."

"사려 깊은 사람이면 사람을 죽이지 않는다는 뜻일까요?"

"음, 그게 아니라."

도비타의 눈동자가 할 말을 찾는 것처럼 허공을 떠돌았다.

"사람을 죽인다는 건 가장 큰 금기잖습니까. 아무리 살해당하는 쪽에 합당한 이유가 있었더라도 사려 깊은 사람이라면 그 가장 큰 금기 앞에서 한 번은 멈춰 설 거라고 봅니다. 물론 제 사람 보는 눈을 저 역시 백 퍼센트 믿는 건 아니지만, 요코는 그런 사람 같았습니다."

미코시바는 그 말에도 이의를 제기했다. 사려 깊음의 정도와 살의는 무관하다. 화가 나서 사람을 죽였다는 피고인들이 적지 않지만 그것도 자제력의 문제이고, 사려 깊은 자라면 오히려 자기 손을 더럽히지 않고 목적을 달성할 방법을 궁리한다. 도비타가 늘어놓는 것은 싸구려 이상론에 불과했다.

"하나 더 놀라웠던 게 뭘까요?"

"그건 요코가 살해된 그 남자와 사귀고 있었다는 점이죠. 저희 회사에서 근무할 때는 한 번도 그런 소문이 없어서 조금 의외였습니다."

"귀사의 채용 시험은 필기시험과 면접입니까?"

"신입사원은 그렇죠. 요코도 단기대학 졸업생이라 필기시험과 면접으로 채용이 결정됐습니다."

"제출 서류로 뭐가 있습니까?"

"음, 전 인사팀이 아니라 자세한 건 모르지만 신입의 경우 주민표과 이력서, 그리고 졸업 예정 증명서 이렇게 세 가지였던 것으로 기억합니다."

"꼭 지금이 아니어도 좋으니 그때 제출된 이력서를 나중에라도 잠시 빌릴 수 있을까요?"

"인사팀에 문의해 보시죠. 하지만 이력서는 본인이 반납을 원하지 않을 경우 일정 기간 보관 후 파기하는 게 원칙이라."

도비타의 설명은 틀리지 않았다. 이력서는 제출받는 동시에 회사로 소유권이 이전된다. 법적인 해석으로는 회사가 소유한 것이니 반환 의무가 없지만, 후생 노동성에서는 채용 목적을 달성한 시점에 개인 정보 서류를 파기 또는 삭제하도록 규정하고 있다.

그러나 일부 기업은 이력서 내용을 데이터화해서 저장하는 곳도 있다. 불합격자가 재응시할 경우에 대비하기 위해서다. 이 경우 원본은 파기하니 규정에 저촉되지 않는다는 것이 업체 쪽 주장이며 미코시바도 그 주장을 따르고 있다.

어쨌든 'OA 오카무라'에 입사할 당시 요코의 이력서를 확인해 볼 필요가 있다. 미코시바 법률 사무소에 있는 이력서와 다른 내용이 있으면 돌파구가 될 가능성이 있었다.

"마지막으로 요코 양의 퇴직 사유를 알려 주시겠습니까?"

"음, 사실 그게 바로 또 다른 의문입니다."

도비타가 고개를 갸웃거렸다.

"요코가 처음 회사를 그만두고 싶다고 한 게 아마 입사 3년

차 무렵이었을까요. 두 사람 몫까지 일하며 영업 기획부의 에이스로 인정받던 시기였기 때문에 저희로서는 정말 날벼락이었습니다. 요코를 떠나보내는 건 직원을 두 명 잃는 거나 마찬가지라 열심히 설득했지만 본인의 의지가 워낙 확고해 결국 실패했죠. 그때 일은 지금도 후회하고 있습니다. 요코가 빠져나간 후 빈자리가 워낙 컸거든요. 때마침 경기가 회복세에 접어들며 영업 기획부에 신입사원을 두 명 더 들였는데, 전부 제 앞가림도 잘 못하는 녀석들이라 고생이 많았죠. 이럴 때 요코가 있었으면 좋았을 텐데 하는 생각을 몇 번이나 했습니다."

"그런 우수한 인재를 놓아 줄 정도였다면 회사 쪽에서도 납득할 수밖에 없는 사유였겠습니다."

"너무 갑작스러웠습니다. 정말로 갑작스럽게 요코는 변호사 사무소에서 일하고 싶다고 했어요."

"그전에 변호사 사무소 일에 관심을 가진 적이 있었습니까?"

"전혀요. 그래서 저희도 더 당황한 거고요. 본인에게도 물어봤습니다. 갑자기 변호사 사무소 일에 관심을 가지게 된 계기가 뭐냐고. 그때 요코는 이렇게 답했습니다. '변호사 사무소가 아닌 어떤 변호사에게 관심이 있다'라고."

순간 좋지 않은 예감이 머리를 스쳤다.

"구체적으로 그게 누구냐 물었더니 미코시바 선생님의 이름을 언급했습니다. 제가 선생님의 성함을 진작 알고 있었다는 건 바로 그런 의미입니다."

미코시바는 말없이 고개를 끄덕였다.

"지금 생각해 보면 요코가 당시 선생님에게 품은 건 단순한 관심이 아닌 존경심 아니었을까요. 분명 텔레비전 등지에서 선생님의 활약상을 보고 들으며 감명받았을 겁니다."

"감명 말인가요."

"그렇게 자신에게 커다란 영향을 미친 선생님께서 직접 변호를 맡아 주신다니. 요코 입장에서도 이제는 더 바랄 나위가 없지 않을까요."

결과와 상관없이 변호를 맡은 것만으로 모든 게 끝인 것처럼 말하는 게 마음에 걸렸다. 이 남자는 지금 미코시바의 능력을 과소평가하고 있다. 더 바랄 나위가 없으려면 반드시 무죄 판결을 받아 내야 한다.

"미코시바 선생님. 저도 부탁드립니다. 요코를 꼭 구해 주세요. 그 아이가 감옥에서 썩는 건 뭔가 크게 잘못된 겁니다."

알겠습니다.

미코시바는 그렇게 대답했지만 속으로는 다른 말을 중얼거리고 있었다.

이 세상에는 원래 잘못된 일이 만연해 있다. 그렇기 때문에 자신과 같은 이분자가 여러 가지 면에서 중용되고 있는 것이다.

도비타는 일단 이력서를 가져오겠다며 방에서 나갔다. 그리고 다시 돌아왔을 때는 면목 없어 하는 얼굴로 고개를 숙였다.

"인사팀에 확인하니 이력서는 당사자에게 반납한 것 같습니다."

"데이터도 남아 있지 않습니까?"

"저희는 데이터를 저장하지 않는다고 합니다. 도움이 못 돼 드려서 죄송합니다."

'OA 오카무라'의 문을 나선 뒤에도 미코시바의 머릿속에서는 도비타의 증언이 소용돌이쳤다.

근무한 지 3년째 되던 해, 요코는 불현듯 미코시바 법률 사무소로 이직을 결심했다. 도비타의 설명에서도 나왔지만 뉴스 보도 등에서 미코시바의 얼굴을 보고 그가 과거 '시체 배달부' 소노베 신이치로라는 것을 알아챘을까.

사무기기 업체 안에서 회사와 상사들에게 인정받는 인재였다. 직장인으로서 편안한 환경과 안정된 미래가 보장돼 있었다. 그런데도 요코는 아무렇지 않게 그런 직장을 내던지고 보기만 해도 우울한 법률 용어가 난무하는 미지의 세계로 뛰어들었다. 전부 미코시바에게 한 걸음 다가가기 위해.

대체 무엇을 위해.

모든 것은 결국 이 하나의 의문으로 귀결된다. 도모하라를 죽인 것과의 관련성은 알 수 없지만 이 의문이 해결되지 않는 한 요코를 옆에 두는 건 늘 칼끝을 목에 겨누고 있는 것이나 마찬가지다.

사무실에서는 호라이가 여전히 봉투 개봉 작업을 하고 있었다.

"좋은 아침입니다."

호라이는 일에 열중하고 있다는 듯 한 손을 들어 화답했다. 책상을 보니 봉투가 뜯긴 징계 청구서가 켜켜이 쌓여 있다. 과연 다니자키가 추천한 인재답게 사무 처리 능력만큼은 뛰어난 듯했다.

"많이 진척된 것 같네요."

"아직 겨우 3분의 1 정도야. 여기서 일하던 직원이 얼마나 유능한 인재였는지 새삼 느껴지더군. 무혐의로 풀려나면 우리 사무소로 스카우트하고 싶을 정도야."

비꼬는 말일까 아니면 농담일까. 어느 쪽이든 어제까지라면 대수롭지 않게 넘겼겠지만 도비타의 증언을 듣고 나니 한번 더 생각해 보게 됐다.

"진심이라면 본인을 만나서 직접 물어보면 될 것 같습니다."

예상치 못한 대답에 호라이는 미코시바의 진의를 궁금해하듯 고개를 갸웃거렸다.

"괜찮겠나? 자네 입장에서는 두 번 다시 구하기 힘든 파트너 아닌가?"

"딱히 노예 계약을 맺은 것도 아니죠. 본인이 싫다면 이직할 것이고 부득이한 사정이 있으면 남겠죠. 어느 쪽이든 제가 관여할 일이 아닙니다."

"그건 그렇고, 미코시바 선생. 자네는 이 징계 청구자 중에 '이 나라의 정의'가 섞여 있을 가능성을 부정하지 않았지?"

"네."

"블로그 주인의 정체를 밝히기 위해 발신자 정보 공개 청구를 해 볼까 해."

발신자 정보 공개 청구는 인터넷에서 명예 훼손을 당한 사람이 손해 배상 청구나 형사 고소를 목적으로 밟는 발신자 특정 절차다.

미코시바도 당연히 떠올린 방법이지만 청구 이후 법원의 허가를 받기까지 상당한 시간이 걸려 굳이 실행에 옮기지 않았다. 그러나 호라이가 보상을 목적으로 그 일에 착수해 준다면 이야기가 달라진다.

"어차피 그쪽은 호라이 선생님께 일임했습니다. 마음대로 하셔도 됩니다."

"관심 없어 보이는군."

"더 흥미로운 일들이 있어서요. 물론 블로그 운영자의 신원이 밝혀지는 건 환영할 일입니다. 익명성이 벗겨지고 실생활에서의 얼굴과 이름이 공개됐을 때 그 또는 그녀가 얼마나 볼썽사납게 굴지 지켜봐야겠죠."

"동감이야."

"하지만 전 바보가 바보라는 걸 증명하는 것보다 징계 청구인들의 주머니를 터는 게 더 중요해서."

"철저한 실용주의자로군."

과납금 반환 청구 전문 변호사의 입에서 들을 말은 아니지만 굳이 따지지는 않았다.

"잠시 출장 좀 다녀올 테니 사무소를 잘 부탁합니다."

"출장? 어디 말인가?"

"후쿠오카입니다. 빠르면 당일로 되겠지만 경우에 따라서는 1박을 해야 할 수도 있습니다."

"후쿠오카에 뭐가 있지?"

그건 미코시바도 알지 못했지만 이 역시 입 밖에는 꺼내지 않았다.

3

그날 미코시바는 요코의 가장 오래된 옛 주소지를 찾아갔다.

후쿠오카시 미나미구 오하시아이오이초 4번지. 미코시바의 본가가 있던 레이조지 사찰 구역과 인접한 곳이다.

옛 느낌 가득한 마을 풍경이 펼쳐졌다. 대형 전자 제품 제조사 공장이 유치된 후 상업 지구로 개발이 진행되며 일반 주택의 수가 줄었다. 그런데도 쇼와 시절*에 지어진 목조 가옥들은 그대로 남아 있어 마을 전체가 칙칙해 보인다. 미코시바가 이곳에 살던 시절에는 어린아이도 많았지만 30년이 흐른 현재는 마을을 떠난 이들이 적지 않을 것이다. 지금까지 남아 있는 이들은 주로 5, 60대 주민인데 그들의 자녀들

* 1926년부터 1989년까지의 일본 연호.

은 대부분 시골 마을을 떠나 이제 이 마을은 고령화 마을의 표본이 되었다.

오래된 마을 풍경은 미코시바의 기억을 자연스레 30년 전으로 되돌려 놓았다. 건물 하나하나에서 기시감이 느껴져 발걸음을 무겁게 한다. 예전에 친어머니가 일으킨 사건과 관련해 고향에 돌아왔을 때보다 저항감이 더 심했다.

설마 이곳을 이렇게 여러 번 찾을 줄이야.

이곳에서 미코시바는 어린 사하라 미도리를 납치해 살해했다.

미도리의 집이 어디였는지는 지금도 생생히 기억한다. 몇 번을 잊으려 해도 악몽처럼 되살아났다. 아마 죽을 때까지 그 풍경은 머릿속에서 사라지지 않을 것이다.

고향에 갔을 때는 그래도 마음이 편했다. 원래부터 불편하기만 한 집이자 가족이었으니 죄책감 같은 건 티끌만큼도 없었다.

그러나 사하라 미도리의 집은 달랐다. 의료 소년원에서 죄의식이라는 것을 배운 뒤 그곳에 처음 발을 들여놓았을 때는 무언가에게 통째로 잡아먹히는 듯한 공포를 느꼈다. 하필 요코가 살던 곳도 사하라 미도리의 집 근처라 그쪽으로 향하다 보면 필연적으로 그 집 앞도 지나치게 된다. 또 이번 조사는 사하라 미도리의 주변을 조사할 예정이니 애초에 피할 수도 없었다.

물론 해당 위치에 현재는 미도리의 가족이 살지 않는다는 건 알고 있다. 미도리가 죽은 후 가족은 고베로 이사했고 그 뒤로도 이곳저곳을 전전했다. 생가는 철거되고 그 자리에는 통신사 영업소가 세워졌다. 이제는 사하라 일가가 그곳에 살았다는 흔적은 아무것도 없다. 하지만 문제는 깊숙이 새겨진 죄책감이 현실 인식을 아득히 넘어서고 있다는 점이다. 잠재의식에 공포가 각인된 것 같았다.

제기랄.

네 안에서 소노베 신이치로는 여전히 존재감을 과시하고 있나. 미코시바 레이지로 살기로 결심했을 때 가슴 깊숙한 곳에 봉인하지 않았나.

그러나 다행히 의지할 만한 인물이 한 명 있었다. 상점가 외곽에 사는 당시 마을 회장이던 다카미네 노인이다. 그는 겉보기보다 훨씬 나이가 들었고 현재보다 과거를 더 잘 기억하고 있다. 예전 사건 조사 때도 미코시바는 그에게 신세를 졌다. 그의 기억력이 없었다면 법정에서 유리하게 싸울 수 있었을지 의문이다.

그라면 구사카베 요코 일가의 사정도 기억하고 있을 것이다. 미코시바는 보기 드물게 안이한 기대를 가슴에 품었다.

그러나 그 기대는 다카미네 노인의 집 앞에 도착하자마자 아득해졌다. 낯익은 낡은 목조 주택. 그러나 유리창에 먼지가 쌓여 있고 지붕 윗부분도 일부 기울어졌다.

인터폰을 몇 번을 눌러도 응답이 없었다. 그렇게 한참을 기다리고 있자 옆집 주민이 집 밖에 나왔다.

"다카미네 영감님을 찾으시는 거면 이미 돌아가셨습니다."

"언제죠?"

"작년 연말쯤이었을까요. 집 안에서 돌아가신 걸 택배 기사가 발견했죠. 심장에 무슨 지병이 있었다던데."

"……그렇습니까. 안타깝군요."

"네. 하지만 영감님도 그때 연세가 이미 아흔이었으니까요. 그 정도면 거의 천수를 누리고 가신 게 아닐까요."

집 안에 다시 들어가는 그에게 인사하고 미코시바는 잠시 넋이 나간 채 있었다. 대체 무슨 근거로 다카미네 노인이 아직 살아 있다고 믿은 걸까. 지난번에 만났을 때도 그는 이미 여든여섯이었다. 그 정도면 언제 저세상으로 떠나도 이상하지 않다.

길 한가운데에 우두커니 서 있던 미코시바는 다시 요코의 집을 향해 발걸음을 뗐다.

대로변에서 안으로 들어가 빨간 지붕 이발소 모퉁이에서 오른쪽으로 꺾는다. 그대로 직진하니 통신사 매장 간판이 눈에 들어왔다.

매장 안에 직원들이 있었다. 시야에 들어온 건 두 명뿐이지만 둘 다 한가한 모습이다. 사하라 미도리 가족의 집이 있던 시절의 모습은 흔적도 찾아볼 수 없었다.

미코시바는 안도하고 가슴을 쓸어내렸지만 가슴속에는 조소를 보내는 소노베 신이치로가 있었다.

집이 없어졌다고 해서 네놈의 죄가 사라질 줄 아나?

잘 들어라.

네가 저지른 죄는 네 숨통이 끊어질 때까지 사라지지 않는다. 종잇장처럼 얇은 속죄 의식 뒤에서 언제든 얼굴을 내밀고자 지금도 호시탐탐 기회를 노리고 있다.

미코시바는 잡념을 떨치려고 고개를 흔들었다.

넌 잠시 조용히 있어라. 나중에 얼마든 상대해 줄 테니.

지금은 요코 조사에 전념하게 해라.

이 동네에서 일어난 오래전 일이라면 다카미네 노인에게 물어보는 것이 지름길이지만 이제는 그도 사라지고 없다. 그가 세상을 뜬 이상 직접 발로 뛰어 정보를 찾아야 한다.

요코의 주소지인 4번지 9-7은 가옥 여덟 채 정도를 더 지나간 곳에 있었다. 계속 걷다 보니 해당 주소지 9-7에 집이 있지만 문패에는 '나고시'라는 이름이 적혀 있었다.

인터폰을 눌렀다.

—누구시죠?

"죄송합니다만, 혹시 구사카베 요코 씨의 가족분 아니십니까?"

—아뇨. 다른 집과 착각하신 거 아닌가요?

아무래도 요코의 가족이 이 집에 남아 있는 건 아닌 듯했다. 미코시바는 사과하고 눈앞의 집과 옆집을 번갈아 봤다.

오래된 동네이니 구사카베 일가를 아는 사람이 한 명은 있을 것이다. 지금은 그렇게 믿어야 한다. 미코시바는 나고시의 집을 중심으로 맞은편에 있는 세 집을 한 곳 한 곳 들러 보기로 했다.

그러나 30여 년 전 일을 아는 주민은 거의 없었다.

—전 여기가 시댁이라.

—구사카베 씨요? 아뇨, 모르겠는데요.

—지금은 엄마 아빠가 안 계셔요.

그러다 마침내 뭔가 알고 있을 법한 사람을 여덟 번째 집에서야 찾았다.

―아아, 요코 말인가요. 정말 오랜만에 듣는 이름이네요. 동네에 아직 아이들이 많이 뛰놀던 시절인데.

"네, 그 요코 씨의 과거 이야기를 듣고 싶습니다."

방문 목적을 전하자 나이가 여든이 넘은 듯한 노파가 나와 미코시바를 집 안에 들였다. 인자해 보이는 노파는 구라시나 스미라고 이름을 밝히고 구사카베 모녀를 기억한다고 했다. 물론 '시체 배달부' 사건도 기억하겠지만 사건이 일어난 곳과 거리가 떨어진 만큼 미코시바와 소노베 신이치로를 곧장 연결 짓지는 못하는 듯했다.

"요코가 뭔가 사건에라도 휘말렸나요?"

평소 뉴스를 잘 안 보는지 스미는 놀라는 모습을 보였다.

"그래서 선생님께서 변호를."

"네."

"그럼 재판장님께 전해 주세요. 요코는 힘든 일을 겪은 아이라 다른 사람의 아픔을 누구보다 잘 알았을 거라고요."

말투를 들으니 왠지 요코가 숨기고 싶어 하는 것에 대해 스미가 아는 것 같았다. 기대가 부풀었다.

"힘든 일이라는 게 구체적으로 뭡니까?"

"편모 가정에서 자란 아이죠. 지금은 나고시 씨가 들어와 살지만 오래전부터 그곳은 셋집이었어요. 그때는 하루나 씨와 요코 둘이서만 살았고요."

"아버지는? 이곳에 이사 오기 전에 사망했다고 들었습니다만."

"그게 말이죠. 좀 복잡해요."

스미는 손사래를 쳤다.

"사실 하루나 씨에게는 이혼 경험이 있었죠. 그리고 그 전남편이 아주 난봉꾼 같은 사람이라 걸핏하면 하루나 씨한테 손찌검을 했어요."

"그래서 모녀 둘이서만 도망쳐 온 거군요."

"그것도 약간 달라요. 하루나 씨의 두 번째 남편 성이 구사카베인 건 맞지만 하루나 씨의 성은 스구로였죠. 그러니까 하루나 씨는 이혼하지 않고 구사카베 씨와 함께 살았던 거예요. 요코는 바로 그 구사카베 씨의 딸이고요."

뒤이은 스미의 설명에 따르면 개요는 이랬다.

스구로라는 전남편의 폭력을 견디지 못한 하루나는 집을 뛰쳐나왔고 그 후 구사카베를 만나 동거를 시작했다. 그러던 중 요코가 태어났지만 전남편 스구로가 이혼에 동의하지 않아 예의 '300일 문제'에 휘말렸다. 하루나로서는 구사카베와 낳은 아이에게 스구로 성을 붙이고 싶지는 않았으니 출생신고를 할 수 없었다. 스구로를 직접 만나 합의해 볼까도 생각했지만 애초에 그의 폭력이 두려워 도망친 만큼 결심이 서지 않았다. 그래서 구사카베가 대신 협상에 나섰는데 그는 스구로에게 흠씬 두들겨 맞고 간신히 도망처 왔다고 했다.

"구사카베 씨는 샌님 같은 사람이라 싸움을 잘 못 했대요. 다혈질에 불같은 전남편에게 시달렸으니 하루나 씨도 그런 사람을 만났겠죠."

그렇게 구사카베와 모녀 세 사람의 생활이 시작됐지만 요코는 계속 무호적 상태였다. 동네에는 또래 아이들이 있었고 그대로 가다가는 그 아이들이 유치원, 초등학교, 중학교에 진학해도 요코는 의무 교육조차 받을 수 없었다.

고민 끝에 구사카베와 하루나는 구청을 직접 찾아가 하소연하며 매달려 간신히 요코의 주민표를 받았다. 이로써 요코는 정식으로 구사카베 성을 얻었고 각종 주민 서비스를 누릴 수 있는 신분이 되었다.

"그런데 하루나 씨는 정말 끝까지 남자 운이 없는지 얼마 안 돼 이번에는 교통사고로 구사카베 씨를 잃고 말았어요."

이혼 절차를 밟지 않은 탓에 하루나는 구사카베의 내연녀가 될 수밖에 없었다. 그러나 요코는 구사카베 성을 쓰는 모순이 생겼다.

"결국 구사카베 씨의 집안과도 사이가 나빠져 쫓기듯 이 아이오이초에 흘러들어온 거죠. 요코가 세 살 정도 됐을 때였어요."

"무호적이어도 주민 서비스를 받을 수 있다면 사회생활에 지장은 없었을 텐데요."

"겉보기로는 그렇죠. 하지만 엄마와 딸의 성이 다르면 사정을 잘 아는 이웃이면 모를까 다른 지역 아이들은 그런 걸 빌미로 괴롭히기 마련이에요."

스미는 길가에 놓인 개똥을 보는 듯한 눈빛으로 말했다.

"아이들은 어떨 때 참 잔인하잖아요. 초등학교에 들어가기도 전부터 요코를 괴롭혔죠. 그리고 그런 요코를 이웃 아이들이 감싸 주었어요. 당시 동갑내기였던 사하라 씨 집안의 미도리와 미호로 씨 집안의 다카. 요코를 포함해 이 셋은 정말 사이가 좋아서 옆에서 보면 친자매 같았답니다."

미코시바는 평정심을 가장했지만 속으로는 적잖이 동요하고 있었다.

요코는 역시 사하라 미도리를 알고 있었다. 심지어 친자매처럼 지냈다.

"하지만 불행은 원래 이어진다고 하죠. 이번에는 미도리가 살해되고 말았어요. 다섯 살 때였을까요. 그것도 평범하게 죽은 게 아니라 범인이 시체를 조각냈다고 해요. 일본 전

국을 떠들썩하게 만든 사건이었으니 변호사 선생님도 기억
하시죠?"

"네, 뭐."

"사하라 씨 부부는 세상이 무너진 것처럼 슬퍼했지만, 범
인은 이곳에서 조금 떨어진 레이조지 쪽에 살던 중학생이라
정식 재판을 받지 않았어요. 무슨 병원 같은 시설에 맡겨졌
다는 소리를 들었는데, 한마디로 법의 보호를 받은 거죠. 여
자아이 한 명을 죽이고 처벌받기는커녕 전과자도 되지 않았
고 그것도 모자라 정성껏 나라의 간호까지 받은 거예요."

"소년법이라는 게 있으니."

"그렇게 범인이었던 그 중학생은 병원 안에서 보호받았지
만, 사하라 씨 가족은 달랐어요. 이 세상에는 악마들이 참 많
은데 그런 악마들이 딸을 잃은 사하라 씨 부부를 나쁘게 말
하기 시작했죠. 피해자인 척하지 말라며 집 문에 종이를 붙
이고, 장난 전화를 하는 등 갖은 악행을 저질렀다고 해요. 한
동안은 사하라 씨네도 참았지만 결국 견디지 못하고 이사를
가 버렸어요."

그 뒤로 이어질 이야기는 미코시바도 직접 발로 뛰어 조사
해서 잘 알고 있었다. 미도리의 가족은 결국 고베로 이주했
고 미도리의 언니는 부모님과 떨어져 살게 됐다.

"이사 가기 전 우리 집에 사하라 씨 부부가 인사하러 왔어요. 딸을 잃은 피해자인 자기들이 왜 쫓겨나야 하느냐며 정말 억울해하더라고요."

"돌을 던진 사람들은 사하라 씨가 피해자든 가해자든 상관없었을 겁니다."

"대체 왜들 그럴까요?"

"자기들 속에 쌓인 울분을 풀면 그걸로 만족하기 때문이죠. 선의나 정의 같은 걸 외치는 인간들은 대부분 그런 식입니다."

"그럴지도 모르겠네요. 하루나 씨가 말하기로 스구로라는 그 전남편도 밖에서는 정말 예의 바른 사람이고 다른 사람들에게 신사적이었다고 하니까요."

가정 폭력의 주범들이 밖에서는 선량한 척한다는 건 이미 너무 흔해서 진부한 이야기다. 그렇게 겉으로 보이는 이미지가 좋으니 이웃과 아동 상담소 직원들을 속이기도 쉽다.

"하루나 씨는 늘 말했어요. 사람의 겉모습이나 직함 같은 걸 믿으면 안 된다고요. 좋은 교훈이죠. 그래서 저도 사람을 직업이나 직위 같은 걸로 판단하지 않으려 노력하고 있어요."

"올바른 태도라고 생각합니다."

"사실 죽은 저희 남편도 그랬어요. 동네 안에서는 얌전하게 지내다가도 술이 한번 들어가면 손도 못 댈 정도였죠. 사람이 돌변한다거나 하는 수준이 아니에요. 애초에 악당 같은 인간이 평소에는 순한 양 가면을 쓰고 있었을 뿐이에요."

스미의 이야기는 흥미로웠지만 더 이상 구사카베 집안에 대한 정보는 얻을 수 없을 것 같았다. 미코시바는 그렇게 판단하고 이만 물러나기로 했다.

"감사합니다. 덕분에 여러모로……."

대화를 슬슬 끝내려고 해도 스미의 말은 계속 이어졌다.

"그러니까, 미코시바 선생님. 처음 만난 선생님 앞에서 이렇게 요코 이야기를 한 것도 선생님이 변호사여서가 아니랍니다. 선생님이 오명을 무릅쓰고 남을 위해서 노력하려는 분이기 때문이죠."

미코시바는 스미를 빤히 쳐다봤다.

"그게 무슨 뜻이죠?"

"일부러 입 다물고 있었지만, 사실 저, 다카미네 씨와 가끔 차를 함께 즐기는 친구 사이였어요. 그래서 선생님에 대한 이야기도 들어서 알고 있었고요."

"그렇군요."

"선생님이 소노베 신이치로죠?"

불쑥 튀어나온 이름에 순간 숨이 턱 막혔다.

"선생님을 만난 후 다카미네 씨도 사건에 관심을 가지고 재판의 행방을 좇았어요. 그러다 선생님이 그 소노베 신이치로 군이었다는 것도 알게 됐고요."

스미는 고개를 들어 미코시바를 올려다봤다. 그 눈빛은 범죄자를 바라보는 눈빛과 거리가 멀었다.

"그걸 알면서도 제게 이런 이야기를 들려주신 겁니까?"

"다카미네 씨는 말했어요. 오랜 세월 동안 무슨 일이 있었는지 모르지만 선생님은 더 이상 예전의 그 소노베 신이치로가 아니라고요. 의뢰인을 위해서라면 자신이 더럽혀지는 것도 마다하지 않는 선생님은 그때와 전혀 다른 사람이라고."

스미의 눈빛은 온화하지만 어딘지 모르게 애처로워 보이기도 했다.

"선생님께서 이번에는 요코를 위해서 뛴다는 이야기를 들었다면 아마 다카미네 씨도 분명 협조했을 거예요. 그래서 저도 돕기로 한 거예요."

"……요코 양에게 전 친구의 원수 같은 존재입니다."

"그런 사람을 도와주려고 나선 분이니 다카미네 씨도 선생님을 믿었겠죠."

"다른 사람을 무조건 믿지 않는 게 좋습니다. 다카미네 씨와 스미 씨 모두 아직 진정한 악당을 만나 보지 못해서 모르시는 것 같네요."

"선생님도 늙은이들이 나이를 먹으면 얼마나 약아지는지 모르시는 것 같아요."

"스미 씨도 약았습니까?"

"선생님이 자신을 어떻게 평가하든 다카미네 씨와 전 선생님을 응원하고 있어요. 그걸 알게 되었으니 이제는 요코의 변호를 중간에 포기하시지도 못하겠죠."

곧바로 대답할 수는 없었다.

"……기억해 두겠습니다. 마지막으로 하나만 더. 조금 전에 말씀하신 미호로 다카 씨는 현재도 이 마을에 사십니까?"

"안타깝지만 미호로 씨네 부부는 병으로 잇달아 세상을 떴어요. 다카는 고등학교를 졸업하고 마을을 떠난 뒤로 한 번도 만난 적이 없네요."

미코시바는 구라시나 스미의 집에서 나와 숨 돌릴 새도 없이 미나미구청으로 향했다. 스미의 설명에 따르면 요코의 어머니 스구로 하루나는 이 지역에서 사망했다. 당연히 사망 신고도 미나미구청에 제출됐을 테니 구청에서 그녀의 주민 등록 말소 증명을 받을 수 있을 것이다. 스미의 증언을 못 믿는 건 아니지만 뒷받침할 만한 재료가 필요했다.

　미나미구청에 도착해 스구로 하루나의 사망 신고서를 기다리는 동안 미코시바는 예전부터 머릿속을 맴돈 의문을 검토하기 시작했다.

　요코의 상사였던 도비타의 말에 따르면 'OA 오카무라'에서 신뢰를 한 몸에 받으며 일하던 요코는 3년째 되던 해에 갑자기 미코시바 법률 사무소로 이직을 결심했다. 이해할 수 없는 건 그 입사 3년 차라는 타이밍이다. 역산하면 2004년 일인데 요코는 왜 하필 그해에 이직을 결심했을까.

　가장 먼저 떠오르는 건 언론을 통해서 나온 미코시바의 사진을 요코가 봤을 가능성이다. 다른 사람들이 보기에 자신은 상당히 기억하기 쉬운 얼굴이고 얇은 입술과 뾰족한 귀가 특징적이라고 한다. 어린 시절부터의 특징이니 소노베 신이치로의 얼굴을 아는 사람이라면 30년이 흐른 현재의 미코시바를 알아볼 확률도 충분하다. 사건 발생 당시 요코는 겨우 네 살이었지만 어린아이의 기억력을 얕잡아 봐서는 안 된다. 과도한 충격과 함께 머리에 새겨진 기억은 언제까지나 선명하게 남는 법이다.

　그러나 그 무렵 자신이 언론에 노출될 만한 사건을 다뤘을까. 미코시바는 기억을 더듬다가 마침내 한 가지 사건을 떠올렸다.

2002년 8월 이바라키현 미토시에서 여아 살인 사건이 발생했다. 용의자는 아내와 자녀를 둔 35세의 트럭 운전사로 범행 현장에 남아 있는 체액을 감정한 결과 그의 범행이 판명됐다.

천진난만한 어린아이를 성폭행한 후 목 졸라 살해한 사건. 당시 언론을 떠들썩하게 만들고 일본 전역에서 증오와 경멸을 부른 중대 사건이었다.

이 사건의 변호인으로 미코시바가 나섰다. 미코시바는 체포의 결정적 계기가 된 체액 감정 결과에 주목해 민간 감정 센터에 재감정을 의뢰했다. 그리고 그 결과는 과학 수사 연구소의 결론을 정면으로 부정하는 것이었다.

2004년 9월, 미토 지방 법원은 과학 수사 연구소에서 제출한 감정서의 신뢰도에 문제가 있다며 사건에 무죄 판결을 내렸다.

무죄 추정, 의심만으로 벌하지 않는다. 그런 취지에 비춰 법원의 판단은 지극히 합당했지만 여론의 반발은 거셌다. 피고인을 향한 증오는 그대로 변호인인 미코시바에게 향했고, 판결 직후에는 기자단과 구경꾼들에게 둘러싸여 집중포화를 당하기도 했다.

"당신은 돈만 주면 검은색도 흰색이라 우기나?"

"당신이 했던 건 변호가 아니야. 그저 사실을 왜곡했을 뿐이라고."

"살해된 소녀의 원한을 사서 네놈도 곧 죽게 될 거다."

대중의 증오를 부추기는 것이 언론의 임무 중 하나다. 그동안 미코시바는 자신의 이름과 얼굴이 노출되는 상황을 최대한 꺼렸지만 그때만큼은 확산을 막지 못했다. 미코시바 레이지의 이름과 얼굴이 전국에 퍼져 나갔다.

요코가 미코시바의 얼굴을 알게 된 계기도 아마 이 사건 보도 때였을 것이다. '양심적이고', '선량한' 시민들의 정의감을 자극한 무죄 판결은 언론의 좋은 먹잇감이 되었고, 미코시바의 박정해 보이는 얼굴이 일주일 넘게 브라운관을 장식했다.

덧붙이면 이 사건에는 후일담도 있다. 지방 법원의 판결 후 검찰은 항소 방침을 내비쳤지만 항소 전에 미토 경찰서에서 진범을 체포한 것이다. 그 후 미코시바를 향한 비난은 연기처럼 사라졌다.

전국의 양심적인 자들을 적으로 돌린 재판이었지만 결과적으로 사건 보도가 미코시바 법률 사무소 홍보가 되어 그 뒤부터 변호 의뢰가 쇄도했다. 갑자기 일이 바빠져 직원의 필요성을 절실히 느낄 때 눈앞에 나타난 사람이 바로 요코였다. 면접에서 별다른 특이점이 없는 것 같아 곧장 채용했는데 지금 돌이켜보면 이것저것 앞뒤가 맞아떨어진다.

기억을 더듬는 와중에 하루나의 사망 신고서가 발급됐다. 하루나의 최종 주소지는 역시나 이곳 미나미구였다.

이로써 후쿠오카에서 조사는 일단 끝이 났다. 앞으로 두 번 다시 이곳에 발을 들여놓고 싶지 않다고 생각했다.

4

비행기를 타고 후쿠오카에서 하네다로. 기내에서 잠시 눈을 붙인 미코시바는 그길로 시부야구로 향했다. 목적지는 센다가야 4번지였다.

도모하라의 꾐에 넘어가 피해를 당한 여성들 중에 히비노 미도리가 스스로 목숨을 끊었다. 그녀의 센다가야 주소는 상사인 사사모토에게 전해 들었다.

주택가와 오피스 빌딩이 섞여 있는 곳에서 그녀가 살던 지은 지 20년이 넘은 낡은 아파트가 보였다. 입구에는 자동 잠금 장치가 없어 미코시바는 곧장 사사모토가 알려 준 304호실로 향했다.

시간이 저녁 6시를 지났다. 집주인의 부재를 걱정하며 인터폰을 누르자 남자 목소리가 들렸다.

─종교 권유면 돌아가세요.

아무래도 종교 단체에서 여러 번 찾아와 민폐를 끼친 듯했다. 미코시바가 방문 목적을 알리자 잠시 후 문이 열렸고 문틈으로 얼굴을 내민 사람은 왠지 부루퉁해 보이는 표정의 젊은 남자였다. 나이는 스무 살 정도로 보이는데 아마 히비노 미도리의 아들인 듯했다.

"히비노 유이치 씨시군요."

"네. 변호사 선생님이시라고요? 혹시 신분증 같은 게 있나요?"

옷깃에 변호사 배지를 달고 있지만 일반인 중에 해바라기와 천칭 의장을 아는 사람은 많지 않다. 명함을 받고서야 유이치는 비로소 납득한 것처럼 미코시바를 현관 안으로 들였다.

"도모하라가 살해된 사건을 조사 중이라 하셨죠?"

"현재 혐의를 받고 있는 여성을 변호하고 있습니다."

"그분이 정말로 도모하라를 죽였든 아니든 그분을 도와주세요."

유이치는 날카로운 눈빛으로 미코시바를 보며 말했다.

"그건 무슨 뜻일까요?"

"말씀드린 그대로예요. 그분이 정말 결백하다면 의혹을 풀어드리고 싶고, 도모하라를 죽였다고 해도 보답하고 싶으니까요."

"도모하라 씨를 그렇게 증오하십니까?"

"어머니를 속여 자살로 몰고 간 놈이에요. 증오하지 않을 도리가 있을까요?"

유이치는 감정을 토해내듯 말하고 안쪽으로 사라졌다. 따라오지 말라는 말을 못 들었기에 미코시바도 그 뒤를 따랐다. 향한 곳은 부엌이었고 그가 아무 말 없이 식탁 앞에 앉아서 미코시바도 정면에 마주 앉았다.

"그래서, 궁금하신 게 뭐죠?"

"조금 전 도모하라 씨를 증오한다고 하셨죠?"

"할 수만 있다면 제 손으로 직접 죽이고 싶었어요. 하지만 선수를 빼앗기고 말았네요."

유이치는 못내 아쉬워하는 표정을 지었다.

"피해자에게 노골적으로 악의를 드러내다가 괜한 의심을 살 수 있습니다."

"네. 보아하니 경찰들이 관계자는 다 찾아다니는 것 같더라고요. 제게도 확실히 물었어요. 6월 1일 밤 9시부터 11시

사이에 어디서 뭘 하고 있었냐고."

"뭐라고 답하셨습니까?"

"사실 그대로. 전 이 근처 편의점에서 아르바이트를 하는데 마침 그때가 일하는 시간이었죠. 근무는 2인 1조 체제라 말하자면 계속 감시당하는 거나 마찬가지예요. 탈출 불가능, 알리바이 완벽."

"그렇군요."

"그런데 이 손으로 그 자식을 죽이고 싶었다는 건 정말 진심입니다."

유이치는 복도 너머를 향해 턱짓했다.

"저쪽이 침실로 쓰는 다다미방인데 제가 아르바이트를 하러 간 사이 어머니가 천장 들보에 밧줄을 걸어 목을 맸어요. 유서에는 도모하라에 대한 원망이 빼곡히 적혀 있었고요."

"정말 자살이었습니까?"

"현관문이 안에서 잠겨 있었고, 경찰 말에 따르면 목에 난 상처나 부러진 뼈의 상태 등 자살 조건이 갖춰졌다고 하더군요. 그러니 더욱 도모하라를 증오할 수밖에 없죠."

"하지만 도모하라 씨가 실제 근무하는 곳을 찾아가 소란을 피운 사람은 사사모토 씨였습니다."

"사사모토 씨는 정말로 좋은 분이에요. 장례식 때도 찾아와 제가 조금 당황스러울 정도로 통곡하셨죠."

유이치는 침실 쪽으로 고개를 돌리지 않고 말했다.

"지금도 감사하고 있습니다. 사사모토 씨가 어머니를 위해서 그렇게 울어 주고 도모하라의 회사를 찾아가 소란을 피워 준 일 덕분에 많이 위로받았으니까요. 남이 화내는 모습을 보면 오히려 나 자신은 냉정해지는 경우가 있잖아요. 사사모토 씨가 그렇게 화를 내 주신 덕에 저도 도모하라를 죽이지 않고 끝낸 것인지 모르죠. 죽이고 싶을 만큼 미워하는 것과 정말로 죽이는 건 다른 문제니까요."

미코시바는 살짝 흥이 깨진 기분으로 유이치의 이야기를 들었다. 평범한 사람이 들으면 미담으로 분류되겠지만 실제 사람을 죽인 경험이 있는 미코시바에게는 동화일 뿐이다.

"그런데 정말 도모하라가 살해당했다는 소식을 들으니 여기서."

유이치는 오른손으로 자신의 가슴을 꾹 눌렀다.

"끓어오르던 감정이 순식간에 사라져 버린 건 확실해요. 그래서 도모하라를 죽여 준 범인에게는 진심으로 고맙다는 말을 전하고 싶습니다."

"도모하라 씨에게도 부모는 있습니다. 그분들은 제 의뢰인을 원망하고 있겠죠."

"그건 제 알 바 아니죠. 그 자식이 어머니에게 한 짓들을 하나하나 언급하면 한도 끝도 없어요. 아버지가 돌아가신 건 제가 초등학교 2학년 때였습니다. 그 뒤로 어머니는 자격증 같은 것 하나 없이 '구키 전기'에 들어가기 전까지 정말 힘들 게 여러 일을 전전하셨죠. 취직한 뒤로는 바쁜 나머지 집안 일에 시간을 할애할 수 없어서 어떨 때는 이모가 종종 집을 찾아와 제 밥을 해 주시곤 했습니다."

"어머니가 세상을 떠나 원통한 사람은 아들인 유이치 씨만 은 아닐 겁니다."

"당연하죠. 히비노 집안은 당연하고 어머니의 친가인 모리사와 집안도 분노로 들끓었으니까요. 하지만 두 집안 사람들이 경찰서에 우르르 몰려가도 거의 문전박대 당했다고 하더라고요. 그럴 만하죠. 그 자식이 어머니에게 직접 손을 댄 것도 아니고 민사 불개입 원칙인 경찰이 간섭할 수는 없는 문제였으니까요. 모두 잠자코 있을 수밖에 없었던 겁니다."

"도모하라 씨가 살해되어 양가 모두 기뻐합니까?"

"그래도 저만큼은 아닐걸요. 뭐랄까, 할아버지와 할머니 께서는 소식을 처음 접하셨을 때는 잠시 넋이 나간 것 같았 죠. 아마 도모하라를 향한 증오 덕분에 지금껏 버티고 계셨 을 거예요."

미코시바도 그 말에 동의했다. 원한을 양분 삼아 사는 인간은 분명 존재한다. 아이러니하게도 미움받는 당사자가 오래 살수록 증오하는 자도 덩달아 강해진다.

"감사합니다. 많은 도움이 되었습니다."

감사를 전하고 자리에서 일어서자 유이치가 간절한 눈빛으로 물었다.

"선생님은 의뢰인을 잘 아세요?"

미코시바는 즉시 대답하지 못하고 잠시 당황했다. 요코의 출신을 알기 전이면 아무렇지 않게 내뱉었을 말이 지금은 돌덩이처럼 굳어 목구멍에 걸렸다.

"잘 아신다면 그분이 도모하라를 정말 죽였는지도 아실 수 있겠죠. 어느 쪽인가요?"

"유이치 씨에게는 어느 쪽이든 상관없지 않습니까?"

자신보다 나이 어린 상대에게 그렇게 돌려 말하는 게 고작이었다.

"저 역시 마찬가지입니다. 의뢰인이 정말로 사람을 죽였는지는 저에게 부차적인 문제고 의뢰인에게 가장 이익이 되는 길이 무엇인지만 고민하고 있습니다."

히비노의 집을 떠날 무렵에는 이미 밤이 돼 있었다. 후쿠오카 왕복과 관계자 조사. 얻은 것이 많지만 잃은 체력도 만만치 않았다.

휴대폰으로 확인하니 호라이는 이미 퇴근하고 없었다. 예전의 감을 되찾았는지 업무에 익숙해져 저녁이 되기 전에 하루치 몫을 끝낸 듯했다. 요코가 끝내 돌아오지 못한다면 진심으로 그를 사무직으로 고용해야 하나 하는 생각도 들기 시작했다.

고스게로 돌아가 사무실에 가니 문 앞에 자그마한 사람 그림자가 보였다.

"누구냐?"

돌아보니 어린 소녀였다.

"선생님."

린코는 환하게 웃으며 미코시바를 향해 쪼르르 뛰어왔다.

쓰다 린코는 미코시바가 예전에 변호를 맡았던 의뢰인의 딸이다. 활발하고 당찬 성격으로 사건이 끝난 이후에도 요코와 연락을 주고받는다고 들었다.

"네가 왜 이곳에."

"편지를 썼으니 사무소의 새 주소 정도는 알아요."

"그게 아니라."

"린코도 이제 열한 살이라 혼자 전철도 탈 수 있어요."

"왜 이곳에 왔는지 묻고 있다."

"여기서는 다른 방에 있는 사람들한테 들릴 텐데 괜찮아 요?"

젠장. 성가시게.

새삼 린코를 다시 마주하니 처음 만났을 때보다 키가 많이 자라 있었다. 전에는 머리가 허리 정도까지 왔는데 지금은 가 슴까지 왔다.

린코의 성장한 모습에 당황하면서도 미코시바는 말없이 사무실 문을 열었다. 불을 켜자 린코는 미코시바의 옆을 지 나 안에 들어간다.

"헤에. 예전 사무실보다 좁고 낡았어요."

"그래. 그런 좁은 곳에 너까지 들어와 더 비좁지."

넌지시 가라는 뜻을 전해도 열한 살 소녀에게는 통하지 않 았다.

"선생님은 린코보다 훨씬 크잖아요. 좁다면 선생님 탓이 에요."

"대체 무슨 일이지? 그걸 떠나 열한 살짜리 꼬맹이가 이런 시간에 혼자 돌아다니다니. 위험에 처해도 난 모른다."

"이 근처에 구치소가 있죠? 그런 곳에는 경찰 아저씨가 많 아 오히려 안전하다고 요코 언니가 알려 줬어요."

아무래도 그 직원은 아이에게 제대로 된 것을 가르치지 않는 듯했다.

"다시 묻지. 오늘 여기 온 이유는?"

"요코 언니가 경찰에 붙잡혔다면서요. TV에서 봤어요."

"그게 뭐?"

"걱정돼서……."

"네가 걱정한다고 해서 무죄가 되는 건 아니다."

"언니가 떠나면 사무실에 선생님 혼자 남잖아요. 린코가 도울 일은 없을까요?"

"이미 보충 인력이 왔어."

"일을 잘하는 분인가요?"

"적어도 너보다는 낫겠지."

호라이가 들으면 어떤 표정을 지을지 상상해 봤다. 설마 대형 법률 사무소의 대표 변호사가 열한 살짜리 아이와 비교될 줄은 꿈에도 상상 못 할 것이다.

"알았으면 얼른 돌아가라. 집까지 태워다 주마."

"요코 언니, 무죄죠?"

조금 전 유이치 앞에서도 던진 말을 다시 내뱉으려다 멈칫했다.

"……지는 재판이라면 처음부터 맡지도 않는다."

"아. 역시 선생님께서 도와주시는구나."

린코는 빙긋 웃었다.

"선생님이라면 절대 다른 분께 맡기지 않을 것 같았어요."

어린 주제에 다른 사람을 꿰뚫어 보는 듯한 말투가 점점 더 얄미웠다.

"넌 평소 집 안에서도 이런 식으로 행동하나?"

"두 분 다 다정하셔서 잔소리를 하지 않아요. 항상 웃고 계세요. 그런데 좀 곤란하기는 해요."

"뭐가?"

불현듯 좋지 않은 예감에 사로잡혔다.

"설마 집 안에서 무슨 짓을 당하는 건 아니겠지?"

"아뇨. 지금도 계속 우리 딸이 돼 달라며 매일매일 보채시거든요."

"되면 되지 않나?"

"안 돼요. 린코, 엄마가 돌아올 때까지 기다릴 거니까요."

린코의 어머니는 여전히 교도소에 수감돼 있다. 조만간 출소할 예정이라 들었지만 다시 린코와 함께 살 수 있을지는 미지수다.

"할머니는 널 데려가려고 하지 않나?"

"할머니는 고베에서 계속 사시니까요. 린코는 지금 다니는 학교에 친구가 많아요. 고베에 가고 싶지 않아요."

친구가 많다는 말을 듣고 왠지 안심됐다. 최근 며칠간 부모 없는 아이들이 힘들어하는 이야기를 많이 들어서인지 모른다. 미코시바는 자신과 어울리지 않는 생각 때문에 자기혐오에 빠졌다.

"그러고 보니 우리 직원과 연락한다고 했지."

"네, 이거."

그렇게 말하며 린코는 주머니에서 스마트폰을 꺼냈다. 요새는 이런 어린아이들도 스마트폰을 들고 다닌다.

"둘이서 주로 어떤 이야기를 나눴지?"

"어떡하면 미코시바 선생님 같은 변호사가 될 수 있을지 물었어요."

"……되더라도 나 말고 다른 변호사를 목표로 해라."

"왜요?"

"사람들에게 경멸받는 변호사가 될 필요는 없으니."

"린코는 미코시바 선생님을 존경해요."

"시끄러워."

"요코 언니도 선생님을 존경한다고 했어요."

뭐라고 대답해야 좋을지 감이 오지 않았다. 자신의 고용주가 어린 시절 친구를 죽인 사람인 걸 알면서도 그런 말을 했다면 요코도 어처구니없는 별종이다.

이번 사건에 착수한 뒤부터 여러 번 맛본 허무감을 다시 한번 느꼈다.

나는 대체 요코의 무엇을 보고 있었던 걸까.

5

미코시바의 사무소에서 'HOURAI 법률 사무소'로 돌아간 호라이는 들어가자마자 자기 방에 달려가 손에 든 가방에서 봉투를 꺼냈다. 봉투에 적힌 보낸 사람은 도쿄 지방 법원. 오늘 미코시바의 사무실에 도착한 우편물인데 미코시바가 저녁이 지나도 돌아오지 않아서 봉투째로 가져왔다. 수취인은 미코시바 법률 사무소지만 신청서는 호라이가 작성했고 미코시바에게 사정을 설명해 두었다.

봉투 내용물은 발신자 정보 공개 가처분 신청서였다.

미코시바에게 '이 나라의 정의'를 찾아보자고 제안한 것은 허세도 농담도 아니었다. 블로그 운영자의 신원을 파악하는 과정은 현재 진행 중인 자신의 징계 청구에서도 좋은 경험치가 될 터였다.

또 일반 시민 주제에 변호사를 징계하려는 얌체들을 혼쭐 내 주고 싶은 마음도 컸다. 민주주의 국가라 뭐든 다 할 수 있다고 생각하면 오산이다. 일개 시민, 지위도 직함도 권력도 없는 서민이 변호사의 생사여탈권을 쥐고 흔들 수 있으리라 착각하면 곤란하다.

호라이 자신도 징계 청구 사유는 잘 알고 있었다. 의뢰인이 맡긴 돈을 다른 용도로 유용한 건 사실이고 비난받아 마땅하다고도 생각한다. 그러나 변호사를 징계할 수 있는 건 어디까지나 소속 변호사 협회이지 일반 시민이 아니다. 그런데도 마치 자신이 정의의 사도라도 된 것마냥 행동하는 모습이 우스꽝스럽기 짝이 없다. 그 어리석음을 속으로 비웃으며 수치의 늪으로 빠뜨려 주고 싶었다.

'이 나라의 정의'를 식별할 수단으로 호라이가 떠올린 것은 블로그 주인의 IP 주소와 접속 시간을 공개하는, 지극히 정당한 방법이었다. IP 주소를 알면 자연히 그의 이름과 주소도 알아낼 수 있기 때문이다.

순서는 다음과 같았다.

(1) 공개가 인정되는지 여부, 블로그 내용이 미코시바의 명예훼손에 해당하는지 여부 검토.

(2) 블로그 글이 게시된 후 얼마나 많은 시간이 흘렀는지

확인. 통신사 사정으로 시간이 지남에 따라 글 자체가 삭제될 가능성도 있다. 글 자체가 삭제되면 해당 IP 주소를 찾을 수 없게 된다.

(3) 사이트 운영사에 발신자 정보 공개 청구서를 보낸다. 이때 의도적으로 절차를 지연시키는 걸 방지하기 위해 답변 기한을 설정한다. 그러나 대부분의 사이트 운영사들은 기밀 유지를 핑계로 답변을 거부한다.

(4) 사이트 운영사를 상대로 발신자 정보 공개 가처분 신청을 한다. 이 경우 중요한 것은 비방 글 내용의 사실 여부다. 문제가 된 블로그에는 미코시바가 과거 범죄자였다는 내용이 기재돼 있다. 그것 자체는 사실이지만 블로그 주인은 미코시바를 '이종 생명체'로 지칭하고 '법정에 서서 악행을 일삼고 있다'라고 단정했다. 이 부분은 명백한 비방이라 판단할 수 있을 것이다.

(5) IP 주소 정보로 이용한 통신사를 식별할 수 있다. 요즘은 IP 주소와 접속 시간 정보로 제공자를 식별하는 웹 사이트도 있으니 이 작업은 간단하다.

(6) 통신사에 기록 삭제 금지 조치를 취한다. 앞서 언급한 대로 핵심인 블로그 글이 삭제되면 소송을 진행할 수 없다. 그래서 통신사 본사 소재지를 관할하는 법원에 발신자 정보

삭제 금지 가처분 신청을 해 삭제 행위를 법적으로 봉쇄하는 취지다.

(7) 통신사에 계약자의 이름과 주소를 공개토록 요구한다. 물론 문서로 요청해도 응할 리 없으니 통신사를 상대로 발신자 정보 공개 청구 소송을 제기하는 것이다.

위와 같은 절차를 거치면 마침내 블로그 운영자의 실체와 마주할 수 있다. 다만 (3)부터 (7)까지의 과정은 두 번의 가처분과 한 번의 소송을 거쳐야 해서 실제로는 약 8개월에서 9개월이 소요될 것으로 보인다.

다소 길어지는 느낌도 있지만 법조인으로서 호라이가 할 수 있는 일은 이 정도다. 미코시바라면 뭔가 불법적인 묘수를 가지고 있을지 모르지만 상대를 법으로 몰아붙이려면 정식 절차를 따르는 게 확실하다.

오늘 법원에서 송달된 신청서를 통해 절차가 (4)까지 진행됐지만 가처분 명령이 인정되는 기간을 고려하면 아직 갈 길이 멀다. 법에 문외한인 사람이라면 뭐가 그렇게 여유롭냐고 생각할지도 모른다.

그러나 호라이도 호라이 나름대로의 방식이 있다. 예를 들어 오늘 송달된 신청서도 원래라면 2주 정도 더 걸렸어야 한다. 그 기간이 단축된 것은 호라이가 친분 있는 서기관을 닦달해 우선적으로 처리받았기 때문이다. 끈질긴 전화 공세와 회유. 대부분의 서기관들은 호라이의 이런 수법에 속수무책으로 넘어갔다.

한 가지 걱정되는 건 (6)의 발신자 정보 삭제 금지 가처분 과정에 이르기 전 블로거가 해당 글을 삭제하거나 사이트를 폐쇄해 버리는 상황이다. 지금 도망치면 붙잡을 수도 없으니 이쪽이 추적 중인 걸 눈치채지 못하기를 바랄 뿐이다.

신경 쓰이는 게 하나 더 있다. 요즘 들어서야 깨달은 것인데 자신과 미코시바에게는 공통점이 있다. 예를 들어 변호사 활동을 장사로 생각한다는 점이다. 의뢰인이 야쿠자든 닭대가리든 돈만 제대로 지불하면 전혀 개의치 않는다.

거기에 집요한 구석도 닮았다. 다른 변호사들이 포기한 사건도 돈 냄새를 한번 맡으면 절대 포기하지 않는다.

설마 자신이 예전 '시체 배달부'와 똑같은 부류라고 생각하고 싶지 않지만, 비교할수록 공통점이 발견됐다. 지금까지는 물과 기름 같은 사이라고 단정 지었지만 둘은 의외로 닮은꼴일지 모른다.

미코시바와 닮은꼴이라니.

말도 안 돼.

호라이는 어느새 자신이라는 사람을 점점 알 수 없는 기분이 들었다. 실리주의와 물질만능주의, 자존심보다는 돈, 인정보다는 타산. 그렇게 단정 짓는 것도 나쁘지 않지만 그런 것들을 하나하나 쌓아 가다 보면 미코시바의 모습과 자연히 겹치기 마련이다. 과거에 사람을 죽였느냐 안 죽였느냐만이 자신과 미코시바의 차이점이다. 아니, 정말 차이가 맞을까. 때와 장소에 따라 나 역시 쉽게 살인을 저지르는 게 아닐까.

반드시 경계선이 있을 거라며 호라이는 조바심을 냈다. 사람을 죽인 자와 죽이지 않은 자는 완전히 별개의 생물이다. 둘 사이에는 확실한 경계가 있다. 미코시바와 몇 가지 공통점이 있지만, 그렇다고 해서 자신이 그 '시체 배달부'와 똑같을 수는 없다. 정신 감정을 면밀히 하면 미코시바의 잠재의식에서는 여전히 살인 충동이 확인될 게 틀림없다.

호라이는 잡념을 떨치듯 고개를 흔들었다. 대체 난 뭘 두려워하는 걸까. '시체 배달부'는 벌써 30년도 더 된 옛날이야기다. 아무리 전직 살인자라지만 사회적 지위와 수입이 보장된 사람이 또다시 살인자로 전락하는 것은 허황된 상상이다. 실제로 지난 며칠간 미코시바와 한 공간에 있으면서 생명의 위협을 느낀 적은 한 번도 없다.

호라이는 한숨을 푹 쉬고 다시 가처분 신청서로 시선을 떨

컸다.

일주일 후 미코시바의 사무소에 발신자 정보 공개 가처분 결정문이 송달됐다.

"이로써 녀석이 어떤 통신사와 계약했는지 알 수 있어."

결정문을 확인하며 무심코 호라이의 입이 열렸다. 사무실 안에는 미코시바가 있었고 호라이는 겸연쩍은 기분도 숨길 겸 일부러 가처분 신청에 대해 설명했다.

"호라이 선생님다운 신속한 방법이군요. 감탄스럽습니다."

감탄 따위 티끌만큼도 느껴지지 않는 말투였다. 사교적인 말도 이토록 마음을 담겨 있지 않으면 비아냥으로만 들린다. 미코시바답다고 하면 미코시바답지만 호라이는 설명한 것을 후회했다.

"통신사를 특정해 블로그 운영자의 주소와 이름을 알아낸다. 하지만 호라이 선생님. 블로그 운영자의 개인 정보를 확보하면 그 뒤로는 어떤 전개입니까?"

"어떤 전개냐니. 당연히 고소해야지. 그 블로그 내용은 명백한 명예 훼손에 해당해. 소송을 걸면 십중팔구 우리가 이길 거야."

"글쎄요, 이길 수야 있겠죠. 하지만 승소하면 그다음은 또 어떻게 할까요?"

"당연히 손해 배상 청구를 해야 하지 않겠나."

"블로그 운영자가 무직에다 수입이 충분치 않은 사람이라면? 아무리 채무 명의를 손에 넣는다 해도 상대에게 지불 자산이 없으면 그림의 떡입니다."

미코시바는 꼭 자신은 돈에 관심이 없다는 듯이 말했다. 호라이는 속으로 헛소리하지 말라고 비난했다. 나보다 더 돈을 바라는 변호사는 당신 정도야.

"착각하는 자들의 눈을 띄울 수도 있지. 손해 배상 청구를 한 번이라도 당하면 자신들의 행동이 얼마나 어리석은지 깨달을 거야."

"바보가 바보인 걸 자각하게 해서 무슨 소용 있습니까?"

미코시바는 꿈쩍도 하지 않았다.

"예전 촉법 소년이 변호사로 활동하는 상황을 용납할 수 없다. 예전 '시체 배달부'가 번듯한 직업을 갖고 있는 현실을 참을 수 없다. 그런 종잇장보다 얄팍한 정의를 행사한 결과, 엄청난 대가를 치르게 됐다. 우스꽝스러운 광경은 틀림없지만 그렇다고 해서 제 주머니가 두둑해지는 건 아닙니다."

"자네는 정말 돈 말고는 아무 데도 관심이 없나? 명예를 회복하고 싶다거나 자신을 무너뜨리려는 자들을 벌해 주고 싶은 욕구 같은 건 없어?"

"전직 살인범입니다. 회복할 명예가 있을까요."

마치 가벼운 교통 법규라도 위반한 것처럼 말한다. 이 남자에게는 살인도 그 정도 죄악일까.

"거짓말이야."

"변호사는 돈이 될 거짓말만 합니다. 그리고 애초에 전 다른 사람의 악의 따위 개의치 않습니다. 원망도 저주도 저에게는 자장가나 마찬가지죠."

호라이는 혼란스러웠다. 블로그 주인을 특정하려고 한 것은 징계 청구를 유리하게 끌고 갈 목적이지만, 그것과 별개로 지혜가 부족한 이들을 선동하고 자신을 영웅이라 착각하는 어리석은 인간을 마음껏 경멸해 주고 싶은 마음이 컸다. 하물며 그들의 비방을 한 몸에 직접 받은 사람이라면 나처럼 생각하는 게 당연한 반응 아닐까.

그러나 미코시바는 타인의 악의에 무관심하다고 한다. 아무리 돈에 눈이 먼 인간이라고 해도 너무 극단적이다. 이 남자에게는 비난받을 과거가 있다. 타인에게 손가락질을 당한 것도 한두 번이 아니다. 즉, 자신에게 욕을 퍼부은 인간들을 향한 증오는 남들보다 클 게 분명했다.

"그럼 왜 블로그 주인을 밝히면 보상하겠다고 했지? 손해 배상 청구를 할 것도 아니고, 상대를 능멸할 것도 아니고. 의미라고는 없잖나."

"무의미한 일에 백만 엔이나 갖다 바칠 정도로 호구는 아닙니다. 그걸 떠나 일본에서 가장 몸값이 비싼 변호사 선생님께 조사를 의뢰하기도 했으니까요."

"도대체 목적이 뭔가?"

"그걸 알 필요는 없습니다."

미코시바는 여전히 무표정한 가면을 쓴 채로 말했다. 얼굴에서 감정이 읽히지 않는 만큼 더 섬뜩했다.

법정에서 이 남자와 대면하는 검사는 정말 난감하겠구나. 호라이는 문득 떠올렸다. 지금까지는 같은 변호사 입장에서 미코시바를 보느라 깨닫지 못했지만, 적으로 돌리면 이보다 더 골치 아픈 상대는 없다. 타고난 것인지 아니면 계산된 것인지 몰라도 미코시바의 말투는 끊임없이 상대를 자극하고 감정을 거스른다. 그러면서 정작 본인은 진심을 한 치도 드러내지 않는다. 대화하면 할수록 상대가 불리해진다.

"아무리 의뢰인이라고 해도 그런 태도는 오만하지 않나. 의뢰의 목적을 아는 것과 모르는 것 사이에는 조사 방법과 기한에도 차이가 생기기 마련이야."

"게시자의 주소와 이름을 특정한다. 이보다 더 간단한 의뢰에 왜 차이가 생길까요?"

미코시바는 상대의 질문을 피하는 것처럼 한 손을 들어서 흔들었다.

"그거 아십니까? 미사일 같은 군용 무기는 부품마다 조립 공장이 다르다고 합니다. 공장에서 일하는 자들은 자신이 무엇을 만들고 있는지 전체상을 절대 알 수 없죠. 그런데도 부품은 그야말로 정교한 것들이 높은 수율로 만들어집니다."

"난 그냥 말단 작업원에 불과하다는 말인가?"

"그런 말은 하지 않았습니다. 다만 전체상을 몰라도 정교한 작업은 할 수 있다는 비유죠."

미코시바는 미안해하는 기색도 없이 가방에 서류를 챙겨 외출 준비를 시작했다.

"그런 말까지 들으니 더욱더 자네 코를 납작하게 해 주고 싶군."

최소한의 허세를 담아서 내뱉었지만 미코시바에게 통했는지는 알 수 없다.

"블로그 주인도 자신의 정체가 공개돼 눈앞에 자네가 불쑥 나타나면 경악하겠지."

"글쎄요."

"기습당하면 인간은 누구나 놀라기 마련이야."

"처음 만난 사람이면 그렇겠죠. 하지만 '이 나라의 정의'는 의외로 제가 아는 사람일지도 모릅니다."

4

복수자의 교차

1

"드디어 내일이네요."

요코는 표정이 편안해 보이지만 역시 동요를 감추지 못했다. 묘하게 목소리가 떨리고 시선을 피하는 건 내일 있을 첫 공판을 앞두고 긴장하고 있다는 징조였다.

"굳이 말할 필요도 없겠지만 첫 공판에서 피고인이 발언할 기회는 없어. 그냥 가만히 서 있으면 돼."

"네. 그냥 서 있기만 하면 되죠. 죄송해요. 법률 사무소에서 일하는데도 막상 제 일이 되니 가끔 머릿속이 새하애져서."

"머릿속이 새하애질 정도로 힘든 생활을 하고 있는 건가.

만약 인권과 관련된 문제가 있다면 당시 보고 들은 말과 행동, 그리고 상대 교도관의 이름을 기억해 두도록. 이번 일이 끝나면 고발할 테니."

"선생님이 경찰 관계자들에게 미움받는 이유가 한 가지는 아니었네요."

"경찰과 검찰이 선호하는 변호사치고 제대로 된 변호사는 없지."

"그 점에서 선생님은 최고 중의 최고이시겠어요."

"비아냥거릴 수 있는 걸 보니 걱정할 필요도 없겠군."

"어라? 걱정해 주셨어요?"

"변호사가 아무리 완벽하게 방어벽을 쳐도 스스로 벽을 파괴하고 적진으로 돌격하는 의뢰인이 있지. 그러면 이쪽은 손쓸 도리가 없어."

미코시바는 씁쓸한 심정으로 말했다. 변호사의 방침을 따르지 않고 법정에서 자신을 엄벌해 달라고 외친 사람은 그의 옛 스승이었다.

"내 의뢰인들은 막무가내인 사람이 유독 많아. 적어도 자네만큼은 내 말을 잘 따랐으면 좋겠군."

"네, 따를게요. 그게 무죄를 받을 가장 확실한 방법인 걸 알고 있으니까요. 다만 전 다른 부분이 걱정돼요."

"무슨 걱정?"

"징계 청구자들에 대한 손해 배상 청구 건 말인데요. 이후 진행 상황은 어떤가요?"

자신의 재판보다 남겨 두고 온 일이 더 신경 쓰이는 걸까.

"그쪽도 걱정할 필요는 없어. 호라이 선생이 아침부터 저녁까지 신청서를 작성 중이니. 익숙한 손놀림을 보면 거의 천직 같더군. 변호사로 두는 게 아까울 정도야."

"정확도와 속도는 어떤가요?"

요코는 도전적인 눈빛으로 미코시바를 봤다. 호라이에게 라이벌 의식을 품는 듯했다.

"속도라면 저도 자신 있어요."

"속도 면에서는 자네가 훨씬 나아."

"지금껏 총 몇 건이나 처리했나요?"

"전부 맡긴 터라 파악하고 있지 않아."

"얼른 여기서 절 꺼내 주세요. 저보다 손이 느린 분께 일을 맡길 수는 없어요. 가뜩이나 일이 많은데."

"손은 느릴지 몰라도 제법 의미 있는 제안도 하더군. '이 나라의 정의'가 누군지 특정해 보자고 했어."

"할 수 있나요?"

"조금 번거로운 절차가 있기는 하지만 호라이 선생이 차근

차근 진행 중이야. 블로그 주인이 사이트에서 내빼지 않는 이상 앞으로 반년만 있으면 주소와 이름 정도는 알아낼 수 있지 않을까."

"알아낼 수 있지 않을까라니……. 꼭 남의 일처럼 말씀하시네요."

솔직히 반년 동안 기다릴 생각은 없고 호라이 같은 사람을 반년이나 밑에 두고 싶지도 않다. 미코시바에게는 나름의 계산이 있었다.

"징계 청구 건을 일임하신 걸 보니 제 변론에 시간을 전부 할애하시는 건가요?"

"의뢰인이 있는 일을 우선하는 게 당연하지. 준비 서류를 갖추는 것 외에 출장도 포함되니."

출장이라는 말을 듣고 요코의 표정이 굳었다. 미코시바의 변호 방식을 누구보다 잘 아니 자신의 과거도 조사했을 가능성에 이르렀을 것이다.

"가장 멀리는 어디까지 출장을 다녀오셨나요?"

"후쿠오카."

"후쿠오카 어디?"

"듣고 싶나?"

"의뢰인으로서 들을 권리가 있다고 생각해요."

"공문서로 확인할 수 있는 자네의 가장 오래된 주소지."

후쿠오카시 미나미구 오하시아이오이초. 한때 '시체 배달부'였던 미코시바가 사냥감을 찾아다닌 곳이기도 하다. 그러나 미코시바는 굳이 언급하지 않았다.

요코의 표정이 더욱 굳었다.

"그렇게까지 제 과거를 파헤치셔야 했나요?"

"자네를 덫에 빠뜨린 인물이 어떤 원한을 어느 시점부터 품었는가. 그걸 알려면 과거를 거슬러 가야 하지."

"부모님에 대한 조사도 당연히 하셨겠죠?"

"주소지를 추적하다 보면 저절로 알게 되는 정보지. 특별한 관심은 없어."

요코는 한동안 미코시바를 째려봤다. 사무실 안에서는 접하지 못한 눈빛이지만, 그렇다고 한때 일본 전역을 공포에 빠뜨린 촉법 소년을 보는 눈빛도 아니다. 두려움과 경멸이 아닌 수치심과 원망이 섞인 눈빛이었다.

요코가 정말 사하라 미도리의 친구였다면 미코시바는 그녀에게 원수인 셈이다. 그런 원수가 운영하는 법률 사무소에 왜 제 발로 들어온 걸까. 그리고 언제부터 미코시바가 '시체 배달부'라는 걸 알고 있었을까.

요코에 대한 의문이 산더미처럼 쌓여 있다. 그러나 적어도 현재 요코가 받고 있는 살인 혐의와 관련성이 있다고는 보이지 않았다. 관련성이 없다면 묻는 것 역시 시간 낭비일 뿐이다.

증오하는 원수이니 미코시바가 과거의 오명을 다시 뒤집어쓸 날을 기다리고 있을까. 아니, 과거를 공개적으로 밝힌 사람은 다른 사람도 아닌 미코시바 자신이다. 그리고 그 선택은 지금도 전혀 후회하지 않는다.

아니면 미코시바의 일을 내부에서 방해할 심산일까. 번거로운 방법이지만 이 역시 아니다. 요코는 직원으로서 유능했고 사무소에 이익을 가져다줬을지언정 손해를 끼치지는 않았다.

아무리 궁리해도 도무지 감이 잡히지 않았다. 그러나 어차피 이번 사건과 무관하니 굳이 추궁하지 않았다.

"전 사무소에서 일하기 전부터 선생님의 예전 이름을 알고 있었어요."

"그렇겠지. 법정에서 내 과거가 밝혀져도 별로 놀라는 것 같지 않았으니."

"언제부터 알았는지 궁금하지 않으세요?"

"궁금하지 않아."

"혹시 제가 선생님을 줄곧 미워해 왔다고 생각하시지 않나

요?"

호라이도 비슷한 질문을 했다. 이건 미코시바를 얕잡아보는 말이다. 다른 사람에게 미움받는 게 그렇게 힘들다면 도대체 왜 변호사 일 따위를 한다는 말인가.

"날 어떻게 생각하든 그건 자네 자유야. 월급을 받는 만큼만 일해 주면 나머지는 상관없어."

"함께 일하는 사람이 자신을 증오하는 상황이 두렵지 않으세요?"

"그렇다고 해서 느닷없이 등 뒤에서 칼을 들이밀 건 아니겠지. 또 자네는 살인을 저지를 거면 독살을 선택할 거라고도 했다더군."

"그런 것까지 조사하셨어요?"

"지금껏 몇 년 동안 자네에게 차와 커피 등을 대접받았지만 내 건강에 별다른 문제는 없지. 그러니 두려워할 이유도 없어."

"……철저하시네요."

"새삼스럽군. 하루 이틀 같은 사무실에 있었던 것도 아닌데."

미코시바는 천천히 얼굴을 아크릴판으로 가져갔다. 이제는 자신이 질문할 차례다.

"조금 전에도 말했듯이 난 자네의 일 처리 능력을 높이 평가하고 있어. 그럼 기억력은 어떨까?"

"지금까지 업무에서 큰 실수는 없었던 것 같은데요."

"몇 주, 몇 달을 말하는 게 아니야. 30년 이상을 거슬러 간 기억. 그러니까 자네가 유치원생일 때의 기억이 생생하느냐고 묻고 있어."

"30년 전이면 미도리 사건이 일어났던 때 아닌가요?"

"자네가 사하라 미도리와 한 살 차이 친구였다더군."

"아이들은 잔인해요."

요코는 갑자기 자학 섞인 미소를 지었다.

"부모 중 한 명이 없다는 이유로 다른 아이를 괴롭히죠. 물론 악의는 없을지 몰라요. 단지 자신과 처지가 다르다는 이유만으로 따돌리는…… 그런 아이들이었겠죠."

군이 언급할 필요도 없다. 이 세상에는 처지를 넘어 자신과의 차이점을 굳이 찾아내 남을 깎아내리고 싶어 하는 자들이 엄연히 존재한다.

"미도리를 기억하나?"

"그럴 때 제 편이 되어 준 몇 안 되는 친구였으니까요."

"그 밖에는?"

"그 밖요?"

넌지시 뒷이야기를 재촉해도 요코는 이해하지 못하는 듯했다.

"미도리 말고 또 같은 편이 되어 준 아이는 없었나?"

"없었던 것 같아요."

요코는 대답하고 나서 잠시 생각에 잠겼다.

"왜 그러지?"

"죄송해요. 있었을지도 모르지만 미도리 외에는 떠오르지 않아요. 동네에 또래 친구가 없어서 주로 언니와 놀았던 것 같은데."

"그래서 기억이 모호한가?"

"이사를 많이 다닌 게 원인이겠죠. 어디를 가도 오래 버티지 못했거든요."

요코의 전출 이력은 이미 다 조사했기에 미코시바는 말없이 고개를 끄덕였다.

"얼굴과 이름도 잊었나?"

"어릴 때부터 이사를 워낙 반복하다 보니 어릴 적 기억 자체가 희미해진 느낌이에요. 어렵게 친구를 사귀어도 금방 다시 멀어졌으니까요."

"그런데도 미도리만큼은 선명하게 기억하고 있다."

"특별한 사건이 있었으니……."

중간에 말이 끊겼다. 그 특별한 사건의 장본인이 바로 눈앞에 앉아 있기 때문이다. 매일같이 얼굴을 마주하던 친구가 잔인하게 살해당하고 시신이 갈기갈기 찢어졌다는 말을 들으면 평생 기억에 남을 것도 당연하다. 오히려 트라우마가 될 사건이라 할 수 있다.

"어울려 놀았던 기억은 흐릿한가?"

"따돌림을 당한 건 어느 정도 기억해요. 유치원이든 초등학교든 약한 아이를 괴롭히는 아이가 반에 꼭 몇 명씩은 있었으니까요."

"괴롭힘을 당하기는 했어도 원한을 사지는 않았나 보군."

"뭐가 다르죠?"

"괴롭히는 건 재미로 할 수 있지만 원망에는 진심이 필요하지. 쏟는 에너지에도 차이가 크고."

"아, 그거, 뭔지 알 것 같아요. 절 괴롭히던 아이들은 하나같이 실실거리는 표정이었어요."

요코는 또다시 자조하듯 웃었다.

별로 보고 싶지 않은 표정이었다.

"그보다 선생님. 도모하라 씨를 죽인 범인을 찾았나요?"

"신경 쓰지 마."

그러자 역시나 요코가 눈을 부릅떴다.

"신경 쓰여요. 저에게 죄를 뒤집어씌운 사람이에요. 선생님도 누군가의 원한을 산 기억이 없냐고 물으셨잖아요."

"자네의 무죄를 증명하는 것과 진범을 찾아서 규탄하는 것 사이에는 직접적인 관계가 없지. 애초에 내 임무는 자네를 무죄로 만드는 것이지 사건의 진상을 밝히는 게 아니야. 진범을 추적하는 건 경찰과 검찰 일이지."

"무슨 말씀인지 잘 이해가 안 가요. 진범을 찾으면 그 즉시 저에 대한 의혹도 풀리지 않나요?"

"그건 어디까지나 결과론이지. 난 의뢰받은 것 이상의 일을 할 생각은 없어."

그 뒤로 한참을 눈도 깜빡이지 않고 미코시바를 바라보던 요코가 한숨을 푹 내쉬었다.

"역시 철저하시네요."

"바람 따라 흔들리는 갈대 같은 변호사 밑에서 일하는 것보다는 낫지 않나."

"그래도 가끔은 우유부단하고 망설이는 모습을 보이는 게 더 인간적인 것 같아요."

"변호사에게는 필요 없는 자질이군."

요코와 면담을 마치고 주차장으로 가자 미코시바의 벤츠

앞에 웬 남자가 서 있었다. 땅딸막한 체격에 다른 사람 차를 바라보는 눈빛이 그야말로 천박한 남자다.

"미코시바 선생님이시죠?"

남자는 미코시바를 보자마자 냉큼 뛰어왔다. 미소 짓고 있지만 눈은 웃고 있지 않다. 미코시바는 이런 눈빛을 지금까지도 수없이 봐 왔기에 알고 있었다. 사기꾼과 악질 언론인의 눈빛이다.

"안녕하십니까. 전 '사이타마 일보' 사회부의 오노우에라고 합니다."

홍. 후자였나.

"지역 신문사가 이곳엔 무슨 일로?"

"지역 신문도 이번 구사카베 씨 사건에는 지대한 관심을 갖고 있습니다. 거기에 무엇보다 피의자가 미코시바 법률 사무소의 직원분이니."

오노우에는 혀를 날름거리는 듯이 다가왔다. 하마터면 상대의 입 냄새를 들이마실 뻔해서 미코시바는 한 발짝 뒤로 물러섰다.

"일반 여성이 기억나지도 않는 살인 혐의를 받고 있다. 어디에나 있을 평범한 사건입니다."

"구사카베 씨가 어디에나 있을 평범한 살인범이라면 그럴 수도 있겠죠. 하지만 저희 같은 언론사 기자들과 민중들은 이번 사건을 평범한 살인 사건으로 보지 않습니다."

미코시바는 무심코 오노우에를 빤히 쳐다봤다.

민중이라. 요즘도 이런 단어를 이토록 아무렇지 않게 내뱉는 녀석이 있었나.

"제가 이번 사건에 관심을 가지게 된 건 크게 두 가지 이유에서입니다."

오노우에는 자신만만하게 이야기를 시작했다. 수상함과 저속함 측면에서 최상위 클래스의 인종인 듯하지만 미코시바는 이런 비루한 인간상을 의외로 싫어하지 않았다.

"뭔지 알 수 있을까요?"

"첫 번째는 사무소 직원의 변호를 경영자인 변호사 선생님께서 직접 맡았다는 것. 보통 이런 경우 공사를 구분 못 한다는 비난을 피할 수 없어서 대부분 다른 변호사 사무소 선생님께 변호를 의뢰하는 게 일반적이라 들었습니다."

"그렇군요. 두 번째는?"

"뭐니 뭐니 해도 전직 '시체 배달부' 밑에서 일하시던 여성분입니다. 그녀가 어떤 모습인지, 그녀에게 정말 범죄 성향이 있는지, 출신은 어디고 부모님은 어떤 분인지, 그리고 고용주인 미코시바 선생님과는 정말로 순수한 고용 관계인지.

혹시 뭔가 다른 게 있는 건 아닌지."

오노우에는 물 만난 물고기처럼 신나게 말을 이어 갔다. 처음에는 도가 지나친 농담쯤으로 넘겼지만 중반부터 진심인 것이 느껴졌다. 당사자를 눈앞에 두고 있지도 않은 스캔들을 마구 쏟아내는 이 남자에게 점점 흥미가 생겼다.

"진심으로 하는 말씀인가요?"

"네, 물론이죠. 언론 일이라는 건 원래 대중들이 관심 가질 만한 사안들을 다루는 일이니까요."

"보도의 정의 같은 걸 표방하는 언론사도 많던데."

"정의."

오노우에는 단어 속 울림을 즐기는 것처럼 되읊었다.

"그런 기치를 내거는 언론 관계자들도 분명 있겠죠. 정권을 비판하고, 정치인의 실언과 연예인들의 내밀한 속사정 이야기를 긁어모으고, 학교 관계자들의 아동 사고 대응 방식을 비판하는 것. 사실 이 모든 것들은 신문 판매 부수와 시청률 상승을 위해 반드시 필요한 정의입니다."

"약점을 솔직하게 드러내는 타입이시군요."

"약점이든 뭐든 미코시바 선생님 같은 분 앞에서는 진심을 보이지 않으면 인터뷰 같은 것도 못 할 테니까요. 무려 자신의 과거 행적을 본인 입으로 법정 안에서 폭로하신 분 아닙니까. 그보다 더 솔직할 수 있을까요."

오노우에의 주장도 일리가 있기에 침묵을 지켰다. 하지만 원래 이런 인간과는 진지하게 대화하는 것보다 일방적으로 말하게 내버려 두는 편이 재미있다. 삐딱하게 자신이 사는 세상을 비판하는 것처럼 보이지만, 요컨대 면죄부를 받고 싶은 것뿐이다. 진정으로 언론계의 위선과 허울을 싫어한다면 기자 일 같은 걸 할 리 없다. 그럼에도 자신이 쓰는 기사가 사회 정의의 발로라 떠드는 이들보다는 훨씬 낫다.

"사이타마 일보의 사주가 들으면 어떤 표정을 지을지 궁금하네요."

"신문사가 내세우는 정의라는 것도 결국 편집 방침에 불과하죠. 사주가 바뀌면 신문의 색깔 자체가 달라집니다. 머리만 바뀌면 변모하는 정의를 과연 정의라고 부를 수 있을까요? 그나저나 미코시바 선생님. 조금 전에 제가 던진 질문에 답해 주셨으면 좋겠는데요."

"뭐였죠?"

"시치미 떼시기는. 구사카베 요코 씨의 프로필, 그리고 선생님과의 진짜 관계 말입니다."

"하찮은 질문이라는 건 알고 있겠죠?"

오노우에는 가슴을 쭉 펴며 "물론입니다"라고 했다.

"미코시바 선생님 앞에서는 계속 진심을 보이고 있다고 말씀드렸습니다."

"어떤 의미에서는 좋은 태도군요. 다른 기자들도 본받았으면 좋겠습니다."

진심을 앞세우면 진심으로 답하는 것이 도리다. 평소와 다르게 미코시바는 이 남자의 쓸데없는 이야기에 동조해 주고 싶었다.

"오노우에 기자님이라고 하셨나요. 반대로 제가 몇 가지 물어도 되겠습니까?"

"질문은 제 일이지만 뭐, 괜찮겠죠. 기밀 유지 범위에서라면 뭐든 대답해 드리겠습니다."

"구사카베 요코 양이 미코시바 법률 사무소 직원이라는 걸 아는 곳은 기자님네 신문사 외에 또 어디가 있습니까?"

요코의 이름만으로는 변호사 협회에서 검색해도 나오지 않는다. 내일 첫 공판을 앞둔 지금 미코시바에게 인터뷰를 시도한 기자도 오노우에가 처음이었다.

"어제 시점까지 정보를 쥔 언론사는 저희뿐이었던 것 같습니다."

오노우에는 자랑하는 기색도 없이 담담히 말했다.

"오노우에 씨는 신문 기자로서 유능한 축에 속합니까?"

"동료와 경찰관들 사이에서는 '쥐새끼'로 통하죠. 여기저기 빈 틈새로 기어들어가 뭐든 물어 온다고 하더군요."

"기자님만 아는 정보라는 말이군요."

"어제 시점까지라고 조금 전에 말씀드렸을 텐데요."

다시 말해 오늘내일이면 다른 매체로 확산될 수도 있다는 뜻이다.

"출처가 어디죠?"

"기자가 그걸 알려 줄 거라고 생각하세요?"

"신문 기자가 만날 사람 중에 저에게 악의를 품고 있다면 아마 경찰 관계자겠죠. 사건을 담당한 형사 중 누군가가 구사카베 요코 양의 근무지를 흘린 것으로 보이네요. 피고인의 근무지를 알려 주는 것 정도는 정보 유출이라 하기도 어려울 테고."

미코시바는 오노우에게서 한시도 눈을 떼지 않았다. 눈동자가 살짝 흔들리는 것을 보니 직감이 맞았다고 판단했다.

"아무튼 거기에 해당할 사람으로는 경시청의 오케야 경위 정도가 있을 것 같은데요. 약간의 소음을 울리며 변호 활동을 방해하는 건 아무렇지도 않게 생각할 분이니. 어떻습니까?"

"대답하지 않겠습니다."

부정하지 않는 순간에 자백한 것이나 다름없다.

"오노우에 기자님께 가장 먼저 유출한 후에 다른 매체에도 퍼뜨린다. 아니면 오노우에 기자님이 직접 퍼뜨린다. 어느 쪽이든 내일 전직 '시체 배달부' 밑에서 일하던 직원의 첫 공판에는 어차피 취재진과 구경꾼들이 몰릴 거라는 계산일까요."

"사람의 표정만 보고 어떻게 그토록 망상을 부풀리시는지 대단할 따름입니다."

"망상이라면 그냥 웃어넘기시면 됩니다. 그러나 웃을 수 없겠죠. 내일 몰려들 기자 중에는 당연히 그쪽도 포함돼 있을 테니."

"설마 선생님 정도 되는 분이 언론의 집중포화를 두려워하시는 건 아니겠죠?"

나 자신은 악의와 비방에 익숙하다. 하지만 요코는 다르다. 사방에서 욕설과 증오 섞인 눈빛을 받으면 자제력을 잃을 수 있다. 동요하고 의심에 휩싸인 피고인은 검사보다 더 위험한 존재가 된다.

"자, 선생님의 질문은 그걸로 끝일까요?"

"네."

"그럼 지금부터는 조금 전의 제 질문에 답해 주시죠."

"노 코멘트."

"오, 부정하지 않으시는 겁니까?"

"상대가 화를 낼 질문을 던지고 무심코 내뱉은 말을 받아 기사로 만든다. 그쪽처럼 닳고 닳은 기자들이 쓰는 수법이지만 적어도 저한테는 통하지 않습니다."

"어떻게 통하지 않는다고 단정하시죠?"

내게는 마땅히 있어야 할 감정이 없기 때문이다. 그러나 처음 보는 사람 앞에서 그런 이야기를 할 생각은 추호도 없었다.

"취재에 조금 협조해 주신다고 해서 천벌이 떨어지지는 않을 텐데."

벤츠의 문을 연 미코시바를 보며 오노우에는 못내 아쉬운 듯이 말했다.

"아군은 한 명이라도 많을수록 좋다잖습니까. 그 아군이 언론인이라면 더욱 좋겠죠."

"댁은 다른 기자들과 조금 다르다고 생각했는데 아무래도 제가 사람을 잘못 봤나 봅니다."

슬슬 오노우에를 상대하는 게 지겨워지기 시작했다.

"자신이 쓴 기사가 독자들의 마음을 움직이고 더 나아가 사회와 세상을 변화시키는 데 일조한다. 조금 전 오노우에 씨는 망상이라는 단어를 썼는데, 바로 이것이야말로 언론계 종사자들이 가지고 있는 망상이죠. 당신들이 아무리 기사를 정성 들여서 써도 정체불명의 블로그 주인의 선동에 비할 바가 못 되는 상황입니다. '이 나라의 정의'의 유혹에 넘어가 저에게 징계 청구를 한 사람이 무려 830명에 달해요. 오노우에 씨는 직접 기사를 써서 과연 몇 명이나 되는 사람들을 움직일 수 있을까요."

예상치 못한 방향의 지적에 그전까지 여유를 보이던 오노우에도 당황한 기색이 역력했다. 설마 자신이 쓴 기사가 인터넷에서 떠도는 유언비어보다 못한 취급을 받을 줄은 상상도 못 했을 것이다.

"높은 곳에서 내려다보는 듯한 신문사 사설, 정의감 넘치는 르포 기사들도 단순한 자기만족에 불과합니다. 언론의 힘을 과시하고자 발버둥 쳐도 이미 대부분의 사람들은 알아차리고 있어요. 댁들에게 더 이상 예전 같은 권위는 없다는 걸. 그런데도 과거의 위세에 매달려 연명하기에 급급하죠. 그런 나약한 아군은 저로서도 사절입니다. 변호 활동에 방해될 뿐이니."

"이야, 정말 대단하십니다."

완전히 맥이 풀린 듯한 오노우에는 어느새 원망하는 표정을 짓고 있었다.

"지금까지도 취재원들에게 꽤나 심한 말들을 들어 왔지만 그중에서도 단연코 최고예요."

"지금까지 댁이 들은 비난은 그냥 인사치레 같은 거라고 생각하시면 됩니다."

운전석에 앉아 가속 페달을 밟을 때도 미코시바는 속으로 중얼거렸다.

당신도 다섯 살짜리 여자아이를 죽이고 그 몸을 해체해 봐라. 그럼 선량한 척하는 자들의 악의가 어떤 것인지 뼈저리게 느낄 수 있을 것이다.

2

다음 날 오전 11시. 도쿄 지방 법원으로 들어가는 합동 청사 앞을 지날 때 히비야 공원 안 이와이다몬 일대는 방청권을 구하는 이들로 북적였다. 구사카베 요코 사건의 개정 시간은 오후 2시지만 일찍 온 사람은 벌써 다섯 시간 이상 전부터 줄을 섰다고 했다. 그중에는 언론사에서 고용한 아르바이트도 섞여 있을 것이다.

줄을 선 이들은 어딘지 모르게 쓸쓸한 표정이었다. 방청이라고 하면 듣기에 그럴싸하지만 결국 자신과 무관한 남의 불행과 비극을 관람하는 쇼에 불과하다. 법정을 모독하느냐는 판사들의 목소리가 귀에 들리는 것 같지만 미코시바는 그런 판사들에게 방청권을 얻기 위해 줄을 선 이들의 얼굴을 한번 둘러보라고 말해 주고 싶었다. 남녀노소 할 것 없이 누구나 호기심에 눈을 반짝이고 있기 때문이다.

미코시바가 개정 세 시간 전 법원을 찾은 것은 요코를 접견하기 위해서였다.

서기관실에 들어가 요코가 법원에 도착한 걸 확인한 후 피고인을 접견하고 싶다는 의사를 전했다.

"이곳에 기입 부탁합니다."

그렇게 접견 신청서를 작성하면 서기관이 접견실로 안내해 준다.

앞장서서 걸어가는 서기관은 한 마디도 입을 열지 않았다. 법원 관계자라면 미코시바의 신상이나 요코의 사건 내용도 알고 있을 텐데 굳이 말하지 않는 건 최소한의 직업윤리일 것이다.

접견실에서 이미 요코가 대기하고 있었다. 서기관이 앉을 때까지 기다렸다가 요코가 입을 뗐다.

"재판 회의네요."

"그래."

"하지만 첫 공판에서 피고인이 발언할 기회는 없잖아요. 왜 회의가 필요하죠?"

"사무소에서 계속 일했어도 실제 법정을 구경한 적은 없겠지."

"네, 그럴 기회는 없었어요. 사무직이니 그게 당연하겠지만."

"자네가 일하는 곳은 문제가 많아."

미코시바로서는 최선을 다한 사과였다.

"고용주에게 문제가 있으면 직원들에게도 영향을 주지."

"그게 무슨 뜻인가요?"

"자네가 아무리 정당해도 내 예전 악행 때문에 다들 색안경을 끼고 보니까. 조금 전에도 이와이다몬 앞을 지나는데 구경꾼들이 방청권을 얻으려고 줄을 서 있더군."

"주목받고 있네요."

"그냥 주목받는 게 아니야. 과거에 사건을 일으킨 변호사와 그 밑에서 일하던 직원이 어떤 악행을 저질렀는지 법정에서 들으며 혀를 끌끌 차려고 만전의 준비를 다 하고 있지."

"왠지 저도 느껴지는 것 같아요."

요코는 힘없이 웃었다. 구금 생활이 역시 정신적 타격을 줬는지 활기찬 모습을 찾아볼 수 없다. 피부도 윤기를 잃은 듯했다.

"오케야 형사님과 검사님께 조사받는 동안 알게 됐어요. 30대 중반을 넘긴 안 팔리는 노처녀가 마침내 만난 우량주의 바람기를 깨닫고 분노에 눈이 멀어 사고를 친…… 그런 사건으로 보고 있다는 걸요."

"미코시바 법률 사무소 직원이라는 필터도 걸려 있겠지. 전직 촉법 소년 변호사와 질투심 강한 직원 콤비라는 그림이야."

"제 일인데도 꼭 남의 이야기를 듣는 것 같아 무심코 웃음이 나요. 사실 웃고 있을 때가 아닌데."

"피고인 신문 때 자네는 피고인석에 서게 될 거야. 그때 검찰과 방청석에서 무언의 압력을 느낄 수도 있어."

요코는 잘 모르겠다는 듯이 고개를 갸웃거렸다.

"방청석에 앉아 있는 이들은 딱히 뭔가를 보고 배우려고 그곳에 온 게 아니야. 그저 세간의 호기심과 악의를 대변하는 존재들일 뿐. 일본의 재판 역시 공개 재판의 명분으로 방청석을 마련한 거지 국민의 판단을 널리 구한다는 갸륵한 취지 같은 건 없지. 그러니 꼭 신이 된 것처럼 법정을 내려다보고 블로그에 방청 후기를 올리며 즐기는 사람, 자신이 마치 법조계의 일원이라도 된 것 같은 착각에 빠진 사람 등 종류는 다양하지만 하나같이 모자란 인간들만 모였다고 봐도 무방해. 그런 자들이니 자네에게 보내는 시선도 온통 조롱과 혐오뿐인 거고."

방청객이 들으면 그 즉시 항의할 발언이지만 이것이 오랫동안 법정에 서 온 미코시바의 솔직한 심정이었다. 게다가 이번에 피고인석에 서는 사람은 요코다. 다소 편견이 섞여 있다고 해도 경계하도록 주의를 환기시키는 편이 좋다.

"검사, 판사, 방청객 전부 신경 쓰지 마. 밭에 자란 호박 정도로 보는 게 좋겠군."

"호박이라. 꼭 처음 무대에 서는 여배우에게 건네는 조언 같아요."

"호박이 싫으면 당근이든 멜론이든 상관없어."

그러자 요코의 표정이 살짝 누그러졌다.

"그런데 의외로 전 괜찮은 것 같아요. 어릴 때부터 싸늘한 시선을 받고 욕을 먹는 데 이미 익숙하니까요."

"피고인으로 규탄받는 건 가정환경 때문에 차별받는 것과 차원이 다르지."

"어차피 돌을 던지는 사람 입장에서는 비슷하겠죠. 선생님은 저한테 호적이 없다는 것도 이미 조사하셨죠?"

"그래."

"호적이 단순한 등록 제도이고 문서 한 장에 불과하다고 생각하는 분도 있다는데, 그런 사람들은 절대 제 마음을 모를 거예요. 호적이 없다는 건 넌 이 나라 국민이 아니라고 하는 거나 마찬가지예요."

"하지만 그런 것치고 주민 등록은 또 제대로 돼 있지. 행정 서비스를 받을 수 있었고 생활에 별다른 지장도 없었을 터."

"다른 사람들과 똑같은 서비스를 받는 것과 존재 증명이 없는 건 전혀 다른 문제예요. 호적이 없으면 그 어떤 증명서를 청구할 때도 절차가 조금씩 다르고, 외국인 문제로 이중 국적 이야기가 나올 때는 저절로 움츠러들어요. 그리고 사회인이 된 뒤에도 그건 마찬가지였어요. 취업 전까지 항상 무호적이라는 꼬리표가 붙어 다녔으니까요. 제가 무호적자라는 걸 알게 된 사람들은 하나같이 절 이상하게 봤죠. 호적이 없으니 비국민이라는 말도 들었고요. 그런 마당에 법정에서 누가 어떤 시선으로 절 보든 무슨 영향을 받겠어요."

"그 말을 들으니 안심되는군."

더 이상 신변잡기를 들을 생각은 없다. 다만 첫 공판 법정에서 요코가 자제력을 잃지 않기만을 바랄 뿐이다.

"하나만 더. 혹시 방청석에서 낯익은 얼굴이 보이면 나중에 알리도록."

"무슨 뜻이죠?"

"도모하라를 살해한 범인이 섞여 있을지도 모르니까."

오후 1시 57분, 미코시바는 828호실 법정의 문을 열었다.

법정 안에는 검사가 먼저 도착해 있었다. 고세 지로 검사. 그전에도 법정에서 몇 번인가 얼굴을 마주한 적이 있다. 맞춤 제작한 재킷과 주름 하나 없는 바지. 냉정해 보이는 눈빛과 얇은 입술에서 온기라고는 느껴지지 않는다. 공판 검사로서 꽤 많은 재판에 참석해 미코시바의 전술도 잘 아는 사람이다. 고세는 법정에 들어온 미코시바를 딱 한 번 쳐다보고 곧장 다시 얼굴을 돌렸다.

미코시바의 입장에 무엇보다 시끌벅적해진 곳은 방청석이었다.

"저 녀석이다."

"'시체 배달부'잖아."

"지금이라면 찍을 수 있을까."

법정 경위의 눈치를 보며 조용히 수군거리고 있지만 어차피 미코시바는 개의치 않았다. 설령 찍는다고 해도 그 사진으로 뭘 할 수 있을까. 인스타그램에 올려서 주목을 받으려는 걸까. 공개된 사진은 보는 사람에게 사진을 촬영한 사람의 심정도 상상하게 만든다. 법정에 선 예전 촉법 소년을 촬영하는 순간 자신의 경박한 정의감과 가학성이 동시에 사진에 담기리라고는 꿈에도 상상하지 못하는 듯했다.

사방에서 쏟아지는 눈길이 피부에 착 달라붙는다. 이미 익숙한 감촉이라 거북하기는 해도 신경 쓰이지는 않았다.

요코도 눈엣가시 취급을 당하는 데는 익숙하다고 했다. 요코의 과거를 이제 막 알게 된 마당에 그녀가 과거에 당한 일들을 피부로 느끼라는 건 무리다. 그러나 요코는 허세나 과시 따위와 무관한 사람이다. 눈엣가시 취급에 익숙하다면 그 말을 곧이곧대로 믿을 수밖에 없다.

잠시 후 요코가 교도관과 함께 법정에 들어왔다. 방청객들의 눈빛이 더욱 집요해진다. 불쾌하게 쳐다보는 변태를 만났을 때와 비슷한 느낌인지 요코는 걷는 내내 미간에 주름이 잡혀 있었다. 수갑을 찬 모습이 이보다 더 어울리지 않을 수 없다. 세상에는 수갑이 어울리는 사람과 어울리지 않는 사람이 있다는 사실이 묘하게 감탄스러웠다.

"공지 사항입니다. 심리에 방해가 될 수 있으니 휴대 전화는 전원을 꺼 주십시오. 양해 바랍니다. 또한 촬영과 녹음도 금지되어 있습니다."

경위의 주의를 듣고 방청객 중 일부가 휴대폰 전원을 껐다. 물론 일부는 녹음 상태로 하고 주머니에 넣은 사람도 있겠지만 지금의 법원은 휴대 전화 압수까지는 하지 않는다. 물론 언젠가 법정 안 대화가 외부에 유출되는 일이 생기면 반입이 금지될 수도 있다.

곧이어 세 명의 판사와 여섯 명의 배심원이 등장하자 법정에 있는 모든 이들이 자리에서 일어섰다.

판사석 가운데에 앉은 사람은 나리히라 재판장, 우배심은 사카모토 판사, 좌배심은 아야카와 판사. 배심원은 남성 셋, 여성 셋 구성이다. 의도한 것은 아니겠지만 평상시보다 여성 배심원 비율이 높다. 그러나 그런 상황이 요코에게 유리하게 작용할지는 미지수다.

"개정합니다. 2016년 (와) 제2523호 심리에 들어갑니다. 피고인은 앞으로."

요코가 "네" 하고 일어섰다.

"인정 신문을 시작합니다. 피고인은 성명, 생년월일, 본적지, 주소, 직업을 말하세요."

"이름 구사카베 요코. 생년월일은 1981년 5월 23일. 주소는 도쿄도 스미다구 오시아게 4번지 1-3입니다. 도쿄에 위치한 미코시바 법률 사무소라는 변호사 사무소에서 근무하고 있습니다."

방청석에서 소리 없는 외침이 터졌다. 그냥 법률 사무소가 아닌 미코시바의 이름까지 거론한 것은 요코 나름의 최소한의 저항일지 모른다.

불필요한 짓이라 생각했지만 요코의 성격을 감안하면 용인되는 수준이다. 그러나 재판장 나리히라는 다른 방향에서 반격을 가했다.

"피고인. 본적지를 말하지 않았습니다. 본적지를 말하세요."

"본적지는…… 없습니다."

"없다는 게 무슨 뜻이죠?"

"있는 그대로의 의미입니다. 집안 사정상 저는 호적이 없습니다."

법조인에게는 그 설명만으로 충분했다. 나리히라는 더 추궁하지 않고 말을 이었다.

"검사, 공소장에 기재된 공소 사실을 말하세요."

"올해 6월 1일 오후 9시에서 11시 사이, 피고인은 당시 교제 중이던 피해자 도모하라 데쓰야 씨가 다른 불특정 다수의 여성들과 교제하는 상황에 불쾌감을 느껴 자택 근처인 도쿄메트로 오시아게역 A2 출구 인근에서 사전에 준비한 칼로 그의 옆구리를 찔러 살해한 후 시신을 수풀에 숨기고 도주했다. 죄명, 살인죄. 형법 제199조."

"변호인."

나리히라가 미코시바 쪽으로 시선을 옮겼다. 속내를 가늠하기 어려운 것이 나리히라 판사의 특징이다. 그전에도 미코시바가 아무리 변칙적인 변론을 펼쳐도 눈썹 하나 까닥하지 않고 평정심을 유지하는 듯 보였다.

"지금 검사가 말한 공소 사실에 추가 설명이 필요합니까?"

"필요 없습니다."

"그럼 지금부터 죄상 인부를 시작합니다. 피고인, 지금부터 피고인이 법정에서 말하는 내용은 모두 증거가 됩니다. 따라서 자신에게 불리하다고 생각되는 부분에서는 침묵할 권리가 있습니다. 알겠습니까?"

"네."

"먼저 묻겠습니다. 조금 전 검사가 낭독한 공소장 내용이 사실입니까?"

요코는 당당히 고개를 치켜들었다.

"아뇨, 사실이 아닙니다."

순간 법정 안이 찬물을 끼얹은 것처럼 조용해졌다.

"전 도모하라 씨를 죽이지 않았습니다. 결백합니다."

"변호인, 의견은?"

"변호인은 피고인의 무죄를 주장합니다."

미코시바의 선전포고. 이로써 이번 사건은 인정 여부를 다투는 사안이 되었다.

"검찰은 흉기로 쓰인 칼에 피고인의 지문이 묻어 있었다는 점, 피고인에게 사건 당시 알리바이가 없다는 점, 그리고 피고인이 피해자에게 배신당했다는 점 등을 근거로 피고인을 기소했습니다. 그러나 피고인은 체포 이후 검찰 조사에 이르기까지 일관되게 무죄를 주장하고 있습니다. 본 변호인은 앞으로 검찰이 제출한 증거 및 주장에 하나하나 반증을 제시할 것입니다."

"알겠습니다. 피고인은 원래 자리로 돌아가세요."

전문 지식이 없어도 현재 흐름으로 볼 때 검찰과 변호인이 정면에서 맞붙은 게 느껴질 것이다. 나리히라가 말하는 동안 법정 안에는 긴장감이 감돌았다.

"검사, 모두 발언을 시작하세요."

"피고인 구사카베 요코는 후쿠오카시에서 상경해 단기대학을 졸업하고 도쿄도 아라카와구에 있는 사무기기 제조업체 'OA 오카무라'에서 3년을 근무한 후 현재의 근무처인 '미코시바 법률 사무소'에 취직했습니다. 올 초 지인을 통해 피해자 도모하라 데쓰야 씨를 알게 되어 여러 번 데이트를 즐 겼습니다. 나이상 결혼 적령기를 넘긴 피고인은 피해자와의 결혼을 강하게 바랐지만 피해자에게 다른 여성이 있다는 것 을 깨닫고 배신감을 느끼며 격정에 휩싸였습니다."

이 진술 내용에는 정확성이 결여돼 있다. 요코의 직력은 넘어간다고 쳐도 도모하라에 대한 감정이나 다른 여성이 있 다는 것을 깨닫고 격정에 휩싸였다는 이야기는 모두 검찰 측 의 창작이다. 살인 동기를 제시하기 위해 필요한 설정이겠지 만 요코의 증언과 전혀 맞물리지 않는다. 당사자인 요코도 고세의 진술 따위 귀에도 들어오지 않는 듯 무표정했다.

잘하고 있어.

미코시바는 속으로 요코를 칭찬했다. 죄상 인부 때 보인 단호한 태도와 검찰의 모두 진술에 말없이 적개심을 드러내 는 것. 여기까지는 만점을 줄 수 있다.

"6월 1일, 피고인은 피해자와 도쿄 소라마치에 있는 프렌 치 레스토랑 '르 보나 하자마'에서 저녁 식사를 하고 피해자 를 오시아게역으로 데려가 목격자가 없는 것을 확인한 후 피 해자를 칼로 찔러 살해했습니다. 이후는 공소장에 적힌 내용 과 동일하니 생략합니다."

고세는 잠시 숨을 고르고 경찰의 수사 상황을 설명했다.

"피해자는 흉기에 옆구리를 깊숙이 찔렸는데 이것이 치명상이 되어 출혈성 쇼크사를 일으켰습니다. 범행에 쓰인 칼은 흰색 자루에 칼날이 12센티미터에 달하며 칼날 부분이 가공돼 있어 보통 칼보다 훨씬 날카로웠습니다. 또 칼자루 부분에서는 오로지 피고인의 지문만이 채취됐습니다. 검찰은 흉기로 사용된 칼을 갑 3호증, 칼에 남은 지문과 피고인의 지문을 대조한 감정 결과를 갑 8호증으로 이미 제출했습니다."

고세의 목소리가 유난히 크게 울려 퍼진다. 흉기에 남은 지문이 요코를 체포한 가장 큰 물적 증거다. 고래고래 소리치고 싶어질 만하다.

"피해자 도모하라 데쓰야 씨는 롯폰기에 있는 아파트에서 독신 생활을 했는데 사건 며칠 전에도 피고인이 아닌 다른 여성이 그의 집에 드나드는 것을 이웃 주민이 목격했습니다. 피해자가 여러 명의 여성과 교제하고 있었다는 점은 살인의 동기를 보완합니다. 이웃 주민의 증언은 을 4호증에서 8호증으로 제출했습니다."

"변호인. 방금 검사의 모두 진술에 나온 기제출된 갑 3호증, 갑 8호증, 을 4호증부터 8호증까지를 증거로 채택하는 것에 동의합니까?"

"변호인은 갑 3호증과 갑 8호증에 대해서는 동의하지 않습니다."

　법정 안이 술렁이기 시작했다. 가장 유력한 물적 증거를 반증하겠다고 하니 떠들썩해지는 것도 당연하다. 여섯 명의 배심원도 뜻밖이라는 듯이 미코시바를 뚫어지게 쳐다봤다.

　체포에 결정적인 영향을 미친 최대 증거물인 만큼 그 효력이 부정되는 순간 요코에게 씌워진 혐의도 사라진다. 미코시바의 전략은 이 한 방에 있었다.

　"검찰이 제출한 을 12호증, 즉 피고인의 진술 조서에 따르면 피고인은 지금껏 해당 흉기를 한 번도 본 적이 없다고 단언하고 있습니다. 자루가 흰색인 그 칼은 주변에서 흔히 볼 수 있는 양산품이 아니지만, 경찰은 피고인이 흉기를 입수한 경로를 밝히지 못했습니다. 또 흉기의 칼날 부분이 가공되어 더욱 날카로웠다고 하는데, 그렇다면 피고인은 어디서 그런 가공을 했을까요. 갑 14호증은 피고인의 자택 수색 당시 압수된 물건의 목록입니다만, 그 안에 칼갈이 도구 같은 것은 포함돼 있지 않습니다. 흉기가 가공된 사실을 알았다면 가택 수색을 한 수사관들도 당연히 칼날 연마에 쓰이는 도구를 찾았을 것입니다. 압수물 목록에 해당 물증이 없다는 건 피고인의 집에서 그런 물건을 발견하지 못했기 때문입니다."

　핵심을 찔렸는지 고세의 입술이 화난 듯 일그러졌다.

"물론 피고인의 근무지인 제 사무실도 샅샅이 뒤졌지만 그런 도구는 어디에서도 발견되지 않았다는 점을 말씀드립니다. 앞서 설명 드린 바와 같이 피고인이 해당 흉기를 구입하고 가공한 사실은 없으며, 따라서 해당 물증은 증거 능력이 매우 희박하다고 할 수 있습니다."

그러자 고세가 곧장 "재판장님" 하고 목소리를 높였다.

"변호인의 지적대로 가택 수색 당시 피고인의 집에서 칼갈이 도구 같은 건 나오지 않았습니다. 하지만 사용 후 폐기했을 가능성도 있습니다."

"그럼 칼갈이 도구를 입수한 기록과 폐기한 증거를 제출해 주시죠."

나리히라가 입을 열기도 전에 미코시바가 먼저 요구했다. 나리히라도 같은 생각을 했는지 굳이 끼어들지 않았다.

나리히라는 "하지만 변호인" 하고 미코시바에게 얼굴을 향했다.

"흉기에 피고인의 지문이 남아 있는 건 사실입니다. 이에 대해서는 어떻게 생각합니까?"

"그것은 다음 공판에서 입증하려 합니다."

"알겠습니다. 그럼 다음 공판에서 변론하기 바랍니다. 변호인, 다른 의견 있습니까?"

"있습니다. 피고인이 당일 착용한 옷에 대해서입니다."

고세가 눈을 위로 치뜨고 미코시바를 노려봤다. 역시나 이 역시 검찰 측의 약점이었던 듯하다.

"피고인은 사건 당일 옅은 보라색 카디건을 걸치고 있었습니다. 이는 검찰 측이 제출한 갑 22호증, 그리고 도쿄 소라마치 안에 설치된 CCTV 카메라 영상에도 찍혀 있습니다. 피해자의 직접 사인은 출혈성 쇼크사입니다. 쇼크사를 할 정도의 출혈을 동반했다면 피해자를 공격한 사람도 피를 뒤집어썼다고 보는 것이 합리적이지만, 압수된 피고인의 카디건에서는 혈흔 같은 건 한 방울도 나오지 않았습니다. 이 역시 피고인이 살인에 관여하지 않았다는 증거가 될 수 있습니다."

"재판장님."

"검사, 말씀하세요."

"피고인의 옷에서 혈액 반응이 나오지는 않았습니다. 하지만 같은 종류, 같은 색 카디건을 한 벌 더 준비해 피가 묻은 카디건을 폐기하면 그만입니다."

"피가 튈 것을 경계해 같은 종류의 카디건까지 준비한 사람이 지문이 묻은 흉기를 현장에 두고 가는 게 과연 가당한 일일까요. 그야말로 모순적입니다. 그런데도 그렇게 주장한다면 이번에도 역시 두 번째 카디건을 구입한 기록과 버려진

카디건의 흔적을 검찰이 입증해야 합니다."

미코시바의 반론에 고세는 입을 다물었다. 누가 봐도 현재 상황은 변호인 쪽에 유리해 보인다. 나리히라가 보다 못한 것처럼 끼어들었다.

"검사, 논고하세요."

"검찰은 피고인에게 징역 15년을 구형합니다."

사람 한 명을 살해하고 징역 15년을 구형한 근거에는 시신을 덤불에 은닉했다는 행위가 더해졌을 것이다. 양형으로는 타당하지만 미코시바의 눈에는 검찰 측의 자신감 부족이 비쳤다.

"변호인은 어떻습니까?"

"앞서 말했듯이 변호인은 피고인의 무죄를 주장합니다."

"지금 바로 피고인 신문을 진행하겠습니까?"

"아뇨."

"그럼 다음 공판에서 갑 3호증과 갑 8호증의 반증을 준비해 주시기 바랍니다. 다음 기일은 2주 후로 하겠습니다. 폐정."

나리히라의 선언을 신호로 다른 판사들도 일어섰다. 뒤이어 방청석에 있던 기자들로 보이는 사람들이 법정을 우르르 빠져나갔다.

요코는 손목에 다시 수갑이 채워진 채 교도관에게 이끌려 자리에서 일어섰다. 그러더니 퇴정 직전에 미코시바 쪽으로 고개를 향했다.

미코시바는 가위에 눌린 사람처럼 그 자리에서 잠시 꼼짝하지 못했다. 요코가 보내는 눈빛은 상대를 전적으로 신뢰하는 눈빛이었다.

요코의 뒷모습을 향해 미코시바는 분노를 담아 물었다.

어떻게 그렇게까지 날 믿지?

난 한때 네 친구였던 여자아이를 더없이 잔인하게 살해한 사람이다. 나에게 보내는 그 신뢰는 대체 어디에 뿌리를 두고 있는가.

고개를 두어 번 흔들고 정면을 보니 고세가 어두운 표정으로 미코시바를 노려보고 있었다. 철저하게 상대를 신뢰하지 않는 눈빛이다. 그러나 아이러니하게도 미코시바는 고세의 눈빛에서 오히려 안도감을 느꼈다. 호라이 앞에서는 원망과 저주 모두 자신에게는 자장가나 마찬가지라고 했지만 불신 또한 미코시바에게는 신경 안정제였다.

"아주 의기양양해 보이는군."

고세는 그런 미코시바를 보며 뭔가 착각했는지 날카롭게 말했다.

"첫 공판에서 점수를 벌 속셈인가?"

"그런 계획은 없습니다."

"칼갈이 도구와 피 묻은 카디건. 분명 압수물 명단에는 없는 물건들이지. 하지만 정말 존재하지 않는다고 결론 난 것도 아니야. 지금도 수사본부에서 눈에 불을 켜고 찾고 있으니 발견되는 것도 시간문제일걸."

"경시청의 수사 능력은 저도 높이 평가하고 있습니다."

"나오기만 하면 더 반박할 여지도 사라질 텐데."

"알고 있습니다."

"시간 벌기인가."

"마음대로 판단하시죠."

"도모하라 데쓰야에 대해서는 이쪽도 이미 조사를 마쳤어."

고세는 곤란한 듯이 입술을 일그러뜨렸다.

"늘 여러 명의 교제 상대가 있었던 건 상대 여성들의 직장 내부 문제를 캐내기 위해서였다지. 그에게 여자들은 연애 대상이 아닌 그저 돈벌이 수단이었더군."

"오."

"기업 내 문제를 알아내 매니지먼트를 자처하며 해결책을 제시한다. 기업 입장에서는 도움이 되겠지만 이용당한 여자에게는 마른하늘에 날벼락 같은 일. 기밀 누설자라는 낙인이 찍혀 최소 좌천, 최악의 경우 징계 해고. 괴로워하다가 스스로 목숨을 끊은 사람까지 있다더군. 그런 의미에서는 구사카베 요코 양 또한 피해자 중 한 명이라 할 수도 있겠지."

검찰 측 입장이 바뀐 것은 없다.

고세는 요코에게도 비슷한 회유를 시도할 가능성이 크다. 이는 피고인을 동정하는 듯 연기하며 변호인의 방심을 유도하는 전략이다.

"하지만 그렇다고 해서 도모하라 데쓰야를 죽일 필요까지는 없었어. 피해자들을 모아 미코시바 선생의 조력을 받아서 소송을 제기하면 그에게 차고 넘치는 사회적 제재를 줄 수 있었겠지. 칼 같은 걸 왜 들었을까."

"동정은 필요 없습니다."

미코시바는 한 손을 들어서 제지했다.

"자백 사건으로 전환해 양형을 다툴 마음은 티끌만큼도 없으니까요."

"어떻게 반증하든 흉기에 남은 지문은 철옹성 같은 물적 증거야."

그 철옹성 같은 물적 증거를 여러 번 무력화시켜 왔기에 지금의 내가 있다. 그러나 이건 굳이 언급하지 않아도 알 것이다.

"이 세상에 철옹성이라고 부를 수 있는 건 그리 많지 않습니다."

미코시바는 그렇게 내뱉고 고세에게 등을 돌렸다.

3

다음 날 아침, 집으로 배달된 신문 사회면에 재판 기사가 실려 있었다.

18일, 오시아게역 회사원 살인 사건의 첫 번째 공판이 도쿄 지방 법원에서 열렸다. 살인 혐의로 기소된 구사카베 요코 피고의 변호인이 피고의 무죄를 주장해 징역 15년을 구형한 검찰과 정면에서 맞붙는 구도가 되었다. 변호를 맡은 사람은 피고가 근무하는 법률 사무소의 대표 미코시바 레이지 변호사다. 6월 1일 도쿄메트로 오시아게역 출구에서 회사원 도모하라 데쓰야 씨가 칼에 복부를 찔려 사망한 사건으로 경찰은 피해자의 교제 상대인 구사카베 요코를 체포했다.

사법부 기자인지 사회부 기자인지 알 수 없지만 간결하고 핵심을 찌르는 기사라며 감탄했다. 재판이 유무죄를 다투는 사안인 것, 피고인이 미코시바의 관계자인 것까지 확실히 명시했다. 기사가 나간 신문은 전국지이니 다른 대형 전국지에도 거의 비슷한 내용의 기사가 실렸을 것이다. 바꿔 말해 신문사에서 등록하는 인터넷 뉴스에도 같은 기사가 올랐다. 이렇게 되면 미코시바에게 나쁜 인상을 가지고 있는 독자들의 이목이 집중된다. 악명이 무명보다 낫다는 게 바로 이런 상황이다.

아파트 근처 커피숍에서 아침 식사를 간단히 마치고 미코시바는 가메아리 경찰서로 직행했다. 승률 90퍼센트를 자랑하는 악질 변호사의 이름은 경시청과 관할서에 널리 알려져 있다. 문전박대를 당해야 마땅하지만 수사관이 마지못해서 면담을 수락해야 하는 경우도 있다. 예를 들어 이번처럼 미코시바 자신이 피해자인 경우다.

가메아리 경찰서 접수처에서 방문 목적을 밝히자마자 무로타가 나타났다.

"선생님, 또 무슨 바람이 부셨길래."

"전 바람잡이가 아닙니다. 피해자로서 수사 진행 상황을 확인하러 왔을 뿐이죠."

"범인이 밝혀지면 즉시 보고하겠습니다."

"그런가요. 상해 사건의 피해자가 다음 순간 가해자로 변신한다는 막말을 일삼는 형사분이 있는 경찰서입니다. 얼마나 진지하게 수사해 주실지."

무로타는 어안이 벙벙해 보였다.

"농담이잖습니까."

"상대가 농담으로 받아들이지 않으면 어엿한 명예 훼손에 해당하죠. 성희롱과 같습니다."

"협박하시는 건가요?"

"실제로 소송을 제기하면 법적 다툼이 되겠죠. 거기에 이쪽은 소송 전문가라."

"……잠깐 다른 곳에 가서 이야기하실까요?"

무로타의 권유로 미코시바는 접수처 앞에 있는 1층의 다른 방으로 안내받았다.

"상해 사건 수사는 차근차근 진행되고 있습니다."

소파에 앉은 무로타가 입을 뗐다. 담당 형사가 피해자 앞에서 하는 말에는 번역이 필요하다. 이번 경우에 정확한 번역은 '수사가 더디게 진행되고 있습니다'일 것이다.

"현장에서 목격자나 유류품이 나왔습니까?"

"아뇨, 아직."

"목격자나 유류품이 나오지도 않았는데 어떻게 차근차근 진행되고 있다는 건지 설명해 주시죠."

"수사 정보를 함부로 유출할 수는 없습니다. 설령 피해자 분이라고 해도요."

"그렇군요. 정보를 공개해 주시면 이쪽도 수사에 협조할 수 있을 것 같은데."

"범인은 모자와 마스크로 얼굴을 가린 데다 헐렁한 스웨터로 체형도 감추고 있었잖습니까. 선생님께서도 범인의 키 외에는 다른 단서 같은 게 없다고 증언하셨고요."

"처음 습격당했을 때는 그랬죠. 그래서 제 발로 미끼가 되어 보기로 했습니다."

"그게 무슨 말씀이시죠?"

"오늘 아침 신문에 제 이름이 실린 거 보셨습니까?"

무로타가 고개를 끄덕였다.

"변호사 사무소 직원 사건의 첫 공판 기사 말씀이시죠? 네, 저도 기사를 읽었습니다."

"절 노린 범인이 그 기사를 읽으면 어떤 반응을 보일까요?"

"'멀쩡하네, 이 녀석' 하지 않을까요."

"한 번만 더 저를 습격해 주면 이번에야말로 목격자와 유류품을 확보할 수 있습니다. 상황에 따라서는 현행범 체포도 꼭 불가능하지는 않을 테고."

"잠깐만요, 선생님."

무로타가 당황한 듯이 한 손을 내밀었다.

"설마 오늘부터 선생님의 신변 보호를 맡아 달라는 말씀입니까?"

"미끼가 직접 범인을 체포하기는 어렵겠죠. 또 제가 두 번째 습격을 당한 게 밝혀지면 이번에는 가메아리 경찰서 전체 위신에 문제가 생길 수도 있습니다. 아니, 그전에 사건을 맡은 형사님의 책임 소재부터."

"다른 변호사 선생님들도 이런 식으로 협상하시나요? 아니면 미코시바 선생님만의 주특기?"

"긴말하고 싶지 않습니다. 제 신변 보호를 맡아 주실 건지, 아니면 업무가 바쁘다는 등의 이유로 회피할 것인지 말씀해 주세요."

무로타는 불만 섞인 눈빛으로 미코시바를 노려봤다. 속내를 읽으려는 것 같지만 미코시바로서는 오히려 일부러 알기 쉬운 공을 던졌으니 빨리 알아차려 줬으면 했다.

"대체 뭘 원하시는 겁니까? 신변 보호 요청은 그냥 명목이고 실제로는 다른 요구가 있는 것 아닌가요?"

"왜 그렇게 생각하죠?"

"대화하다 보면 선생님은 쓸데없는 행동을 일절 하지 않는 분이라는 걸 알 수 있습니다. 그런 분은 정말 일어날지도 모르는 습격에 베팅 같은 건 하지 않겠죠."

이제야 말이 조금 통하는 것 같아 미코시바는 안도했다.

"신변 보호와 비교하자면 애들 장난 같은 겁니다."

미코시바는 조용히 무로타에게 메모를 건넸다.

"여기 두 사람의 이름이 적혀 있습니다. 그들의 최근 근무지와 휴대폰 번호도. 이들의 호적 등본을 조사해 주십시오. 경찰이라면 수사 관련 사항 조회서 한 장으로 뭐든 할 수 있으니."

"누굽니까? 이 사람들은."

"안심하십시오. 습격 사건의 관계자들입니다. 경우에 따라서는 범인일 가능성도."

무로타는 화들짝 놀라 입을 쩍 벌렸다.

"이런 걸 어떻게 알아내신 겁니까?"

"평소에도 제가 하는 일 때문에 남들의 원한을 사고 있다고 말씀드렸죠. 그러니 용의자도 어느 정도는 추려낼 수 있습니다."

"왜 좀 더 일찍 알려 주시지 않았습니까?"

"그런 걸로 저를 비난하시는 건 번지수가 틀린 겁니다. 분명한 건 가메아리 경찰서는 사건을 조기에 해결하려는 의지가 거의 없었다는 거죠."

"두 사람 중 한 명이 습격범이라는 말씀이시죠?"

"가능성이 크다고 해서 확정은 아닙니다."

"이번 일은 비밀로 해 주시는 겁니까?"

"주민표 자체는 절대 공개하지 않겠습니다. 그건 약속하죠. 그리고 만약 범인이 밝혀지면 전적으로 형사님의 공이 될 겁니다."

"당근과 채찍 전술인가요. 역시나 선생님답게 눈살 찌푸려지는 스킬이네요."

무로타는 불쾌감 섞인 얼굴로 메모를 주머니에 넣었다.

"어디까지나 습격 사건 관련해 선생님의 협조를 얻는 것이니 배임죄에는 해당하지 않겠죠."

스스로 되뇌는 말처럼 들리지만 말을 내뱉은 시점에 이미 기만인 걸 자각하고 있을까.

"그리고 하나 더 부탁이 있습니다."

"아직도 남았나요?"

"형사님은 구사카베 요코 양의 재판에 관심이 있습니까?"

"없다고 하면 거짓말이겠죠. 선생님께 한 방 먹었던 형사들은 다들 마찬가지일걸요."

"2차 공판 때 드디어 증거물 조사 절차에 들어갑니다."

"첫 공판 방청 경쟁률이 20 대 1이었다면서요. 법정 투쟁이 본격화되는 2차 공판은 경쟁이 더 치열할 거라고 모두 예상하고 있습니다."

"변호사가 법원에 연줄을 댈 수는 없지만 방청석 하나 정도는 확보할 수 있습니다."

"절 초대해 주시는 겁니까?"

"죄송하지만 형사님은 아닙니다. 그 명단에 있는 사람 중 한 명이죠."

"주민표를 발급받을 때 발급 목적을 '재판 방청권 발송을 위해'라고 적으라는 말씀입니까? 어처구니가 없네요."

"처음 보는 사람에게 방청권 같은 걸 우편으로 받으면 대부분 경계부터 하겠죠. 우편 말고 그분에게 직접 건네줬으면 합니다."

"제가?"

"예컨대 운 좋게 방청권을 구했는데 갑작스러운 용무가 생겨 방청할 수 없게 됐다든지, 이유는 얼마든 만들 수 있겠죠."

"그러니까 방청권 대기 줄에서 해당 인물을 찾아내 아무렇지 않게 표를 건네라는 말씀이군요."

"그렇습니다. 어디까지나 자연스럽게."

"전 그 사람의 얼굴을 모릅니다."

"이게 그의 얼굴입니다."

무로타는 건네받은 종이를 뚫어져라 쳐다봤다.

"이력서 사진 같네요."

"직장에 있던 걸 복사했으니 불법은 아닙니다."

"선생님, 대체 무슨 계획을 세우고 계신 겁니까?"

시치미를 뗄 생각은 없지만 그렇다고 무로타 앞에서 모든 걸 털어놓을 이유도 없다.

"마무리."

미코시바는 가메아리 경찰서에서 곧장 자신의 사무소로 향했다. 사무실에 도착한 건 정오를 조금 넘긴 시간이었다.

먼저 와 있던 호라이는 미코시바를 보자마자 서류 한 장을 번쩍 들어 보였다.

"통신사가 밝혀졌네."

"빠르군요."

"가처분 결정 통지서를 받은 사이트 운영사에서 허둥지둥 IP 주소와 접속 기록을 보냈어. 이제 남은 건 통신사를 상대로 기록 삭제 금지 가처분과 발신자 정보 공개 청구만 하면 돼."

호라이로서는 이례적으로 정확성보다 신속성을 택한 것 같았다.

"예상보다 더 빠르네요. 어떤 비법을 쓰신 겁니까?"

"그건 노 코멘트로 해 두지. 나도 나름의 노하우라는 게 있으니."

어차피 공개적으로 자랑할 만한 노하우는 아니겠지만 그렇게 따지면 미코시바의 스킬들도 비슷할 것이다.

"다만 비장의 카드 중 하나는 바로 미코시바 선생의 이름으로 서류를 신청한 거야. 법원은 넘어간다고 쳐도 사이트 운영사 쪽에서 미코시바라는 이름을 듣자마자 겁을 집어먹었다고 볼 수 있겠지. 적으로 돌리고 싶은 상대가 아니니 일찍이 통신사 정보를 공개한 걸 거야."

"악명이 무명보다 낫군요."

"응? 뭐라고?"

"저 말입니다. 그런데 제 이름이 통신사 쪽에도 통할지는 모르겠네요."

"괜찮아. 미코시바 선생, 당신 이름은 이제 전국구라고."

입 밖으로 내뱉지는 않지만 바로 이것이 호라이의 단점이다. 다른 사람을 쉽게 신뢰하고 기대한다. 어떤 협상과 절차에서든 상대를 전적으로 신뢰하는 건 어리석은 짓이다. 아무리 힘차게 서로 악수를 나누더라도 다른 한 손은 언제든 상대를 가격할 수 있게 주먹을 굳게 쥐고 있어야 한다.

어쨌든 블로그 운영자의 신상이 만천하에 드러나는 건 이제 시간문제로 보인다. 남은 건 어떻게 외곽을 메워 나가는지다.

"아, 참. 호라이 선생님, 그때 그 보상 문제 말입니다만."

"설마 슬슬 골대가 눈에 보이기 시작하니 가격 흥정에 들어가나?"

"아뇨. 보수는 백만 엔 그대로 괜찮습니다. 단 통신사가 '이 나라의 정의'의 이름과 주소를 공개하기 전에 신원이 밝혀진 경우는 예외로 합니다."

"뭐라고?"

호라이가 눈을 부라렸다.

"물론 각종 신청에 든 수수료와 서류 작성 비용은 실비로 지급할 겁니다. 하지만 따로 보수는 없습니다."

"자네가 다른 경로로 그를 찾아낼 거라는 말인가."

"저도 저만의 노하우가 있습니다. 공짜로 일하기 싫다면 통신사에 어떻게든 압력을 가하든 해서 저보다 먼저 블로그 운영자의 신원을 밝히세요."

"부탁해 놓고 뒤늦게 조건 변경이라니. 비열하군."

"뭘 또 새삼스럽게. 혹시 절 고결한 사람이라 생각하신 겁니까? 협회에 징계 제기로 제 인격을 비난하신 분이 바로 호라이 선생님 아닙니까."

생각해 보면 수많은 징계 청구자들보다 먼저 미코시바를 징계하려 한 사람이 바로 호라이다. 본인도 역시 잊지 않았는지 입을 열지 못했다.

"우선권에 관한 언급은 없었어."

"맞습니다. 하지만 호라이 선생님이 처음 한 말에는 '내가 만약 '이 나라의 정의'를 특정한다면'이라는 전제 조건이 있었죠. 만약 선생님보다 제가 먼저 그의 정체를 밝혀낸다면 나중에 선생님이 언급한다고 해도 그를 특정했다고 볼 수는 없을 것 같은데, 어떻게 생각하십니까?"

"궤변이야."

"저희 둘 다 변호사입니다. 궤변 운운하는 무익한 논쟁은 그만하죠. 요컨대 저보다 먼저 통신사를 움직여서 정보를 공개하면 그만입니다."

미코시바는 호라이에게 등을 돌린 채 오늘 법정에 가져갈 서류들을 챙겼다. 서류 정리는 원래 요코의 일이지만 자리를 비운 사람에게 의지할 수는 없다. 호라이에게는 징계 청구 건만 대신해 달라고 했으니 사무 전반을 맡길 수도 없는 노롯이다.

"그럼 잘 부탁합니다."

돌아보지 않아도 등 뒤에서 호라이가 증오의 눈빛을 보내는 게 느껴졌다.

이걸로 됐다. 호라이 같은 인간은 눈앞에 그저 돈다발을 걸어 놓기만 하면 능력을 70퍼센트 정도밖에 발휘하지 않는다. 하지만 자존심을 긁고 시간 경쟁을 부추기면 백 퍼센트가 넘는 성과를 낸다.

어쨌든 '이 나라의 정의'를 양쪽 방향에서 몰아붙일 전열을 갖췄다. 상대가 눈치채지 못하는 한 그의 목을 조르는 건 이제 시간문제다.

4

도쿄 지방 법원 2차 공판일.

이날도 이와이다몬 근처는 방청권을 구하는 인파로 인산인해를 이뤘다. 그들의 모습을 힐끗하니 첫 공판 때보다 확실히 사람이 많았다.

대열 안에는 무로타의 모습도 보였다. 기특하게도 미코시바가 시킨 대로 방청권을 해당 인물에게 건네주고자 기다리는 듯했다.

미코시바는 무표정하게 그곳을 떠났다.

금일 재판 시작은 오후 1시. 3분 전에 법정에 들어서자 지난번과 마찬가지로 고세와 방청객들이 먼저 와 있었다. 고세는 미코시바를 보며 인사 한마디 건네지 않았다.

방청석에서 쏟아지는 험악한 눈빛도 여전했다. 구경꾼들이 몰려와 전직 '시체 배달부'를 규탄하고 침을 뱉고 돌을 던져 주겠다며 잔뜩 벼르고 있다. 만약 그들의 눈빛에 실제 위력이 있다면 미코시바는 이미 수백 번은 더 죽었을 것이다.

잠시 후 요코가 모습을 드러냈다. 냉랭한 시선이 가차 없이 요코에게도 쏟아진다. 요코는 무표정한 얼굴로 천천히 피고인석으로 다가왔다. 만약 법정 경위가 자유 발언을 허용한다면 법정 안은 고함과 야유, 조롱과 욕설이 난무하는 장소가 될 게 틀림없었다.

예전부터 느꼈지만 요코의 강인함은 보통이 아니다. 대화를 나눠 보니 어린 시절부터 갖은 핍박을 받아 오며 강인함이 길러진 것 같다. 역경이 사람을 단단하게 만드는 좋은 사례라 할 수 있다.

돌이켜보면 나 자신의 강인함은 어디서 비롯된 것일지 미코시바는 추측해 봤다. 의료 소년원을 나온 이후 현재의 이름으로 바꾸었으니 구악 때문에 사람들의 손가락질을 받게 된 건 쓰다 아키코 사건 이후로 얼마 되지 않았다. 더러운 변호사라고 욕을 먹기는 하지만 어차피 과녁을 빗나간 비난들이다. 즉 세간의 비난에 둔감한 건 익숙해져서가 아니다.

자신에게는 여러 감정이 결핍돼 있는데 그중 하나가 바로 소속감이다. 인간들은 대부분 무리에서 쫓겨나는 상황을 두려워한다. 비난을 싫어하는 건 비난이 그런 추방의 전 단계이기 때문이다.

무리에 대한 집착이 일절 없는 미코시바는 버림도 비난도 두려워하지 않았다. 애초에 집단의 일원이라는 의식마저 없다. 요코처럼 정신이 강인한 것이 아닌 그저 이질적인 것뿐이다.

여러 상념에 잠겨 있을 때 판사들이 법정에 들어왔다.

"개정합니다."

나리히라의 말을 신호로 두 번째 라운드의 종이 울렸다.

"지난번 검찰이 제출한 갑 3호증과 갑 8호증에 변호인은 동의하지 않는다는 취지로 말했습니다. 변호인은 반증할 준비가 됐습니까?"

고세와 판사들, 그리고 요코와 방청인들의 시선이 미코시바에게 집중됐다. 첫 공판의 내용을 아는 사람이라면 이 반증이 이번 공판의 향방을 결정지을 핵심이라는 것도 알 것이다. 모두가 주목하는 게 당연했다.

"네."

"그럼 변호인, 시작하세요."

미코시바는 몸을 일으켰다. 일부러 천천히 일어난 것은 아마추어 집단인 배심원들의 주의를 끌기 위해서다.

"혹시나 하는 마음에 다시 한번 설명 드리겠습니다. 검찰이 제출한 갑 3호증은 피해자 살해에 쓰인 흉기이고, 갑 8호증은 흉기에 남은 지문과 피고인의 지문을 대조한 결과입니다. 첫 공판의 모두 진술과 일부 증거물 조사에서 밝혀진 바와 같이 이 일치하는 지문이 바로 피고인이 살인범으로 기소된 가장 유력한 근거입니다. 즉, 이 근거가 만약 허위이거나 무의미한 것으로 판명되는 순간, 피고인에게 씌워진 혐의는 사라지게 됩니다."

고세의 시선은 한 치도 움직이지 않는다. 미코시바를 태워 죽일 것처럼 퍼렇게 불타고 있다.

"먼저 주목해야 할 것은 바로 이 갑 8호증 흉기에 남은 지문의 확대 사진입니다. 보시다시피 손잡이 부분에는 다섯 손가락의 지문이 모두 남아 있고, 그것도 모자라 흉기를 쥘 때 꽉 쥐었는지 장문까지 있습니다."

판사들 앞에는 모니터가 한 대씩 있다. 그들은 미코시바의 변론을 들으며 갑 8호증의 확대 사진을 들여다봤다.

"조금만 살펴보면 이 지문은 극히 자연스러워 보입니다. 하지만 고개를 갸우뚱하게 만드는 사실도 한 가지 있습니다. 바로 검지의 위치입니다."

미코시바는 미리 가져온 포장지 속에서 칼을 꺼냈다. 흉기와 비슷한 모양의 흔한 칼이다. 법정 안의 모든 시선이 칼 한 자루에 집중됐다.

"실제 증거물을 빌릴 수는 없으니 대체품으로 설명을 진행하겠습니다."

그러자 고세가 "재판장님" 하고 손을 번쩍 들었다.

"검사, 말씀하세요."

"지금 변호인의 행동에 의미가 있어 보이지 않습니다. 시간 벌기에 불과하지 않을까요?"

"변호인. 반증에 필요한 작업일까요?"

"물론입니다, 재판장님."

미코시바는 자신감 있게 칼을 들어 보였다.

"지금 이 법정에서 실제 사람을 찔러 본 사람은 절 제외하고는 단 한 명도 없을 겁니다."

독기를 품은 말에 나리히라가 눈살을 찌푸렸다. 방청석에서 몇 사람이 숨죽이는 소리가 귀에 들리는 듯했다.

"사진만 보고서는 잘 느끼지 못할 수도 있습니다. 호들갑스러운 측면도 없잖아 있지만 이렇게 하는 편이 제 주장을 훨씬 이해하기 쉬울 거라고 생각합니다."

"계속하세요."

"갑 8호증에 명시된 바와 같이 검지 지문은 날이 자루와 맞닿은 부분 쪽에 있습니다. 즉, 범인은 이런 식으로 칼을 쥐었다는 뜻입니다."

미코시바는 검지를 해당 부분에 대고 다시 칼을 들어 올렸다.

"언뜻 보면 아주 우아하게 칼을 쥔 방식이라 이런 상태에서는 그다지 사람을 찔러 죽일 것처럼 보이지 않습니다. 사실 칼을 이렇게 쥐면 앞으로 칼을 뻗는 힘이 검지에서 빠져 뭔가를 찌르기에 부적절한 그립이라고도 할 수 있습니다."

배심원 중 몇 명이 직접 손을 쥐었다 폈다가 하면서 확인한다. 좋은 반응이다.

"그렇다면 이렇게 검지를 자루와 맞닿은 부분에 대는 건 어떤 용도에 적합한 그립일까요. 직접 해 보시면 알겠지만 이 부분에 검지를 대면 칼이 안정돼 뭔가를 눌러서 자를 때 힘이 충분히 전달됩니다. 즉, 이 그립은 정면의 상대를 찌르는 게 아닌 뭔가의 위에 놓인 것을 눌러서 썰기 위한 그립입니다. 이제는 아시겠지요. 이건 살상용 칼이 아닌 스테이크 나이프를 쥐는 방식입니다."

그러자 고세가 "재판장님" 하고 다시 손을 들었다.

"오도입니다. 변호인은 특정 대체물을 통해 인상 조작을 시도하고 있습니다."

"오도인지 아닌지는 또 하나의 물건을 보면 확실히 아실 겁니다."

"변호인, 계속하세요."

미코시바는 포장에 싸인 칼을 하나 더 꺼냈다. 흉기와 완전히 같은 모양에 똑같이 흰색 자루가 달린 칼이었다.

"재판장님, 이 칼이 어때 보이십니까?"

"흉기와 매우 흡사하군요."

"피고인과 피해자 도모하라 데쓰야 씨는 사건 당일 밤 도쿄 소라마치에 있는 '르 보나 하자마'라는 프렌치 레스토랑에서 저녁 식사를 즐겼습니다만, 이 칼은 그 레스토랑에서 직접 빌린 것입니다. 손잡이 부분은 상아 사양의 유리 섬유 보강 플라스틱제로 가볍지만 튼튼하죠. 이 레스토랑에서는 모든 포크와 나이프가 해당 제품으로 통일돼 있다고 합니다. 물론 흉기로 쓰인 스테이크 나이프는 따로 칼날을 연마해 살

상력을 높인 것이지만요. 반복하자면, 흉기로 쓰인 칼은 프렌치 레스토랑 '르 보나 하자마'의 스테이크 나이프였습니다. 따라서 흉기에는 피고인의 지문이 남아 있어도 전혀 이상할 게 없습니다. 아니, 오히려 이는 피고인의 범행을 의심하게 하는 사실이기도 합니다. 만약 피고인이 정말 범인이라면 식당에서 제공된 스테이크 나이프를 그대로 범행 현장까지 들고 갔다는 말이 됩니다. 그렇다면 그 과정에서 피고인은 어디서 칼을 가공했을까요? 피해자가 계속 옆에 함께 있는 상황에서 그런 행동은 할 수 없었을 텐데요."

"잠깐. 그럼 변호인. 피고인이 만약 범인이 아니라면 흉기에는 왜 피고인이 아닌 다른 사람의 지문은 없는 겁니까?"

"피고인이 나이프를 쥐고 나서 손잡이 부분을 알루미늄 포일이나 랩으로 감싸는 것도 방법 중 하나일 겁니다. 한마디로 피고인의 지문이 사라지지 않게 칼을 사용하는 거죠. 피고인은 범인에게 이용당한 겁니다."

법정 안이 찬물을 끼얹은 것처럼 조용해졌다.

나리히라가 다시 조심스럽게 물었다.

"그럼 변호인. 피해자를 찌른 범인이 피고인을 이용한 이유는 뭐죠?"

"죄를 뒤집어씌우고 싶었겠죠."

"변호인의 추론만 들으면 범인은 손쉽게 레스토랑 나이프를 입수한 게 됩니다. 그렇다면 범인은 피고인과 마찬가지로 그 레스토랑의 손님이었다는 말인가요?"

"아뇨, 재판장님. 그가 만약 손님이라면 그는 일부러 피고인과 피해자의 테이블에 접근해 칼을 훔친 것이 됩니다. 하지만 당시 레스토랑에는 직원뿐만 아니라 다른 손님들도 있었기 때문에 그런 부자연스러운 행동을 하면 반드시 눈에 띄게 됩니다. 그런데 사실 그날 피고인들의 테이블을 담당했고 사건 이후에는 레스토랑을 그만둔 직원이 한 명 있습니다. 그라면 스테이크 나이프 한 자루를 슬쩍하는 것 정도야 어렵지 않았을 테고, 또 레스토랑 주방에는 칼갈이 도구가 상비돼 있습니다. 경위님, 지금부터 이 법정 출입구로 아무도 나가지 못하게 해 주십시오."

갑작스러운 미코시바의 요청에 방청석이 술렁이기 시작했다.

"그녀는 사건이 일어나기 전 주에 막 입사한 웨이트리스였는데 퇴사할 때 점포에 전화 한 통만 걸어 퇴사 의사를 전했다고 합니다. 이후 지배인이 다시 그녀의 휴대폰에 전화를 걸었을 때는 번호가 이미 해지돼 있었습니다."

미코시바는 방청석 쪽으로 몸을 돌렸다.

"경위님, 저 선글라스를 낀 여자를 주목해 주십시오. 자, 여러분께도 소개하겠습니다. 사건 당일까지 레스토랑에서 웨이트리스로 일하며 피고인들의 테이블을 담당했던 모리사와 히나노 씨입니다."

법정 안에 있는 모든 시선이 순식간에 그 여자에게 집중됐다. 법정 경위가 출입구를 막았고 주변 방청객들이 둘러싸도망칠 수도 없다. 여자는 이제는 포기했는지 선글라스를 벗었다. 그 얼굴을 본 요코는 기억이 난 것처럼 눈을 반짝였다.

미코시바는 모리사와 히나노가 재판을 방청하러 올 가능성이 크다고 판단했다. 첫 공판 기사를 읽고 기뻐한 것은 기사를 읽은 히나노가 움직일 거라 확신했기 때문이다. 자신이 죄를 덮어씌운 피고인이 어떻게 항변할지 그 모습을 가까운 곳에서 구경하고 싶어 하지 않을 사람은 많지 않다. 방청권만 손에 넣으면 반드시 법정에 나타날 것이니 무로타에게 자연스러운 연기를 부탁하면 그만이었다.

"피해자는 교제 상대가 근무하는 직장 내 문제를 캐내어 자기 실적을 올리는 행위를 반복했습니다. 그를 믿었다가 나락으로 떨어진 여성이 적지 않죠. 그중 한 명이 바로 '구키 전기'에서 일하던 히비노 미도리 씨입니다. 당시 그녀의 회사는 일시적 자금 부족 위기를 맞았고, 회계부 직원이었던 미도리 씨는 교제 중이던 도모하라 씨에게 그 이야기를 하고 말았습니다. 이후 도모하라 씨가 즉시 '구키 전기'에 매니지먼트부를 보내 회사는 위기를 넘겼지만 미도리 씨는 징계 해고 처분을 받았고 그로써 도모하라 씨와의 인연도 끊겼죠. 절망에 빠진 미도리 씨는 집 안에서 스스로 목을 맸는데 그녀의 단 하나뿐인 여동생이 바로 저기 있는 모리사와 히나노 씨입니다."

무로타에게 의뢰해서 받은 히나노의 주민표를 추적해 보니 히비노 미도리와의 관계가 금세 밝혀졌다. 이후 '르 보나 하자마'에서 그녀의 사진을 빌려 방청권 대기 줄에 서 있는 그녀를 찾았다.

히나노는 날카롭게 미코시바를 노려봤다.

"피고인에게 죄를 뒤집어씌운 이유는 그저 당일 도모하라 씨가 만난 상대가 피고인이었기 때문입니다. 범인의 목적은 어디까지나 친언니를 죽음으로 몰고 간 남자에 대한 복수였습니다."

"쓰레기 변호사 주제에 거만 떨지 마."

히나노의 첫마디는 악에 받쳐 있었다.

"내가 도모하라를 죽였다는 증거가 어딨어?"

"그것을 증명하는 건 검사의 몫입니다."

지목받은 고세가 이번에는 히나노를 노려봤다.

"제 임무는 피고인의 결백을 증명하는 것까지죠. 당신이 결백을 증명하고 싶다면 지금부터 고세 검사님과 처절하게 싸워 보십시오. 하지만 조사해 보면 당시 당신이 입었던 유니폼에 칼을 갈 때 흩날린 쇳가루가 묻어 있을지 모릅니다. 당신이 사건 당일 밤에 입고 있던 옷에서 피해자의 혈흔이 나올 수도 있고요. 히나노 씨. 지금껏 당신은 피고인에게 죄를 뒤집어씌운 후 방심하고 있었을 테니 감식이 시작되면 곧장 여러 흔적이 나올 것입니다. 상당히 불리한 싸움을 하게 되겠죠."

그러자 히나노의 얼굴이 붉어지고 입술이 파르르 떨리기 시작했다.

나리히라가 "으흠" 하고 헛기침을 했다.

"전례 없는 전개가 펼쳐지기는 했지만 피고인이 무죄라는 주장은 이해가 되는군요. 검사, 보충할 말이 있습니까?"

"없습니다."

고세는 분노한 얼굴로 대답했다. 그 화살은 미코시바에서 히나노에게 완전히 옮겨간 듯했다.

"변호인의 변론을 반증하지 않겠습니다."

"그럼 소송 취하를 검토하겠습니까?"

"검토하겠습니다. 경위, 저 여자의 신병을 확보해 주세요."

고세의 요청으로 두 명의 법정 경위가 히나노를 양쪽에서 붙잡았다.

"이거 놔! 제기랄."

히나노는 몸부림을 쳤지만 힘이 센 경위들에게 맞서지 못했다.

"그럼 폐정합니다."

나리히라의 말을 신호로 방청석에 자리 잡고 있던 기자들이 쏜살같이 법정을 뛰쳐나갔다. 지금부터 기사를 쓰면 간신히 석간에 맞출 수 있을 것이다.

"선생님, 정말 감사합니다."

요코가 깊숙이 고개를 숙였다.

"하지만 벌써부터 변호사 수임료를 확인하기 두려워지네요."

"앞으로 몸을 갈아서 일하게 될 테니 그렇게 알아 둬."

단도직입적으로 말하고 미코시바도 법정을 떠났다. 요코 입장에서 이로써 사건은 해결됐을 것이다.

그러나 미코시바에게는 아직 맞설 상대가 남아 있었다.

5

"설마 미코시바 선생님과 동행하는 날이 올 줄은 상상도 못 했습니다."

'아르카디아 매니지먼트' 응접실에서 무로타가 혼잣말처럼 중얼거렸다.

"꼭 제가 아니더라도 경찰이 변호사와 함께 움직일 기회는 그리 많지 않겠죠."

"네. 분명 두고두고 회자될 것 같네요."

3분을 더 기다리자 그제야 노기와 다카코가 모습을 드러냈다.

"기다리게 해서 죄송합니다."

"아뇨, 신경 쓰지 마십시오. 어차피 금방 돌아갈 거라."

"저도 뉴스를 봤어요. 도모하라를 죽인 진범이 자백을 시작했다고."

"네. 그녀가 사건 당일 밤에 입었던 옷에서 피해자의 혈흔이 나왔습니다. 열심히 씻으면 지울 수 있을 거라고 착각했던 것 같더군요. 어떤 세제로 세탁해도 루미놀 반응은 남는다는 걸 몰랐겠죠. 증거를 내밀자 정신이 번쩍 든 것처럼 털어놓았다고 합니다."

"역시 언니의 복수였네요."

"히비노 미도리 씨의 자살과 거기에 이르게 된 경위를 알자마자 치밀하게 계획을 세웠다고 합니다. 피해자가 평소에도 여자분들을 많이 만나고 다녔으니 자연스럽게 다른 여자에게 죄를 뒤집어씌우는 방법을 떠올렸겠죠. 피해자와는 그전까지 안면이 없었으니 그녀가 가게 유니폼을 입고 있어도 아무런 경계심을 가지지 않았습니다."

"도모하라 씨 자신은 만나 본 적 없는 사람이라 공격당할 거라고는 예상 못 했을 것 같아요."

"히나노 씨는 당일 두 사람이 메인 요리인 스테이크를 다 먹자마자 곧장 식기를 치웠습니다. 그리고 스테이크 나이프를 슬쩍해 칼날을 갈고 컨디션이 좋지 않다는 핑계로 그날 일찍 퇴근했죠. 테이블 근처에서 대화를 전부 엿듣고 있었기 때문에 소라마치 외곽에서 도모하라 씨를 따라잡아 그에게 추파를 던졌다고 합니다. 도모하라 씨는 아무 경계심도 없이 오시아게역까지 그녀를 뒤따라갔고요."

"도모하라 씨답네요."

다카코가 한숨을 내쉬었다.

"일은 잘하지만 여자를 너무 밝혀서……. 결국 그 버릇이 목숨을 앗아 간 셈이에요."

"어쩌면 그 남자에게 어울리는 결말일지도."

"마음이 착잡해요. 그나저나 선생님 옆에 계신 분은 누구신가요? 아직 소개받지 못했는데."

그러자 그제야 무로타가 "실례합니다" 하고 경찰수첩을 내밀었다.

"가메아리 경찰서의 무로타라고 합니다."

"어머나, 형사님이셨군요. 그런데 형사님을 왜?"

"당신을 체포하기 위해서입니다, 노기와 다카코 씨."

"네? 뭐예요, 농담이시죠? 하나도 재미없어요. 제가 왜 체포돼요?"

"절 망치로 가격한 범인이 바로 다카코 씨 당신이기 때문입니다."

"무슨 증거로 그런 말씀을. 선생님, 정말 짓궂으셔요."

"다카코 씨는 아무래도 체취를 많이 신경 쓰시는 것 같군요."

예상치 못한 말인지 다카코의 반응이 한 박자 늦었다.

"처음 만났을 때도 향이 강한 향수를 쓴다고 느꼈습니다. 혹시 암내 때문인가요? 전에도 향수 냄새가 강하게 풍기는 의뢰인과 대화한 적이 있는데 겨드랑이 암내를 없애려고 일부러 자극적인 향수를 자주 뿌린다는 말을 들었습니다."

"무례하시네요."

"부인은 하지 않으시는군요. 절 공격한 범인도 그랬습니다. 멀리 떨어져 있으면 괜찮은데 피부가 맞닿을 정도로 가까워졌을 때 강렬하고 자극적인 냄새가 풍겼죠. 전형적인 겨드랑이 암내였습니다."

"그래서, 암내가 나니까 제가 범인이라는 말씀인가요? 선생님, 변호사 일은 그만두고 경찰견으로 취직하시는 건 어때요?"

다카코의 목소리가 커졌다. 인내심이 바닥을 드러냈다는 신호일까.

"아무튼 그런 이유로 절 체포하신다고요?"

"후각이 예민한 편이라고 자부하지만 개에 비할 수는 없겠죠. 당신이 절 덮친 범인인 이유는 하나 더 있습니다. 다카코 씨, 오른손을 펼쳐 보세요."

그 순간 다카코의 표정이 굳었다.

"왜 그러시죠? 어서 펼쳐 보세요."

"선생님이 시키는 대로 따라야 할 의무는 없어요."

"하지만 경찰의 질문이나 요청에는 따라야겠죠."

무로타가 "실례합니다" 하고 노기와의 오른손을 붙들었다. 억지로 노기와의 손을 펼치자 손바닥에 생긴 커다란 상처가 보였다.

"익숙하지 않은 여성분이 슬레지 해머 같은 걸 휘두르면 싸구려 장갑 같은 걸 껴도 손바닥 살갗이 벗겨지기 마련입니다."

무로타가 안타까워하는 얼굴로 말을 덧붙였다.

"지금까지 남편을 공격한 아내를 몇 분 봤는데 대부분 자기 손을 다치는 경우가 많았습니다. 뭐, 손을 다쳐서라도 남편에게 한 방 먹이고 싶은 심정이었겠죠."

"현장에는 범인의 발자국도 남아 있었습니다. 만약 다카코 씨의 집을 수색해 같은 무늬 신발이 발견되면 어떻게 변명할 겁니까?"

진퇴양난에 빠졌는지 다카코는 침묵에 잠겼다. 묵비권을 행사하려는 걸까.

"이렇게 형사님의 동행을 부탁한 건 다카코 씨를 상해죄로 연행할 목적이지만 거기에 위력 업무 방해죄가 하나 더 붙었습니다."

"제가 언제 선생님의 업무를 방해했다는 거예요?"

"'이 나라의 정의'가 바로 당신이니까요."

또다시 노기와의 표정이 굳어졌다.

"제 미덥지 못한 파트너가 '이 나라의 정의'와 계약을 맺은 통신사 쪽에 블로그 주인의 주소와 이름을 공개하도록 요청했습니다. 노기와 다카코 씨, 당신은 '이 나라의 정의'를 자처하며 '시체 배달부'의 변호사 활동을 허용하면 안 된다고 네티즌들을 선동했습니다. 제 사회적 생명을 앗아 갈 목적이었을 텐데, 굳이 저를 왜 표적으로 삼았는지 모르겠군요."

"전직 살인범이 변호사라니 그런 말도 안 되는 일이 어딨어요? 화나는 게 당연하죠."

"의로운 분노는 아니겠죠. 어디까지나 사적 분노일 겁니다. 당신은 개인적인 이유로 절 사회적으로 말살하려고 했습니다. 제가 당신 친구의 원수이기 때문에요."

이번에는 옆에 있는 무로타가 깜짝 놀라는 듯했다. 노기와 다카코의 진짜 동기는 아직 무로타 앞에서도 설명하지 않았다.

"전 열네 살 때 사하라 미도리라는 어린 소녀를 죽였습니다. 당시 사하라 미도리에게는 소꿉친구가 두 명 있었죠. 한 명은 구사카베 요코, 그리고 다른 한 명은 미호로 다카코. 노기와 씨, 당신의 옛 성은 미호로, 본적지는 후쿠오카시 미나미구 오하시아이오이초였죠?"

이 역시 주민표를 추적해서 간단히 밝혀낸 사실이었다. 무호적이었던 요코의 과거를 거슬러 간 것에 비하면 어린아이 장난 수준이다. 호적의 유무가 향후 당사자의 인간성에 전혀 영향을 주지 못했다는 건 아이러니하다고 할 수밖에 없었다.

"당신에게는 아직 비밀이 있습니다. 이건 딱히 죄가 되는 건 아니지만, 바로 이름을 속여 돈줄이 될 여성들을 도모하라 씨에게 소개시킨 거죠. 가스미가세키의 한 카페에서 이거다 싶은 여성들에게 접근해 회사의 사익으로 유도한다. 그렇습니다. 피해 여성들의 미끼로 등장했던 난구모 스즈카 씨는 당신의 1인 2역이었고, 도모하라 씨의 악행도 모두 당신 지시였습니다. 아, 당신이 카페 '살롱 드 미스트' 안에서는 난구모 스즈카였다는 건 점주에게 직접 사진을 보여 주며 확인했습니다. 향후 문제가 생기지 않게 카페에 갈 때는 화장을 짙게 하고 가신 것 같더군요. 30년 만에 만난 구사카베 요코 양이 당신을 어릴 적 친구인 '다카'로 알아보지 못한 것도 무리는 아니죠. 구사카베 요코 역시 다카를 까맣게 잊고 있었으니까요. 아마 그녀가 제 사무소에서 일한다는 소식을 듣고 가장 놀라고 분개한 사람은 바로 당신이었을 겁니다."

"네. 설마 적 밑에서 일하고 있을 줄은 상상도 못 했어요."

"그럼에도 불구하고 제 사무소 내부 문제를 파헤치려고 한 건 어릴 적 친구의 실직과 원수의 몰락을 저울질한 결과였을까요?"

"요코처럼 바른 아이는 당신 같은 변호사 밑에서 일하기 아까워요."

그 점만큼은 미코시바도 전적으로 동의했지만 입 밖에 뱉지는 않았다.

"30년이 넘는 세월이 흘러 당신은 친구의 복수를 하려고 했습니다. 그 집요함과 우정에는 경외심마저 느껴집니다."

"흥."

"하지만 존경할 수 없는 부분도 있습니다. 바로 제 몸에 위해를 가하려 했다는 점이죠."

다카코는 쏘아붙이듯 미코시바를 노려봤다.

"제가 징계 청구자들을 역으로 고소한 것 때문에 실력 행사에 나서고자 한 겁니까?"

"아무리 대량으로 징계를 청구해 봐야 당신은 꼼짝도 안 하니까요."

"저도 처음에는 그렇게 대수롭지 않게 넘기려 했습니다. 하지만 곰곰이 생각하면 그전까지 당신의 행동과는 어울리지 않는 지나치게 충동적이고 감정적인 선택이죠. 어리석은 네티즌들을 선동한 방식에 비하면 너무 유치한 행동이라고 할 수도 있습니다."

"유치해서 미안하네요."

"아니, 당신은 절대 유치하지 않습니다. 유치한 건 다른 사람이죠."

미코시바는 다카코에게 얼굴을 가까이했다.

"저에 대한 복수는 다카코 씨 본인의 사적 원한을 풀기 위해서지만, 사실 뒤에서 다카코 씨를 조종한 사람은 따로 있었습니다. 그렇지 않나요?"

다카코는 미코시바를 빤히 쳐다보다가 잠시 후 몸을 덜덜 떨기 시작했다.

"역시 주눅이 드네요."

호텔 숙박 층을 걷는 도중에 요코가 마음 약한 소리를 내뱉었다.

"30여 년 만이에요. 과연 절 기억할지."

"만나고 싶다면서 따라가겠다고 한 건 자네야."

미코시바는 딱 잘라 말했다.

"그런데 만나서 뭘 하려는 거지? 오랜만에 옛정이라도 나누려는 건가?"

"아뇨, 그건 아니에요."

대화하다 보니 어느새 목적하는 방 앞에 다다랐다. 1408

호실. 이곳에 그녀가 묵고 있을 터였다.

미코시바가 문을 두드리자 안에서 나이 든 노인의 목소리가 들렸다.

—누구세요?

"청소 나왔습니다."

요코가 옆에서 발끈하는 듯해서 미코시바는 한 손을 들어 제지했다.

—이런 시간에? 뭐 괜찮겠죠. 들어오세요.

"죄송하지만 지금 두 손에 청소 도구들을 들고 있어서요. 안에서 직접 열어 주시겠습니까?"

—네. 그러죠.

잠시 후 문이 안으로 열렸다. 문틈으로 얼굴을 내민 사람은 헝클어진 머리에 그야말로 지쳐 보이는 노파였다.

문 앞에 선 요코를 보고 노파는 의아해하는 표정을 지었다.

"넌…… 어디선가 만난 적이."

"요코예요. 유치원 시절 같은 동네에 살았던 구사카베 요코요."

이름을 듣고 노파는 환하게 웃음을 터뜨렸다.

"아, 그렇구나, 요코였구나. 오랜만……."

그러다가 갑자기 말이 끊겼다. 요코 뒤에 선 미코시바의 모습을 알아차렸기 때문이다.

"당신은…… 소노베 신이치로."

"도쿄 고등 법원 이후 처음 뵙는군요, 사하라 씨."

사하라 나루미. 전에 미코시바가 죽인 사하라 미도리의 어머니는 비틀거리며 침대 쪽으로 뒷걸음질 쳤다. 어느새 요코 앞에서 보인 표정과는 사뭇 다른, 증오 가득한 표정으로 바뀌어 있다. 새삼 관찰하니 품위 있던 외모도 이제는 힘없이 시들어 지난 몇 년간 그녀가 얼마나 힘든 삶을 살았는지 짐작할 수 있었다.

"당신이 왜 이곳에."

"조금 전 노기와 다카코 씨가 상해 혐의로 가메아리 경찰서에 체포되었습니다. 그녀에게 당신이 이곳에 머문다고 전해 들었습니다."

"체포?"

"다카코 씨는 '이 나라의 정의'라는 닉네임을 쓰면서 저를 변호사 협회에서 추방하려 했다고 털어놓았습니다. 그게 당신의 의뢰였다는 것도 인정했고요."

나루미는 무너지듯 침대에 주저앉았다.

"제가 대량 징계 청구에 굴하기는커녕 오히려 손해 배상 청구에 나선 것을 보고 실력 행사를 지시한 것도 나루미 씨였겠죠. 노기와 씨는 내키지 않았겠지만 당신은 나이가 들어 거동이 불편한 상태입니다. 거기에 그녀는 제 손에 살해된 미도리의 어릴 적 친구이고 당신에게 고용된 입장이기까지 하니 차마 거절하지 못했습니다."

"이 악운만 가득한 인간."

"보아하니 나루미 씨는 현재 자금 사정이 별로 좋아 보이지 않는데 대체 어디서 그녀를 고용할 돈을 마련했습니까?"

"당신이 제멋대로 보낸 돈을 썼지."

나루미는 반은 웃고 반은 화를 내고 있었다. 어느 쪽도 아닌 표정에서는 정신 착란을 한 발짝 앞둔 듯한 위태로움이 느껴졌다.

"당신이 보낸 돈이 당신 자신을 궁지에 몰아넣는다. 이보다 더 좋은 일이 어딨겠어?"

"안타깝게도 이번에는 실패한 것 같군요."

"날 비웃으러 온 거야?"

"처음 말씀드린 대로 노기와 다카코 씨가 체포됐다는 사실을 보고하러 왔을 뿐입니다."

미코시바는 요코를 가리키며 말을 이었다.

"당신을 꼭 만나고 싶다고 해서 데려왔습니다."

"사하라 아주머니. 이제 그만하세요."

"가까이 오지 마! 요코. 너도 이 악마에게 씌었구나. 미도리의 원수를 갚는 데 힘을 보태겠다고 약속했으면서."

"죄송해요, 아주머니. 하지만 복수 같은 건 누구에게도 도움되지 않아요. 증오가 커질수록 몸이 상하고 마음에 거스러미가 일 뿐이에요. 미도리가 살해된 사실 자체를 잊을 수는 없겠지만 그래도 앞으로 나아갈 수 있어요. 그렇지만 복수를 떠올리고 있는 동안에는 그런 것도 불가능해요."

"시끄러. 시끄러. 시끄러워!"

나루미는 반쯤 정신이 나간 사람처럼 머리를 흔들었다.

"이 나이에 나아가기는 어디를 나아가! 나한테는 이제 이 길밖에 없어!"

배 밑바닥에서 쥐어 짜내는 듯한 걸걸한 목소리였다.

"나가! 두 사람 다 내 방에서 썩 나가!"

"아주머니."

"보고를 끝냈으니 이만 가 보겠습니다."

미코시바는 눈썹 하나 까딱하지 않고 문으로 향했다. 그러다가 불현듯 생각난 것처럼 뒤를 돌아봤다.

"앞으로도 송금은 계속될 겁니다."

"그런 걸로 사죄할 수 있을 거라고 생각해?"

"사죄하려는 건 아닙니다. 그냥 내키는 대로 하는 일일 뿐. 그러니 나루미 씨도 내키는 대로 쓰면 됩니다."

그렇게 말하고 미코시바는 방에서 나갔다. 요코가 황급히 뒤따라왔다.

"반드시, 반드시 되갚아 줄 거야!"

그것이 등 뒤에서 들린 마지막 말이었다.

호텔 문을 나서자 어느새 해가 저물어 있었다. 열기를 머금은 바람이 두 사람의 피부를 훑고 지나갔다.

"한 가지 묻고 싶은 게 있어."

미코시바가 입을 열었다.

"대답하고 싶지 않으면 안 해도 돼."

"뭐죠?"

"자네는 내 사무소에 오기 전부터 내가 예전 '시체 배달부'라는 걸 알고 있었어. 또 사하라 미도리의 예전 친구이기도 했지. 그런데 왜 지금껏 오랫동안 아무렇지 않게 일을 계속했지? 날 독살할 기회는 얼마든 있었을 텐데."

요코는 한동안 침묵을 지켰다. 역시 대답할 마음이 없나 싶을 때가 돼서야 천천히 입을 열었다.

"2002년에 일어난 여아 살해 사건을 기억하세요?"

"그래. 내가 변호를 맡아서 피고인을 무죄로 만든 사건이지."

"결국 미토 경찰서에서 뒤늦게 진범을 체포해 피고인을 오인 체포했다는 게 밝혀졌죠. 하지만 그전까지 피고인의 무죄 판결을 받아 낸 선생님은 엄청난 비난에 시달렸어요. 그때 TV 뉴스에서 선생님이 달걀을 맞거나 수많은 사람들에게 욕설을 듣는 모습을 봤어요. 선생님의 정체를 아는 저는 그 모습을 보며 고소하다고 생각했고요."

"그렇겠지."

"비난은 일주일 남짓 이어졌어요. 선생님은 매일같이 기자단과 시민들에게 포위돼 비난과 욕설을 들었죠. 하지만 그럴 때도 선생님의 표정은 단 한 치도 변하지 않았어요."

"딱히 상대하거나 반박해 봐야 소용없으니."

"하지만 오직 한 번, 표정이 바뀐 적이 있었어요."

갑자기 요코가 들뜬 목소리로 말했다.

"기자들의 질문 공세를 피해 도망친 곳에 웬 여자아이가 한 명 있었는데, 그 아이가 문득 손을 내밀었죠. 악수하자는 듯이요. 선생님은 잠시 놀란 표정을 짓다가 조심스럽게 여자아이의 손을 붙잡더니 갑자기 쑥스러운 듯이 웃고 바로 도망치셨어요. 전 똑똑히 기억하고 있어요. 그 여자아이는 선생님이 전에 도와준 피고인의 딸이었죠?"

"그런 옛날이야기는 이미 잊었어."

"그때 전 느꼈어요. 사람은 바뀔 수도 있다고요. 소중한 제 친구를 죽인 '시체 배달부'가 지금은 완전히 다른 사람으로 바뀌었을지도 모른다고요."

"시시한 이야기군."

"전 호적이 없다는 이유만으로 늘 세상으로부터 소외받았어요. 그리고 그런 세상을 줄곧 원망했죠. 조금 전 사하라 아주머니 앞에서 한 말은 저 자신에게 한 말이기도 해요. 그때는 세상을 원망하고 누군가를 증오하는 데 완전히 지쳐 있었어요. 그리고 그럴 때 선생님과 그 아이가 함께 있는 모습을 본 거예요. 그때 속으로 빌었어요. 나도 바뀌고 싶다고."

묻지 말았어야 했다.

미코시바는 속으로 혀를 찼다.

"내가 잊어버린 걸 자네는 참 잘도 기억하는군."

"네, 불합리하죠."

"싫다면 지금 당장 일을 그만둬도 돼."

"그것도 싫어요. 아, 선생님 혹시 지금 시간 되세요?"

"뭐지?"

"제 무죄 석방 파티. 아무도 자리를 만들어 주지 않아서 제가 직접 식당을 예약해 놨어요. 선생님도 함께하실 거죠?"

"할 일이 쌓여 있어."

"손님으로 린코를 초대했어요. 린코, 선생님이 안 계시면 나중에 분명 잔소리를 할걸요."

"……건배만 하지."

멈 춰 선 복 수 ,
후 퇴 하 는 정 의 , 나 아 가 는 속 죄

　'속죄의 아이콘' 미코시바 레이지가 돌아왔습니다. 2019년 시리즈 네 번째 작품『악덕의 윤무곡』출간 이후 4년 만입니다. 열네 살의 나이에 다섯 살 소녀를 끔찍하게 토막 살해한 전직 '시체 배달부'. 그런 그가 의료 소년원 안에서 죄의식을 배우고 고뇌와 갱생을 거쳐 '악덕 변호사' 미코시바 레이지가 되어 속죄하는 과정을 그린 이 '미코시바 레이지' 시리즈는, 2009년 48세의 나이로 추리 소설 작가로 늦깎이 데뷔한 후 엄청난 페이스로 수많은 작품을 써내며 작가로서 제2 인생의 정점을 찍고 있는 작가 나카야마 시치리의 대표작이자 지금까지 시리즈 누계 50만 부가 넘는 판매고를 올리며 드라마 등으로도 여러 번 제작되기도 한 인기 시리즈입니다. 국내에도 2017년 시리즈 첫 번째 작품『속죄의 소나타』가 출간된 후 여타 작품에서는 보기 드문 선과 악을 다루는 독특한 시선,

참신한 스토리 전개, 사회적 메시지, 특유의 캐릭터성을 모두 잡으며 수많은 팬을 낳았습니다. 그들은 지금 이 시간에도 이제나저제나 미코시바 레이지의 속죄를 목 놓아 기다리고 신작이 출간되기만을 하루하루 고대하며 그의 활약상을 주변에 널리 전파하는 열렬한 팬층으로 알려져 있습니다. 저를 비롯하여 그런 독자 여러분의 쌓인 한(?)과 타는 듯한 갈증을 이번 신작 『복수의 협주곡』이 잘 달래 줄 수 있기를 기원합니다. 또 이번 작품으로 미코시바 레이지 시리즈를 처음접하는 독자분들도 시리즈의 매력에 눈을 떠서 그의 고독한 속죄의 여정에 함께하는 길동무가 되었으면 좋겠습니다.

작중에서도 언급되듯 미코시바 레이지 시리즈에서는 승소를 위해 갖은 수단과 방법을 동원하는 악덕 변호사 미코시바 레이지마저 단단히 애먹이는 강적 의뢰인들이 등장합니다. 보험금을 노린 살해 혐의로 1, 2심 모두 무기 징역을 선고받은 피고인, 남편 살해를 자기 입으로 자백한 여자, 법정에서 자신을 벌해 달라고 외치는 의료 소년원 시절 은사, 30여 년 전 연을 끊고 살다가 재혼 남편을 살해한 혐의로 붙잡혀 온 친어머니까지. 이번 『복수의 협주곡』속 의뢰인은 가족보다 더 오랜 시간을 미코시바와 매일 붙어 지내며 미코시바의 일거수일투족을 누구보다 잘 아는 동시에 미코시바의 부족한 부분을 옆에서 늘 채워 주는 미코시바 법률 사무소의 유일한 직원, 구사카베 요코입니다. 그녀는 미코시바에게 쏟아져 들어온 일반 시민들의 징계 청구 업무를 처리하는 과정에서 느닷없이 연인을 살해한 혐의로 체포되는데, 비싼 수임료를 걱정하는 요코 앞에서 미코시바는 "자네가 살인을 저질렀든 저지르지 않았든 반드시 꺼낸다"라는 명언을 남기고 사건을 조사하기 시작합니다. 그러면서 그녀의 출생에 얽힌 비밀과 충격적인 과거가 조금씩 드러나고 미코시바는 지금껏 당연한 것처럼 옆을 지키고 있었던 요코에 대해 자신이 아무것도 모르고 있었다는 사실을 통감합니다. 구사카베 요코가 누구보다 인정받으며 잘 다니던 회사를 3년 만에 그만두고 돌연 미코시바 법률 사무소로 이직을 결심한 원인, 그리고 미코시바가 전직 살인범인 것을 알면서도 끝까지 미코시바 곁을 떠나지 않고 지키고 있는 진짜 이유. 과연 구사카베 요코는 미코시바의 등 뒤에서 조용히 흐르는 복수의 협주곡을 함께 연주한 장본인일까요. 아니면 억울한 누명을 뒤집어쓴 무고한 피해자일까요.

작품에 늘 그 시대의 가장 논쟁적인 사회 문제를 도입해 독자들에게 생각할 거리를 제공하는 작가의 장기는 이번 작품에서도 유감없이 발휘됩니다. 그중 여성이 이혼 후 300일 안에 낳은 아이는 무조건 전남편과 낳은 아이로 추정하며 일본 내 무호적자들을 만든 '이혼 후 300일 문제'는, 우리나라에서도 무려 2015년 헌법 재판소의 헌법 불합치 결정이 내려지기까지 똑같이 유지돼 왔다는 사실이 충격을 줍니다. 1898년 일본의 민법 제정 이래 '이혼 후 100일간 여성의 재혼 금지' 규정과 함께 지금까지 이어지며 수많은 부작용을 양산한 이 시대착오적인 법률은 일본에서 2024년 여름에야 철폐된다고 합니다. 그 밖에도 작품에서 묘사되는 익명성을 악용한 인터넷상의 무책임한 거짓 선동과, 문제가 생길 시 그 누구도 책임을 지지 않는 권리 남용 문제 등은 우리에게 진정한 선과 정의가 무엇인지를 다시 한번 생각하게 합니다. "그때 전 느꼈어요. 사람은 바뀔 수도 있다는 걸." 책 속에서 언급되는 이 대사는 미코시바 레이지 시리즈를 관통하는 가장 큰 주제라 할 수 있습니다만, 말 그대로 미코시바 레이지는 끊임없이 움직이고, 그렇게 변화하는 캐릭터입니다. 변화의 가능성을 입으로만 외치지 않고 몸소 보여 주는, 이 시대의 보기 드문 캐릭터이니 우리도 그에게 더 큰 매력을 느끼고 그의 속죄의 과정에 빠져드는 것 같다는 생각이 듭니다.

미코시바 레이지의 속죄의 여정은 일본에서 2023년 3월 출간된 시리즈 6탄 『살육의 광시곡』으로 이어지는데, 작품에서 미코시바는 노인 요양 센터에서 무려 9명을 살해한 혐의를 받는 최악의 피고의 변호를 맡는다고 합니다. 그 과정에서 미코시바는 이번에는 또 어떤 험난한 길을 걷고 고뇌 어린 결정을 내리며 변화하는 모습을 보여 줄까요. 그에게는 다소 미안한 말이지만, 벗어날 수 없는 굴레 속에서 앞으로도 영원히 이어질 그의 속죄를 여러분과 함께 응원하며 지켜보고 싶습니다.

미코시바, 속죄해!

2023년 가을

이연승

복 수 의   협 주 곡
復 讐 の 協 奏 曲

1판 1쇄 인쇄 2023년 10월 16일   1판 1쇄 발행 2023년 11월 10일

지은이 나카야마 시치리   옮긴이 이연승

편집인 민현주   디자인 알음알음   제작 송승욱
마케터 유인철   발행인 송호준
발행처 블루홀식스   출판등록 2016년 4월 5일 제 2016-000100호
주소 경기도 파주시 회동길 483-1   전화 031-955-9777   팩스 031-955-9779
이메일 blueholesix@naver.com

ISBN 979-11-93149-06-5 03830